Arthur Conan Doyle

Das Tal der Angst

~

Ein Sherlock Holmes Roman

„Professor Moriarty, das „Zentralgehirn der Unterwelt", sendet eine verschlüsselte Botschaft an den größten Detektiv der Literaturgeschichte. Und dann geschieht noch ein grausamer Mord. Wie kann das wohl zusammen hängen? Lassen Sie sich unterhalten und erstaunen von Sir Arthur Conan Doyle." *Redaktion Gröls-Verlag* (Edition I Werke der Weltliteratur)

Redaktionelle Hinweise und Impressum

Das vorliegende Werk wurde zugunsten der Authentizität sehr zurückhaltend bearbeitet. So wurden etwa ursprüngliche Rechtschreibfehler regelmäßig *nicht* behoben, denn kleine Unvollkommenheiten machen das Buch – wie im Übrigen den Menschen – erst authentisch. Mitunter wurden jedoch zum Beispiel Absätze behutsam neu getrennt, um den Lesefluss zu erleichtern.

Wir sind bemüht, ein ansprechendes Produkt zu gestalten, welches angemessenen Ansprüchen an das Preis/Leistungsverhältnis und vernünftigen Qualitätserwartungen gerecht wird. Um die Texte zu rekonstruieren, werden antiquarische Bücher von leistungsfähigen Lesegeräten gescannt und dann durch eine Software lesbar gemacht. Der so entstandene Text wird von Menschen gegen eine Aufwandsentschädigung gegengelesen und korrigiert – Hierbei können gelegentlich Fehler auftreten. Wenn Sie ebenfalls antiquarische Texte einreichen möchten, wenden Sie sich für weitere Informationen gerne an

www.groels.de

Informieren Sie sich dort auch gerne über die anderen Werke aus unserer

Edition | Bedeutende Werke der Weltliteratur

Sie werden es mit 98,033 %iger Wahrscheinlichkeit nicht bereuen.

Die Deutsche Nationalbibliothek verzeichnet dieses Werk in der Deutschen Nationalbibliografie.

Verleger: Marcel Hermann-Josef Gröls, Poelchaukamp 20, 22301 Hamburg.
Externer Dienstleister für Distribution und Herstellung: BoD, In de Tarpen 42, 22848 Norderstedt

Inhalt

I. Teil.
Der Mord in Birstone

1. Kapitel. Die Warnung.

"Ich bilde mir ein, –" sagte ich.

"Ich würde mir nichts einbilden," unterbrach mich Sherlock Holmes spöttisch.

Ich bin sicherlich einer der fügsamsten und geduldigsten Menschen dieser Welt, aber dieser Ausfall meines Freundes brachte mein Blut doch etwas in Wallung.

"Mein lieber Holmes," antwortete ich mit aller Schärfe, deren ich fähig bin, "Sie sind manchmal unleidlich."

Er war so sehr in Gedanken vertieft, daß er meinen Einwand völlig überhörte. Den Kopf in die Hände gestützt, das unberührte Frühstück vor sich, starrte er auf einen Streifen Papier, den er soeben einem Kuvert entnommen hatte. Dann ergriff er das Kuvert, hielt es ans Licht und prüfte es sorgfältig, sowohl die Vorderseite wie die Klappe.

"Es ist Porlocks Handschrift," murmelte er nachdenklich; "unverkennbar, obwohl ich sie erst zweimal gesehen habe. Er schreibt das e wie das griechische epsilon, mit einem eigenartigen Schnörkel darüber; wenn der Brief von Porlock ist, muß es eine Sache von höchster Wichtigkeit sein."

Diese halb im Selbstgespräch geäußerten Worte waren eigentlich nicht an mich gerichtet, aber mein Verdruß schwand über dem Interesse, das sie in mir erweckten.

"Und wer, wenn ich fragen darf, ist Porlock?"

"Porlock, mein lieber Watson, ist ein Deckname, nichts weiter als ein einfaches Unterscheidungswort, aber dahinter steckt eine äußerst gewandte und schwer faßbare Persönlichkeit. In einem seiner früheren Briefe hat er mir ganz offen mitgeteilt, daß es nicht sein Name sei und mir zu verstehen gegeben, daß er allen Nachforschungen, ihn in unserer Millionenstadt aufzuspüren, trotzen würde. Porlock ist mir wichtig, nicht wegen seiner selbst, sondern wegen seiner Beziehungen zu einem bedeutenden Manne. Zu diesem steht er in einem Verhältnis, etwa wie der Lotsenfisch zum Hai oder der Schakal zum Löwen. Die beiden stellen eine Vereinigung des Unbedeutenden mit dem Schrecklichen dar. Nicht bloß schrecklich, mein lieber Watson, sondern unheildrohend im höchsten Grade. In diesem Zusammenhang ist Porlock in meinen Gesichtskreis getreten. Habe ich Ihnen nicht schon von Professor Moriarty erzählt?"

"Dem bekannten wissenschaftlichen Verbrecher, der in der Unterwelt dieser Stadt ebenso berühmt ist wie –"

"Sie machen mich erröten, Watson", murmelte Holmes, bescheiden abwehrend.

"Ich wollte sagen, wie er dem großen Publikum unbekannt ist."

"Sehr geschickt, äußerst geschickt. Sie entwickeln neuerdings einen überraschend, schelmischen Humor, lieber Watson, gegen den ich noch nicht gewappnet bin. Wenn Sie aber Moriarty einen Verbrecher nennen, so begehen Sie damit im Sinne des Gesetzes eine Beleidigung, und darin gerade liegt der eigenartige Reiz der ganzen Sache. Der größte Bösewicht aller Zeiten, der Organisator teuflischer Verbrechen, das geistige Haupt der Unterwelt – ein Kopf, der ein ganzes Volk zum Guten oder Bösen lenken könnte, das ist das Bild des Mannes. Aber so hoch ist er über jeden Verdacht, selbst über schüchterne Kritik erhaben, so bewunderungswürdig weiß er seine Handlungen zu bemänteln und sich selbst im Dunkeln zu halten, daß er Sie wegen der paar Worte, die Sie eben geäußert haben, vors Gericht schleppen könnte, und daß ihm dieses zweifellos Ihre volle Jahrespension als Entschädigung für die erlittene Ehrenkränkung zusprechen würde. Ist er doch der gefeierte Autor der ›Dynamik eines Asteroiden‹, eines Werkes, das sich zu den höchsten Höhen der Mathematik erhebt, so daß behauptet wird, es gäbe keinen Menschen in der Fachpresse, der fähig wäre, es zu begutachten. Einen solchen Mann darf man nicht ungestraft beleidigen. Der ehrabschneidende Arzt und der gekränkte Professor – das wären die Rollen, die Ihr beide vor Gericht spielen würdet. Darin liegt Genie, Watson. Aber auch mein Tag wird kommen, wenn mich meine Feinde kleineren Formats am Leben lassen."

"Ich wollte, ich könnte dabei sein," rief ich andächtig. "Sie wollten mir jedoch etwas von dem Mann Porlock erzählen."

"Ja so – also der sogenannte Porlock ist ein Glied in der Kette, allerdings eines, das ziemlich weit von dem Kettenschloß entfernt ist. Außerdem ist er, unter uns gesagt, ein etwas schadhaftes Glied, tatsächlich der einzige schwache Punkt darin, den ich bisher feststellen konnte."

"Nach einem Grundsatz der Mechanik ist aber eine Kette nicht stärker als ihr schwächstes Glied."

"Sehr richtig, mein lieber Watson. Darin besteht auch die außerordentliche Bedeutung von Porlock. Er leidet offenbar an zarten Anwandlungen zum Guten, die ich gelegentlich durch die Übersendung einer Zehn-Pfund-Note, die ich ihm auf Umwegen zukommen ließ, zu ermutigen getrachtet habe. Daraus entsprangen seine Mitteilungen an mich, von höchstem Wert für den, der Verbrechen lieber verhütet als rächt. Wenn wir jetzt die Chiffre hätten, würde sich, wie ich fest überzeugt bin, herausstellen, daß das, was hier auf dem Papier steht, eine solche Mitteilung ist."

Abermals glättete Holmes das Papier auf seinem unbenutzten Teller. Ich erhob mich, beugte mich über seine Schulter, und gewahrte auf dem Papier eine sonderbare Inschrift, die wie folgt lautete:

534, K 2, 13, 127, 36 Douglas
10, 9, 293, 5, 37 Birlstone
26 Birlstone, 9, 127

"Was halten Sie davon, Holmes?"

"Es ist offenbar ein Versuch, mir eine geheime Nachricht zu übermitteln."

"Aber was haben wir von einer Chiffrenachricht ohne den Schlüssel dazu?"

"In diesem Falle nicht das geringste."

"Warum sagen Sie: in diesem Fall?"

"Sehr einfach, weil ich eine ganze Menge Chiffren so leicht lese, wie die geheimnisvoll abgefaßten Inserate in den Zeitungen. Solche plumpen Versuche, Nachrichten geheim zu halten, sind für mich eher belustigend als ermüdend. Aber dies hier ist etwas anderes. Die Chiffrezeichen beziehen sich offenbar auf eine bestimmte Seite in einem bestimmten Buche, und solange ich nicht weiß, um welche Seite und welches Buch es sich handelt, kann ich natürlich nichts damit anfangen."

"Aber was soll dann ›Douglas‹ und ›Birlstone‹ bedeuten?"

"Das sind zweifellos Worte, die auf der betreffenden Seite nicht enthalten sind."

"Warum hat er dann aber nicht angedeutet, auf welches Buch er sich bezieht?"

"Ihre angeborene Schlauheit, mein lieber Watson, jene natürliche Listigkeit in Ihrem Wesen, die das Entzücken Ihrer Freunde ist, würde es sicherlich nicht zulassen, daß Sie eine Chiffrenachricht und den Schlüssel dazu im selben Kuvert versenden. Wenn es in falsche Hände geriete, wären Sie erledigt. Getrennt verschickt, müßten jedoch beide in falsche Hände geraten, damit ein Schaden entstehen könnte. Die zweite Post ist schon überfällig. Ich würde mich nicht wundern, wenn sie uns entweder einen erklärenden Brief oder, was noch wahrscheinlicher ist, das Buch, auf das sich die Zahlen beziehen, bringt."

Holmes' Voraussage sollte nur zu bald in Erfüllung gehen. Billy, unser kleiner Diener, trat wenige Minuten später mit dem Brief ein, den wir erwartet hatten.

"Dieselbe Handschrift," bemerkte Holmes, als er das Kuvert öffnete, "und tatsächlich auch mit voller Unterschrift," fügte er freudig hinzu, als er den Brief entfaltete. "Nun werden wir sehen, Watson."

Sein Gesicht verdüsterte sich jedoch, als er den Inhalt des Briefes überflog.

"Donnerwetter, das ist enttäuschend. Ich fürchte, Watson, daß aus unseren hochgespannten Erwartungen nichts wird. Ich will nur wünschen, daß unserem Porlock kein Unheil zustößt."

›Sehr geehrter Herr Holmes,‹ lautete der Brief, ›ich kann in der Sache nichts weiter tun. Es ist zu gefährlich. Er hat Verdacht gegen mich geschöpft, wie ich deutlich erkennen kann. Heute kam er ganz unerwarteterweise zu mir herein, als ich bereits dieses Kuvert, in der Absicht, Ihnen damit den Schlüssel der Chiffre zu senden, mit der Anschrift versehen hatte. Ich konnte es gerade noch zudecken. Wenn er es gesehen hätte, würde es mir schlecht ergangen sein. Er ist höchst argwöhnisch, ich lese es in seinen Augen. Bitte verbrennen Sie die chiffrierte Nachricht, die nun für Sie wertlos ist. Fred Porlock.‹

Holmes versank danach in tiefes Schweigen und starrte finster ins Kaminfeuer, indem er den Brief in seinen Fingern zerknüllte.

"Vielleicht," sagte er, "ist nichts daran. Möglicherweise war es nur sein schuldbeladenes Gewissen, das ihm, dem bewußten Verräter, Argwohn in den Augen des anderen vortäuschte."

"Unter dem anderen verstehen Sie wohl Professor Moriarty?"

"Niemanden Geringeren. Wenn irgend einer der Bande von *ihm* spricht, weiß ich, wen er damit meint."

"Was ist nun zu tun?"

"Ja, das ist nun die große Frage. Da wir einen der klügsten Köpfe ganz Europas gegen uns haben, mit allen dunklen Gewalten ausgerüstet, ergeben sich für uns geradezu unbeschränkte Möglichkeiten. Jedenfalls ist unser Freund Porlock in tödlicher Angst. Vergleichen Sie einmal die Handschrift in diesem Brief mit der auf dem Kuvert, das, wie er angibt, von ihm beschrieben wurde, bevor er den unheilvollen Besuch empfing. Auf dem Kuvert ist sie fest und klar, in dem Brief kaum leserlich."

"Warum hat er überhaupt geschrieben und die Sache nicht einfach fallen lassen?"

"Wahrscheinlich, weil er befürchtete, ich würde Nachforschungen nach ihm anstellen, die ihm Ungelegenheiten bereiten könnten."

"Ohne Zweifel," sagte ich, indem ich die chiffrierte Nachricht aufhob und gedankenvoll betrachtete. "Es ist wirklich zum Verzweifeln, wenn man denkt, daß dieser Streifen Papier wahrscheinlich ein wichtiges Geheimnis enthält, dem man auf keine Weise beikommen kann."

Sherlock Holmes schob sein unberührtes Frühstück beiseite und zündete sich seine Pfeife an, die ständige Gefährtin seiner tiefsten Gedanken.

"Vielleicht," sagte er, sich zurücklehnend, den Blick an die Decke geheftet, "vielleicht finden wir etwas heraus, das Ihrem Machiavelli-Gehirn bisher verborgen geblieben ist. Betrachten wir uns einmal das Problem im Lichte der reinen Logik. Die Andeutungen des Mannes beziehen sich auf ein Buch. Das ist klar und davon wollen wir ausgehen."

"Eine recht unsichere Spur, nach meiner Meinung."

"Zugegeben; aber vielleicht können wir den Bereich der Möglichkeiten etwas enger umgrenzen. Je stärker ich mein Gehirn darauf konzentriere, desto weniger undurchdringlich erscheint mir das Geheimnis. Welche Anzeichen haben wir, was dieses Buch betrifft?"

"Keine".

"Na, na, so schlimm wird die Sache nicht sein. Die Chiffre beginnt mit der Zahl 534, und wir wollen annehmen, daß diese Zahl sich auf die Seite in dem Buch, um das es sich handelt, bezieht. Das würde heißen, daß es ein dickes Buch ist, womit wir schon ein Stück weitergekommen sind. Und was für andere Anzeichen haben wir noch, hinsichtlich dieses dicken Buches? Das nächste Zeichen, K 2, was kann das bedeuten, Watson?"

"Zweites Kapitel, ohne Zweifel."

"Kaum, Watson. Sie werden mir zugeben, daß, wenn er uns die Seite bezeichnet, die Kapitelzahl gleichgültig ist. Außerdem, wenn Sie annehmen, daß die Seite 534 erst im zweiten Kapitel ist, müßte das erste Kapitel schauderhaft lang sein."

"Kolumne," rief ich.

"Fabelhaft, Watson. Sie sprühen heute geradezu von Geist. Kolumne ist es, wenn uns nicht alles täuscht. Sie sehen also, vor unseren Augen zeigt sich bereits ein dickes Buch, doppelspaltig gedruckt, mit Spalten von erheblicher Länge, denn eines der darin vorkommenden Worte ist mit 293 bezeichnet. Nun frage ich Sie, haben wir damit schon die Grenze der logischen Ableitung erreicht?"

"Es scheint leider so."

"Sie sind ungerecht gegen sich selbst. Ich erwarte von Ihnen einen weiteren Geistesblitz, eine neue Gedankenwelle. Wäre der Band ein seltenes Buch, würde er ihn mir geschickt haben. Er spricht aber lediglich von dem Schlüssel, den er in das Kuvert stecken wollte, bevor seine Pläne vereitelt wurden. Das steht klar in seinem Brief. Dies würde also bedeuten, daß es sich um ein Buch handelt, von dem er annehmen mußte, daß ich es mir leicht selbst beschaffen könne. Er hatte das Buch und vermutete, daß auch ich es habe. Mein lieber Watson, es handelt sich also um ein sehr gebräuchliches Werk."

"Das klingt allerdings glaubhaft."

"Wir haben somit das Feld unserer Nachforschungen auf ein dickes Buch, doppelspaltig und weitverbreitet, eingeschränkt."

"Die Bibel," rief ich triumphierend.

"Ausgezeichnet, Watson, ganz ausgezeichnet. Aber, wie ich leider sagen muß, noch nicht gut genug. Vielleicht darf ich mir schmeicheln, daß jedermann dieses Buch in meinem Besitz vermutet, aber ich halte es für ausgeschlossen, daß einer von Moriartys Bande es im Bereich seiner Hände stehen hat. Außerdem sind die Ausgaben der Heiligen Schrift so zahlreich, daß nicht ohne weiteres angenommen werden kann, je zwei Leute würden Exemplare mit übereinstimmenden Seitenbezeichnungen haben. Es handelt sich also um ein Normalwerk. Er mußte sicher sein, daß meine Seite 534 mit der seinen, gleicher Zahl, genau übereinstimme."

"Aber das wird auf die wenigsten Werke zutreffen."

"Sehr richtig; und gerade darin liegt unsere Rettung. Unsere Suche beschränkt sich daher auf ein Werk, von dem anzunehmen ist, daß jedermann ein Exemplar hat."

"Das Kursbuch."

"Nicht so schnell, lieber Watson. Der Wortschatz des Kursbuches ist zwar glatt und sauber, aber beschränkt. Es ist kaum anzunehmen, daß jemand im Kursbuch alle die Wörter finden würde, die er für eine Nachricht braucht. Wir wollen es daher ausschalten. Ein Wörterbuch ist, wie ich glaube, aus denselben Gründen ungeeignet. Was bleibt also noch übrig?"

"Ein Almanach."

"Großartig, Watson, wenn ich mich nicht irre, haben Sie diesmal den Nagel auf den Kopf getroffen. Ein Almanach! Besehen wir uns z. B. einmal Whitakers Almanach. Er ist weit verbreitet, hat die erforderliche Anzahl Seiten und ist doppelspaltig. Obgleich im ersten Teil kurz gefaßt, wird er gegen den Schluß zu recht wortreich." Er nahm den Band von seinem Pult. "Hier haben wir Seite 534 Spalte 2. Ein umfangreicher Artikel, der, wie ich sehe, sich mit dem Handel und den Bodenprodukten Indiens beschäftigt. Schreiben Sie die Worte nieder, Watson: 13 ist Mahratta, kein besonders vielversprechender Anfang, fürchte ich. 127 ist Regierung, was immerhin einigen Sinn gibt, obwohl mir unerklärlich ist, was die Regierung von Mahratta mit uns und Professor Moriarty zu tun hat. Und nun zum nächsten. Was tut also die Regierung von Mahratta? O weh, das nächste Wort ist Schweineborsten. Wir sind erledigt, lieber Watson, am Ende unserer Weisheit angelangt."

Obwohl er sich den Anschein gab, belustigt zu sein, sah ich an dem Zucken seiner buschigen Augenbrauen, wie verärgert und enttäuscht er war. Ich fühlte mich hilflos und unglücklich, als ich so dasaß und ins Feuer starrte. Ein langes Schweigen folgte, das jedoch plötzlich durch einen Ausruf von Holmes unterbrochen wurde, der von seinem Sitz aufsprang, zum Bücherregal eilte, von dem er mit einem zweiten, gelbgebundenen Buche zurückkehrte.

"Das kommt davon, Watson, wenn man allzusehr auf der Höhe ist. Wir sind unserer Zeit voraus und müssen, wie üblich, dafür büßen. Es ist heute der 7. Januar, und wir haben natürlich schon die neue Ausgabe des Almanachs. Wahrscheinlich hat aber Porlock seine Mitteilung nach der alten zusammengestellt. Das hätte er uns sicherlich auch gesagt, wenn er uns den Schlüssel hätte senden können. Nun wollen wir einmal sehen, was die Seite 534 uns für Überraschungen bringt. Wort 13 ist Gefahr, was schon recht bedeutungsvoll klingt. 127 bedeutet droht – Gefahr droht –" Holmes' Augen funkelten vor Erregung und seine dünnen, nervösen Finger zuckten, als er das nächste Wort auszählte. "Famos! Schreiben Sie nieder, Watson: Gefahr droht unmittelbar; dann kommt das Wort Douglas, reicher Besitzer, jetzt in Birlstone-Haus, Birlstone – Vertrauen – dringend. Da haben wir's, Watson. Was sagen Sie nun zu der Bedeutung der logischen Ableitung? Wenn unser Gemüsekrämer so etwas wie einen Lorbeerkranz hätte, würde ich Billy hinschicken und ihn holen lassen."

Ich starrte auf die sonderbare Mitteilung, deren Dechiffrierung ich auf einem Bogen Papier über meinem Knie niedergekritzelt hatte.

"Eine eigenartige, zusammenhangslose Weise, sich auszudrücken," sagte ich.

"Im Gegenteil, ich finde, er hat die Sache äußerst geschickt gemacht", sagte Holmes. "Wenn Sie eine Spalte in einem Buch durchsuchen nach Wörtern, mit denen Sie eine bestimmte Mitteilung zusammenstellen wollen, werden Sie sicherlich auf Schwierigkeiten stoßen. Sie können kaum erwarten, darin alle Worte zu finden, die Sie brauchen. Ein gut Teil werden Sie der Kombinationsgabe des Empfängers überlassen müssen. Der Sinn seiner Nachricht ist völlig klar. Auf einen Menschen namens Douglas soll ein Anschlag verübt werden. Ich weiß nicht, wer er ist. Er wird uns als ein reicher Grundbesitzer bezeichnet. Das Wort Vertrauen bedeutet zweifellos vertraulich, welch letzteres offenbar nicht in der Spalte enthalten war. Dringend will sicherlich ganz besonders betonen, daß der Anschlag unmittelbar bevorsteht. Ich bin der Meinung, daß wir tatsächlich ein wertvolles Stück Arbeit geleistet haben."

Holmes hatte mit dem wahren Künstler gemein, daß ihm die Lösung einer schwierigen Aufgabe die größte persönliche Genugtuung bereitete, selbst wenn sie hinter seinen Erwartungen zurückblieb. Er frohlockte noch über seinen Erfolg, als Billy die Tür öffnete und den Kriminalinspektor McDonald von Scotland Yard in das Zimmer führte.

Zu jener Zeit hatte Alec McDonald noch nicht die Höhe seines Ruhmes erreicht, die er später erklomm. Er war noch ein junges, aber schon vielversprechendes Mitglied des Detektivpersonals und hatte sich bereits in einigen Fällen, die ihm ausschließlich überantwortet waren, ausgezeichnet. Seine hohe, knochige Gestalt sprach von ungewöhnlicher körperlicher Stärke, während in seiner breiten Stirn und den tiefliegenden, lebhaften Augen, die unter buschigen Brauen hervorblitzten, eine ebenso hohe Intelligenz erkennbar war. Er war ein schweigsamer, ruhiger Mensch, der einen etwas versauerten Eindruck machte und in dem harten Akzent seiner schottischen Heimat sprach. Bei zwei früheren Gelegenheiten hatte ihm Holmes bereits geholfen, einen großen Erfolg einzuheimsen, ohne dabei auf eine andere Belohnung Anspruch zu erheben, als ihm die Mitwirkung an interessanten Aufgaben bot. Mittelmäßigkeit erkennt nichts Höheres an als sich selbst, aber das Talent weiß Genie zu würdigen. Talent besaß McDonald genügend, um keine Herabwürdigung seiner selbst darin zu fühlen, die Hilfe eines Mannes zu erbitten, der einzig in seiner Art in Europa dastand, sowohl was seine geistigen Gaben wie seine Erfahrung anbelangte. Holmes war zwar nicht ein Mann, der leicht Freundschaft schloß, aber zu dem schweigsamen Schotten hatte er eine gewisse Zuneigung gefaßt. Ein freundliches Lächeln erhellte seine Züge, als er ihn begrüßte.

"Sie sind ein Frühaufsteher, Mr. Mac," sagte er. "Ich wünsche Ihnen alles Gute für Ihre Morgenspaziergänge, die wohl bedeuten, daß irgendetwas Besonderes im Winde ist."

"Hierbei ist wohl die Hoffnung der Vater des Gedankens, scheint mir, Mr. Holmes," antwortete der Inspektor mit einem vielsagenden Grinsen. "Wie wäre es mit einem kleinen Schluck von irgendetwas, um mir die Morgenkühle aus den Knochen zu treiben? Nein, danke, ich rauche nicht. Ich muß gleich wieder weiter, denn die ersten Stunden sind bei einem Kriminalfall die kostbarsten, wie niemand besser weiß, als Sie selbst. Aber, aber –"

Der Inspektor hielt plötzlich inne. Seine Blicke waren mit dem Ausdruck ungläubigen Staunens auf dem Stück Papier haften geblieben, das noch auf dem Tische lag; jenem Bogen Papier, aus dem ich die Lösung der chiffrierten Nachricht niedergeschrieben hatte.

"Douglas!" stammelte er, "Birlstone! Was soll das bedeuten, Mr. Holmes? Mensch, das ist ja geradezu Hexerei. Bei allem, was wunderbar ist, wo haben Sie denn diese Namen her?"

"Es ist eine Chiffrenachricht, die Mr. Watson und ich Anlaß hatten zu lösen. Aber was wollen Sie damit sagen? – Was ist denn los mit den Namen?"

Der Inspektor ließ seine Blicke verwirrt und staunend von einem zum anderen schweifen.

"Das Folgende ist los," sagte er, "Mr. Douglas von Birlstone ist heute morgen in schrecklicher Weist ermordet worden."

2. Kapitel. Sherlock Holmes tritt in Tätigkeit.

Es war einer jener dramatischen Momente, die für meinen Freund die Höhepunkte des Lebens darstellten. Zu sagen, daß er von der Mitteilung des Inspektors erschüttert war oder darüber Erregung verriet, wäre unbedingt eine Übertreibung. Er hatte zwar nicht den geringsten Zug von Grausamkeit in seiner eigenartigen Veranlagung, aber ständige Nervenanspannung hatte ihn gegen Sensationen unempfindlich gemacht. Obgleich also seine Gefühle stumpf waren, besaß sein Geist eine überaus große Regsamkeit. Nicht eine Spur des Entsetzens, das ich bei der Mitteilung McDonalds fühlte, zeigte sich bei ihm. Sein Gesicht trug lediglich einen still interessierten Ausdruck, etwa den des Chemikers im Augenblick der eintretenden Niederschlagsbildung.

"Bemerkenswert," sagte er, "sehr bemerkenswert."

"Das scheint Sie nicht überrascht zu haben?"

"Überrascht nicht, Mr. Mac, nur interessiert. Warum sollte ich auch überrascht sein. Ich habe eine anonyme Mitteilung von einer Seite, die ich als unbedingt zuverlässig kenne, dahingehend, daß einer bestimmten Person unmittelbar eine große Gefahr drohe. Innerhalb einer Stunde stellt sich dann heraus, daß sich diese Drohung bereits verwirklicht hat und die betreffende Person tot ist. Ich bin interessiert, aber, wie Sie erkannt haben, keineswegs überrascht."

In einigen kurzen Sätzen erläuterte er dann dem Inspektor den Vorfall mit dem Brief und der Chiffre. McDonald saß da, das Kinn in die Hände gestützt, noch immer mit dem Ausdruck des Staunens in seinen großen, starren Augen. "Ich bin im Begriffe, nach Birlstone zu fahren," sagte er, "und bin nur zu Ihnen gekommen, um Sie zu fragen, ob Sie mittun wollen – Sie und Ihr Freund. Nach dem, was Sie sagen, möchte ich indessen fast annehmen, daß wir hier in London Wichtigeres zu tun haben als in Birlstone."

"Dieser Meinung bin ich nicht," sagte Holmes.

"Das verstehe ich nicht, Mr. Holmes," sagte der Inspektor. "Die Zeitungen werden morgen oder übermorgen voll sein von dem ›Geheimnis in Birlstone‹. Die Lösung des Rätsels scheint indessen in London zu liegen, da es hier einen Mann gibt, der von dem Verbrechen schon wußte, bevor es begangen wurde. Wir brauchen nur diesen Mann in die Hände zu bekommen, und das Weitere wird sich finden."

"Unzweifelhaft, Mr. Mac, aber wie wollen Sie es bewerkstelligen, den angeblichen Porlock in die Hände zu bekommen?"

McDonald nahm den Brief, den ihm Holmes überreichte und betrachtete ihn eingehend.

"Aufgegeben in Camberwell; das will wenig besagen. Der Name ist, wie Sie meinen, fingiert? Das ist nicht viel für den Anfang. Sagten Sie nicht, daß Sie ihm Geld geschickt haben?"

"Jawohl, zweimal."

"Und wie?"

"In Banknoten, postlagernd Camberwell."

"Haben Sie sich die Mühe genommen, festzustellen, wer die Briefe abgeholt hat?"

"Nein."

Der Inspektor blickte überrascht und etwas ärgerlich auf.

"Warum denn nicht?"

"Einfach, weil ich gewohnt bin, mein Wort zu halten. Ich hatte ihm, als er das erstemal schrieb, versprochen, ihm nicht nachzuspüren."

"Sie glauben, daß irgend jemand hinter ihm steht?"

"Ich glaube es nicht, ich weiß es."

"Dieser Professor, den Sie schon mehrmals erwähnt haben?"

"So ist es."

McDonald konnte ein Lächeln nicht unterdrücken, und seine Augen blitzten vielsagend, als er mich anblickte.

"Ich kann Ihnen nicht verschweigen, Mr. Holmes, daß wir in der Kriminalabteilung Ihre Sache mit dem Professor für eine Art fixer Idee halten. Ich bin der Geschichte nachgegangen und habe herausgefunden, daß er ein sehr angesehener und gelehrter Herr ist."

"Ich freue mich, daß Sie sich wenigstens schon über seine Gelehrsamkeit im klaren sind."

"Mein lieber Herr, das war nicht schwierig. Nachdem Sie mir Ihre Ansicht über ihn mitgeteilt hatten, hielt ich es für meine Pflicht, ihn mir einmal zu besehen. Ich plauderte mit ihm über die Eklipse. Wie wir auf dieses Thema gekommen sind, weiß ich nicht. Da er mich unwissend fand, holte er eine Projektionslampe und einen Globus hervor und machte mir im Nu die Sache klar. Auch lieh er mir ein Buch, von dem ich allerdings sagen muß, daß es etwas über meinen Horizont geht, obwohl ich doch eine ziemlich gute Schulbildung genossen habe. Der Mann hätte einen prächtigen Pfarrer abgegeben mit seinem hageren Gesicht, seinem grauen, ehrwürdigen Haar und der feierlichen Manier, in der er spricht. Als er beim Abschied die Hand auf meine Schulter legte, kam er mir vor wie ein Vater, der seinen Sohn segnet, der sich in die kalte, grausame Welt hinausbegibt."

Holmes rieb sich frohlockend die Hände.

"Großartig," rief er, "großartig. Sagen Sie einmal, mein lieber Freund McDonald, diese niedliche und gemütliche Plauderei hat wohl in der Bibliothek des Professors stattgefunden?"

"Stimmt."

"Ein schöner Raum, nicht wahr?"

"Prachtvoll – hochelegant, Mr. Holmes."

"Sie saßen seinem Schreibtisch gegenüber?"

"Jawohl."

"Das Licht in Ihrem Gesicht und seines im Schatten?"

"Nun ja, das dürfte stimmen. Es war am Abend und ich erinnere mich, daß die Studierlampe mir zugedreht war."

"Selbstverständlich. Bemerkten Sie auch ein Bild an der Wand hinter dem Professor?"

"Mir entgeht nicht so leicht etwas, Mr. Holmes. Wahrscheinlich habe ich das von Ihnen gelernt. Jawohl, ich sah das Bild – eine junge Frauensperson, das Gesicht in die Hände gestützt, den Blick seitwärts gerichtet."

"Ein Gemälde von Jean Baptiste Greuze."

Der Inspektor gab sich alle Mühe, interessiert zu scheinen.

"Jean Baptiste Greuze", fuhr Holmes fort, die Fingerspitzen der ausgebreiteten Hände aneinandergepreßt und sich dabei weit in seinen Stuhl zurücklehnend, "war ein französischer Maler, der zwischen 1705 und 1800, zu seinen Lebzeiten also in hohem Ansehen stand. Die Nachwelt hat bekanntlich die Geltung, die er schon bei seinen Zeitgenossen hatte, in vollem Maße bestätigt."

Ein abwesender Blick machte sich in den Augen des Inspektors bemerkbar.

"Wollen wir nicht lieber – –," sagte er.

"Nein, wir wollen nicht, denn wir sind ohnedies dabei," unterbrach ihn Holmes. "Was ich Ihnen sage, hat ganz unmittelbar Bezug auf das, was Sie das Geheimnis von Birlstone nennen. Tatsächlich möchte ich sagen, daß es geradezu dessen Ausgangspunkt ist."

"Ihre Gedanken laufen mir zu schnell, Mr. Holmes. Sie lassen meistens ein Glied oder mehrere sogar aus in der Kette, und ich verliere darüber den Anschluß. Was, um des lieben Himmels willen, hat dieser tote Maler mit der Sache in Birlstone zu tun?"

"Für den Detektiv ist Wissen jeder Art nützlich," bemerkte Holmes. "Selbst die anscheinend belanglose Tatsache, daß im Jahre 1865 das Bild von Greuze, das unter der Bezeichnung. ›Das junge Mädchen mit dem Lamm‹ bekannt ist, bei der Portalis-Auktion nicht weniger als 4000 Pfund brachte, sollte Ihnen zu denken geben."

Das tat es anscheinend auch. Der Inspektor war höchlich interessiert.

"Vielleicht vergegenwärtigen Sie sich," fuhr Holmes fort, "daß das Gehalt des Professors aus verschiedenen Nachschlagewerken unzweifelhaft festgestellt werden kann. Es beträgt genau 700 Pfund pro Jahr."

"Wie konnte er denn dann –"

"Sehr richtig, wie konnte er?"

"Jawohl, das ist sonderbar," sagte der Inspektor nachdenklich. "Schießen Sie los, Mr. Holmes. Ich bin auf das höchste gespannt. Sie machen derartige Sachen wunderbar."

Holmes lächelte. Für ehrliche Bewunderung war er in hohem Maße empfänglich, das Kennzeichen einer wahrhaften Künstlernatur.

"Über was wollen Sie etwas hören? Über Birlstone?" fragte er.

"Das hat noch Zeit," sagte der Inspektor, indem er einen Blick auf seine Uhr warf. "Ich habe einen Wagen unten, und wir brauchen nur zwanzig Minuten bis zum Viktoriabahnhof. Ich möchte über dieses Bild etwas Näheres wissen. – Ich war der Ansicht, Sie und Professor Moriarty seien sich noch nicht begegnet."

"So ist es auch."

"Woher kennen Sie dann seine Wohnung?"

"Ah, lieber McDonald, das ist etwas anderes. Ich war bereits dreimal in seiner Wohnung. Zweimal wartete ich auf ihn unter verschiedenen Vorwänden, und das letztemal – nun, darüber kann ich mit Ihnen als Amtsperson nicht sprechen. Nur das eine kann ich Ihnen sagen, daß ich mir bei dem letzten Besuch gestattete, seine Papiere durchzugehen, mit den überraschendsten Ergebnissen."

"Sie haben also kompromittierendes Material gefunden?"

"Nicht das geringste, und gerade das war das Überraschende daran. Nun, Sie haben bereits erkannt, daß in der Sache mit dem Bild etwas nicht stimmt. Der Besitz des Bildes läßt ihn als einen wohlhabenden Menschen erscheinen. Woher aber dieser Reichtum? Er ist unverheiratet, sein jüngerer Bruder ist Stationsvorsteher im Westen Englands. Sein Einkommen beträgt 700 Pfund pro Jahr, und trotzdem besitzt er einen Greuze."

"Nun also?"

"Die Schlußfolgerung ist doch einfach."

"Nach Ihrer Meinung stammt sein Einkommen aus dunklen Quellen?"

"Sehr richtig. Ich habe natürlich noch andere Gründe für meine Annahme, Dutzende von geheimnisvollen Fäden, die sich in undefinierbarer Weise zu dem Mittelpunkt des Netzes hinspinnen, in dem eine giftgefüllte, regungslose Kreatur lauert. Ich habe den Greuze nur erwähnt, weil er die Angelegenheit in den Bereich Ihrer eigenen Beobachtungen bringt."

"Ich gebe zu, Mr. Holmes, daß das, was Sie sagen, höchst interessant ist. Mehr als das – es ist geradezu wundervoll. Aber wollen wir uns nicht etwas klarer fassen, wenn dies möglich ist? Denken Sie an Fälschung, Falschmünzerei, Einbruch? Wo kommt das Geld her?"

"Haben Sie je etwas über Jonathan Wild gelesen?"

"Der Name kommt mir bekannt vor, eine Figur in einer Novelle, nicht wahr? Ich halte nicht viel von Detektiven in Novellen. Das sind Leute, die immer Erfolg haben, ohne daß man weiß, wie er zustande kommt. Die Leute arbeiten mit Einbildungskraft anstatt mit nackten Tatsachen."

"Jonathan Wild war kein Detektiv, auch keine Novellenfigur. Er war ein Meisterverbrecher, der im achtzehnten Jahrhundert, so um 1750 herum, lebte."

"Dann interessiert er mich nicht. Für mich als Mann der Praxis gibt es nur die Jetztzeit."

"Nun, Mr. Mac, dann möchte ich Ihnen raten, wenn Sie tatsächlich ein Mann der Praxis sein wollen, sich zunächst einmal auf drei Monate in Ihren vier Wänden einzuschließen und zwölf Stunden täglich die Annalen des Verbrechers nachzulesen. Alles bewegt sich im Kreislauf, selbst der Typ des Professors Moriarty. Jonathan Wild war der geistige Mittelpunkt der Londoner Verbrecherwelt, der er seinen Kopf und seine Organisation gegen eine fünfzehnprozentige Provision zur Verfügung stellte. Das Rad dreht sich ständig weiter, und dieselben Speichen kommen immer wieder empor. Alles ist schon einmal dagewesen und alles wird wieder geschehen. Ich möchte Ihnen ein oder zwei Dinge über Moriarty erzählen, die Sie vielleicht interessieren werden."

"Davon können Sie überzeugt sein."

"Ich weiß z. B., wer das erste Glied in seiner Kette ist – einer Kette, an deren einem Ende sich dieser Napoleon der Verbrecher befindet während sie am anderen in eine Unzahl dunkler Existenzen ausmündet, – Rowdies, Taschendiebe, Erpresser, Falschspieler und noch viele andere. Tatsächlich ist jede Form des Verbrechens darin vertreten. Sein Generalstabschef ist Oberst Sebastian Moran, ein Mensch, der über die Verbrecherwelt ebenso hoch erhaben scheint und dem Gesetz gegenüber genau so unangreifbar ist, wie Moriarty selbst. Was glauben Sie, daß er ihm bezahlt?"

"Das möchte ich gerne wissen."

"Sechstausend Pfund pro Jahr. Ein fürstliches Gehalt. Er hält sich die besten Leute und bezahlt sie entsprechend: das amerikanische Geschäftsprinzip. Ich bin ganz durch Zufall dahinter gekommen. Der Moran erhält ein höheres Gehalt als der Ministerpräsident. Das mag Ihnen einen Begriff davon geben, welche Einkünfte Moriarty bezieht, und in welchem Maßstab er seine Tätigkeit ausübt. Und dann noch etwas. Ich habe es mir kürzlich angelegen sein lassen, einigen von Moriartys Schecks nachzugehen – ganz gewöhnliche, harmlose Schecks, mit denen er seine Haushaltsrechnungen bezahlt. Nach denen zu schließen, die ich fand, unterhält er Konten bei nicht weniger als sechs verschiedenen Banken. Macht das einen Eindruck auf Ihr Gehirn?"

"Höchst merkwürdig, ohne Zweifel. Und was schließen Sie daraus?"

"Er will nicht, daß man über seine Geldmittel spricht. Niemand soll wissen, was er hat. Ich bin ganz sicher, daß er einige zwanzig Bankkonten hat, mit dem Großteil seines Vermögens wahrscheinlich im Ausland, bei der Deutschen Bank oder in Amerika. Wenn Sie einmal etwas Zeit übrig haben, so etwa ein oder zwei Jahre, empfehle ich Ihnen, sich mit Professor Moriarty zu beschäftigen."

Auf Inspektor McDonald hatten Holmes' Ausführungen, je weiter das Gespräch fortschritt, einen immer tieferen Eindruck gemacht. Er ging geradezu darin auf. Aber sein praktisches Tatsachengehirn, eine Eigenart seiner schottischen Heimat, führte ihn bald wieder in die Welt der Wirklichkeit zurück.

"Das muß noch etwas warten," sagte er. "Wir sind durch Ihre interessanten Erzählungen auf ein Nebengeleise geraten, Mr. Holmes. Was mich betrifft, so interessiert mich zunächst seine angebliche Verbindung mit dem Verbrechen in Birlstone. Diese nehmen Sie an, wegen der Warnung, die Sie von dem Mann Porlock erhalten haben. Ergibt sich daraus etwas für unsere gegenwärtigen praktischen Bedürfnisse?"

"Wir können dadurch vielleicht hinter die Beweggründe des Verbrechens kommen. Aus Ihren ersten Bemerkungen schließe ich, daß der Mord unerklärlich oder bisher wenigstens ungeklärt ist. Wenn wir nun als Ausgangspunkt des Verbrechens den annehmen, von dem ich Ihnen eben sprach, kommen zwei mögliche Motive in Frage. Das erste ist, daß, wie ich Ihnen sagen kann, Moriarty über seine Leute mit einer eisernen Rute regiert. Die Disziplin, die er hält, ist beispiellos. Als Bestrafung kennt er nur eines, nämlich den Tod. Wir können z. B. annehmen, daß der ermordete Mann, dieser Douglas, dessen fürchterliches Schicksal einem Untergeordneten des Erzverbrechers vorher bekannt war, ein Mitglied dieser Organisation war, das in irgendeiner Weise Verrat geübt hat. Die

Bestrafung folgte auf dem Fuße und würde natürlich der ganzen Organisation bekanntgemacht werden, um den Leuten Furcht vor einem ähnlichen Schicksal einzuflößen."

"Nun, das ist die eine Hypothese, Mr. Holmes."

"Die andere ist, daß die Sache eines seiner dunklen Geschäfte ist und von Moriarty in diesem Sinne geleitet und ausgeführt wurde. Ist irgend etwas geraubt worden?"

"Ich habe nichts davon gehört."

"Wenn dem so wäre," fuhr Holmes fort, "würde das natürlich ohne weiteres für die zweite Annahme sprechen. Moriarty wurde vielleicht dazu gewonnen, das Verbrechen auf Teilung des Raubes auszuführen, oder man hat ihm eine bestimmte Summe für die Ausführung des Mordes bezahlt. Beides ist möglich. Aber wie dem auch sei, und selbst wenn es noch eine dritte Möglichkeit gäbe, müssen wir in Birlstone nach der Lösung suchen. Ich kenne unseren Mann zu genau, um nicht überzeugt zu sein, daß er hier keine Spur hinterlassen hat, die auf ihn zurückführen könnte."

"Also, dann auf nach Birlstone!" rief McDonald von seinem Stuhl auffahrend. "Verdammt! Es ist später geworden, als ich dachte. Ich kann euch beiden Herren höchstens noch fünf Minuten für eure Reisevorbereitungen geben."

"Für uns ist das reichlich", sägte Holmes, sprang auf und schlüpfte eiligst aus seinem Schlafrock und in seinen Rock. "Unterwegs, Mr. Mac, werden Sie vielleicht so gut sein und mir alles erzählen, was Sie wissen."

Dieses alles war, wie sich herausstellte, enttäuschend wenig. Trotzdem ergab sich unzweifelhaft, daß der Fall der sorgfältigsten Bearbeitung eines Meisters wert war. Holmes' Gesicht heiterte sich auf, als er, seine dünnen Hände reibend, der mageren, aber ungewöhnlichen Aufzählung der vorliegenden Tatsachen lauschte. Eine lange Reihe stiller Wochen lag hinter uns. Hier endlich fand sich wieder ein Objekt, würdig der erstaunlichen Gaben meines Freundes, die stets nach Handlung drängten und daher ihrem Besitzer unbequem wurden, wenn sich keine Gelegenheit bot, sie auszuüben. Selbst der schärfste Geist stumpft sich durch Untätigkeit ab. Sherlock Holmes' Augen funkelten, seine bleichen Wangen übergoß eine wärmere Farbe, sein Gesicht nahm einen durchgeistigten Ausdruck an, wie stets, wenn ihn ein Ruf zur Arbeit erreichte. Den Kopf vorgebeugt, hörte er mit angestrengter Aufmerksamkeit McDonalds kurzer Schilderung der Aufgabe zu, die uns in Birlstone erwartete. Alles, was der Inspektor darüber zur Hand hatte, war, wie er uns erklärte, ein kurzer Bericht, der mit dem frühmorgendlichen Milchzug nach London gesandt worden war. White Mason, das Haupt der Grafschaftspolizei, dem die Untersuchung offiziell unterstand, war einer seiner persönlichen Freunde, weshalb McDonald dessen Benachrichtigung schneller empfing, als sonst geschieht, wenn die Zentrale in Scotland Yard von der Provinzpolizei um Beistand angerufen wird. Der hauptstädtische Detektiv findet meistens schon eine recht kalte Spur vor, wenn er zur Stätte eines Verbrechens gerufen wird.

"Mein lieber Inspektor McDonald", lautete der Brief, den er uns vorlas. "Die amtliche Anforderung Ihrer Dienste finden Sie unter besonderem Umschlag. Das Folgende ist für Sie privat. Drahten Sie mir, mit welchem Zug Sie morgens in Birlstone eintreffen werden. Ich werde Sie entweder selbst erwarten, oder, wenn meine Zeit dies nicht erlaubt, Sie abholen lassen. Der Fall ist eine Sensation. Zögern Sie nicht einen Moment. Wenn Sie Mr. Holmes mitbringen können, tun Sie es. Er wird die Sache nach seinem Geschmack finden. Man möchte glauben, daß die Geschichte direkt auf einen Bühneneffekt angelegt war, wenn nicht ein Toter in ihrem Mittelpunkt stände. Sie können mir glauben, es ist eine Sensation."

"Ihr Freund scheint kein Dummkopf zu sein", bemerkte Holmes.

"Nein, Herr, White Mason hat es in sich, wenn Sie meinem Urteil glauben wollen."

"Haben Sie sonst noch irgend etwas zu berichten?"

"Nein, er wird uns alles sagen, wenn wir ihn treffen."

"Es stand aber doch in dem Brief nicht ein Wort von Mr. Douglas und daß er in schrecklicher Weise ermordet wurde. Woher wissen Sie denn das?"

"Das war in dem anliegenden Bericht enthalten. Das Wort ›schrecklich‹ kommt darin allerdings nicht vor; dergleichen kennt die amtliche Ausdrucksweise nicht. Lediglich der Name John Douglas ist angeführt und dazu bemerkt, daß der Tod von einem Kopfschuß herrühre, der aussehe wie von einem Schrotgewehr. Auch ist angeführt, wann das Verbrechen entdeckt wurde, nämlich gestern nahe an Mitternacht. Schließlich steht noch darin, daß es sich zweifellos um Mord handele, daß bisher niemand verhaftet wurde und der Fall einige ungewöhnliche und erstaunliche Eigenarten aufweise. Das ist alles, was uns bisher vorliegt, Mr. Holmes."

"Wenn Sie gestatten, Mr. Mac, wollen wir es zunächst dabei bewenden lasse". Die Versuchung, sich auf Grund ungenügenden Tatsachenmaterials vorschnelle Ansichten zu bilden, ist eines der größten Übel unseres Berufes. Sicher ist bisher nur das Folgende: das Vorhandensein eines gefährlichen Kopfes in London und eines Toten in Sussex. Alles, was dazwischen liegt, müssen wir noch herausfinden."

3. Kapitel. Das Drama von Birlstone.

Nunmehr möchte ich mir erlauben, meine eigene unbedeutende Persönlichkeit im weiteren Verlauf dieser Erzählung auszuschalten und die Ereignisse, die sich vor unserer Ankunft an der Stätte des Mordes abgespielt hatten, so zu schildern, wie sie im Lichte späterer Aufklärung erschienen sind. Dies ist, wie ich glaube, die einzige Art, wie ich den Leser mit den handelnden Personen und der eigenartigen Umgebung, in der sich ihr Schicksal abspielte, vertraut machen kann.

Das Dorf Birlstone liegt am Nordrande der Grafschaft Sussex und besteht aus einer kleinen Gruppe altertümlicher Fachwerkgebäude. Nachdem Jahrhunderte vorübergezogen waren, ohne irgendein Zeichen an dem Dörfchen zu hinterlassen, hatten sich in den letzten Jahren, offenbar von der malerischen Lage angezogen, eine Anzahl wohlhabender Leute, deren Villen aus den umliegenden Wäldern hervorblickten, darin niedergelassen. Diese Wälder sind der äußerste Kranz des großen Weal-Forstes, der sich von dort bis in die nördlichen Kalkdünen erstreckt. Einige kleine Kaufmannsläden traten ins Leben, um den Bedürfnissen der vermehrten Bevölkerung Rechnung zu tragen, und es hat fast den Anschein, als ob sich Birlstone aus einem altehrwürdigen Dörfchen zu einer modernen Stadt entwickeln wird. Es ist der Mittelpunkt eines weit ausgebreiteten Landstriches, denn der nächste bedeutende Ort, Tunbridge Wells, liegt mehr als zehn Meilen davon ab, jenseits der Grenze der Grafschaft, in Kent. Etwa eine halbe Meile vom Dorfe entfernt erhebt sich in einem alten Park, berühmt wegen seines Bestandes an riesigen Buchen, das alte Herrenhaus von Birlstone. Teile davon reichen in die Zeit der ersten Kreuzzüge zurück, als Hugo de Capus eine Burg inmitten des Besitzes, mit dem ihn der rote König belehnt hatte, erbaute. Ein Feuer hat im Jahre 1543 dieses Gebäude zerstört. Einige der rauchgeschwärzten Ecksteine waren noch vorhanden und fanden Verwendung, als später, in der jakobinischen Zeit, auf den Ruinen der feudalen Burg ein Landhaus in Ziegelmauerwerk errichtet wurde. Dieses Herrenhaus mit seinen vielen Giebeln und rhombischen Fenstern war noch fast so, wie es aus den Händen des Baumeisters,

Anfang des siebzehntem Jahrhunderts, hervorgegangen war. Den äußeren der beiden Wallgraben, mit denen sein kriegerischer Vorläufer umgeben war, hatte man aufgelassen. Er diente jetzt einer so prosaischen Aufgabe wie der eines Gemüsegartens. Der innere war noch vorhanden und lief, etwa zwölf Meter breit, aber nur einige Fuß tief, um das ganze Haus herum. Er wurde von einem kleinen Bach gespeist, der jenseits seinen Ausfluß hatte, so daß das Wasser darin, obwohl trübe, doch keineswegs stagnierend und ungesund war. Die Fenster des Erdgeschosses lagen nur etwa einen Fuß über dem Wasserspiegel. Der einzige Zugang zum Hause führte über eine Zugbrücke, deren Ketten und Windevorrichtungen längst verrostet und brüchig geworden waren. Die gegenwärtigen Inhaber des Herrenhauses hattensie indessen mit bemerkenswertem Eifer instand setzen lassen, und die Zugbrücke konnte nunmehr wieder aufgezogen und herabgesenkt werden, was auch tatsächlich jeden Abend, beziehungsweise jeden Morgen, geschah.

Indem so der Brauch aus der alten Ritterzeit erneuert wurde, verwandelte sich das Herrenhaus die Nacht über gewissermaßen in eine Insel, eine Tatsache, die eine sehr wichtige Rolle in den Ereignissen spielte, die alsbald die Aufmerksamkeit ganz Englands auf das alte Herrenhaus lenken sollten. Es war eine Reihe von Jahren unbewohnt geblieben und drohte, in einen malerischen Trümmerhaufen zu zerfallen, als es Douglas in Besitz nahm. Die Familie des neuen Inhabers bestand lediglich aus zwei Personen, John Douglas und seiner Frau. Douglas war ein bemerkenswerter Mann, sowohl was Charakter als Äußeres anbelangt. Er war etwa fünfzig Jahre alt, hatte ein derbes Gesicht mit kräftigem Kinn und auffallend lebhaften grauen Augen, einen graugesprenkelten Schnurrbart und eine sehnige, kraftvolle Gestalt, die nichts von der Elastizität und Beweglichkeit der Jugend eingebüßt hatte. Er war von heiterem Wesen, freundlich gegen jedermann, aber etwas brüsk in seinem Benehmen, wodurch er den Eindruck erweckte, daß es in seinem Leben Zeiten gegeben habe, wo er sich in weit niedrigeren Gesellschaftsschichten bewegte, als in jenen Kreisen, die in der Grafschaft Sussex tonangebend waren. Wenn auch seine Nachbarn der begüterten Klasse ihn mit Neugier betrachteten und mit Zurückhaltung behandelten, hatte er sich unter den Dorfbewohnern bald große Beliebtheit errungen. Er steuerte freigebig zu allen gemeinnützigen Unternehmungen bei, nahm an den örtlichen Veranstaltungen stets gern teil und war jederzeit zur Hand, mit seiner wohlklingenden Tenorstimme das Konzertprogramm zu bereichern. Anscheinend verfügte er über reichliche Geldmittel, die, wie man sagte, aus den kalifornischen Goldfeldern stammten. Aus Gesprächen mit ihm und Andeutungen, die seine Frau fallen ließ, ging klar und deutlich hervor, daß er einen Teil seines Lebens in Amerika verbracht hatte. Der gute Eindruck, den er durch seine Freigebigkeit und seine leutseligen Manieren erweckt hatte, wurde noch erhöht durch den Ruf vollkommenster Furchtlosigkeit. Obgleich ein miserabler Reiter, ließ er es sich nicht entgehen, an jeder Fuchsjagd teilzunehmen, und er hatte bereits eine Anzahl schwerer Stürze erlitten in seinem zähen Bemühen, es den Besten gleichzutun. Als im Pfarrhaus einmal ein Brand ausbrach, zeichnete er sich durch den Mut aus, mit dem er in das brennende Gebäude eindrang, um Einrichtungsgegenstände zu retten, nachdem die Ortsfeuerwehr dies bereits als unmöglich aufgegeben hatte. Auf diese Weise war es gekommen, daß John Douglas, der Besitzer des Herrenhauses, sich in den fünf Jahren seines Aufenthaltes in Birlstone zu einer weithin und bestens bekannten Persönlichkeit gemacht hatte.

Auch seine Frau war bei allen, die sie genauer kannten, sehr beliebt. Sicher gab es allerdings, angesichts der dem Engländer eigenen scheuen Reserve gegenüber Fremden, die sich, ohne über gute Empfehlungen zu verfügen, auf dem Lande niederlassen, nicht sonderlich viele. Daran schien ihr indessen nicht im mindesten zu liegen, denn ihr Wesen neigte nicht zur Geselligkeit, und sie ging ganz in ihren ehelichen und hausfraulichen Pflichten auf. Man wußte von ihr nur, daß sie Engländerin war und Douglas, der damals Witwer war, in London kennengelernt hatte. Sie war eine Schönheit, hoch und schlank gewachsen, dunkel, etwa zwanzig Jahre jünger als ihr Mann, ein Altersunterschied, der in keiner Weise das Glück der Ehe zu beeinträchtigen schien. Manche glaubten, beobachtet zu haben – und zwar Leute, die sie am besten kannten –, daß das Vertrauen zwischen den beiden nicht ganz vollständig war. Entweder, so sagte man, zeige die Frau eine auffallende Schweigsamkeit über das Vorleben ihres Mannes, oder sie sei, was weit wahrscheinlicher schien, darüber nur höchst unvollkommen unterrichtet. In diesem Zusammenhange wurde es in den Kreisen, die mit den beiden Eheleuten am engsten verkehrten, häufig besprochen, daß sich bei Frau Douglas öfter Zeichen nervöser Erregung bemerkbar machten und daß sie große Unruhe zur Schau trug, wenn der Mann abwesend war und sich seine Rückkehr ungewöhnlich lange verzögerte. Auf dem Lande draußen, wo Tratsch jeder Art eine willkommene Abwechslung im Einerlei des täglichen Lebens bildet, konnte natürlich diese Schwäche der Dame des Herrenhauses nicht unbemerkt bleiben. Sie gab zu allerlei Vermutungen Anlaß, als sich die später zu schildernden Ereignisse abspielten, mit denen sie in einem gewissen Zusammenhang zu stehen schien. Außer dem Ehepaar hatte das Herrenhaus zu jener Zeit noch einen dritten Insassen, einen Mann, der sich dort allerdings nur zeitweise aufhielt, dessen

Anwesenheit zur Zeit des Verbrechens jedoch seinen Namen und seine Persönlichkeit in das grelle Licht der Öffentlichkeit rücken sollte. Dies war Cecil Barker von Hales Lodge, Hampstead. Cecil Barkers hohe, bewegliche Gestalt war in den Hauptstraßen des Dorfes eine vertraute Erscheinung, denn er war ein häufiger und willkommener Gast im Herrenhaus. Als um so auffälliger wurde dies bemerkt, da der einzige und erste Gast von Mr. Douglas in seinem neuen englischen Heim auch der einzige war, der mit dessen Vorleben vertraut schien. Barker war unzweifelhaft ein Vollblutengländer, aber seine Bemerkungen ließen keinen Zweifel darüber, daß er Douglas in Amerika kennengelernt hatte, und daß die Beiden dort eine enge Freundschaft verband. Er war offenbar ein sehr wohlhabender Mann und, soviel man wußte, Junggeselle.

Im Alter stand er Douglas einige Jahre nach – er war höchstens etwa fünfundvierzig. Er hatte eine große, etwas eckige Gestalt mit mächtiger, breiter Brust, ein glattrasiertes Ringkämpfergesicht, buschige schwarze Augenbrauen und ein Paar befehlend blickender, schwarzer Augen, mit denen allein er sich, ohne die Hilfe seiner kräftigen Arme, einen Weg durch eine feindliche Menge hätte bahnen können. Er war weder Reiter noch Jäger und verbrachte seine Tage, indem er entweder mit der Pfeife im Mund durch das alte Dorf schlenderte oder mit seinem Gastgeber, vielleicht auch mit der Gastgeberin, wenn jener abwesend war, in der schönen Umgebung spazierenfuhr. "Ein leutseliger, freigebiger Herr," sagte Ames, das Haupt der Dienerschaft, "aber ich möchte nicht der Mann sein, der ihm in die Quere kommt." Er war herzlich befreundet mit Douglas und nicht weniger mit dessen Frau, eine Freundschaft, die den Ehemann manchmal zu beunruhigen schien. Sogar die Dienstboten glaubten ihn öfter darüber verärgert zu sehen. Dies also war die dritte Person des kleinen Familienkreises, den die Insassen des Herrenhauses zur Zeit des Verbrechens bildeten. Was die Dienerschaft anbelangt, so mag es genügen, von deren zahlreichen Mitgliedern, die der große Haushalt erforderte, den ehrenwerten, tüchtigen und adretten Ames und Frau Allen, eine dralle und frischfröhliche Person, die die Dame des Hauses in einer Anzahl von Haushaltsaufgaben entlastete, zu erwähnen. Die anderen sechs Dienstboten im Hause sind zu den Ereignissen, die sich in der Nacht des 6. Januar abspielten, in keinerlei Beziehung getreten.

Es war um ¾12 Uhr nachts, als die Nachricht von dem Verbrechen im Polizeibüro des Dorfes, das unter der Leitung des Sergeanten Wilson von der Sussex-Polizei stand, einlief. Mr. Cecil Barker war es, der in höchster Aufregung auf die Tür des Polizeibüros zugestürzt kam und heftig klingelnd Einlaß begehrte. Ein schreckliches Drama habe sich im Herrenhaus abgespielt, Mr. John Douglas sei ermordet worden. Das war der Inhalt der atemlos hervorgestoßenen Nachricht. Er eilte wieder zum Hause zurück, wohin ihm einige Minuten später der Sergeant folgte, nachdem er schnell seine vorgesetzte Behörde in Kenntnis gesetzt hatte, daß etwas Ernstliches vorgefallen sei. Sergeant Wilson traf einige Minuten nach 12 Uhr auf der Stätte des Mordes ein.

Als er das Herrenhaus erreichte, fand er die Zugbrücke heruntergelassen, die Fenster erleuchtet und den ganzen Haushalt in einem Zustand wildester Aufregung und größten Schreckens. Die Dienerschaft bildete mit bleichen Gesichtern eine Gruppe in der Halle; Ames stand händeringend im Torweg. Nur Cecil Barker schien Herr seiner Gefühle und Handlungen zu sein. Er öffnete die dem Eingang zunächst liegende Tür und winkte dem Sergeanten, ihm zu folgen. In diesem Augenblick traf auch Dr. Wood, der energische und tüchtige Arzt des Dorfes ein. Die drei Männer betraten das Schreckensgemach zu gleicher Zeit. Ames, der noch an allen Gliedern bebte, folgte ihnen und schloß die Tür, um dem draußenstehenden weiblichen Dienstpersonal den schauerlichen Anblick, der sich bot, zu entziehen.

Der Tote lag auf dem Rücken, ungefähr in der Mitte des Zimmers, alle Glieder von sich gestreckt. Er war nur mit einem Nachtanzug und einem rosafarbigen Schlafrock bekleidet. Seine bloßen Füße steckten in Pantoffeln. Der Arzt kniete neben ihm nieder und beleuchtete ihn mit der Handlampe, die auf dem Tisch stand. Ein Blick auf das Opfer genügte dem Mann der ärztlichen Wissenschaft, um zu erkennen, daß hier jede weitere Mühe vergeblich war. Der Tote war entsetzlich entstellt. Quer über seiner Brust lag eine sonderbare Waffe, ein Schrotgewehr, dessen Läufe etwa 30 cm, von den Drückern an gemessen, abgesägt waren. Es lag auf der Hand, daß das Gewehr aus nächster Nähe abgefeuert worden war, denn der Tote hatte die ganze Ladung ins Gesicht bekommen, wobei sein Kopf förmlich zertrümmert worden war. Die zwei Drücker waren mit Draht verbunden, um beide Läufe gleichzeitig abfeuern zu können und dadurch die entsetzliche Wirkung noch zu erhöhen. Der Dorfpolizist war völlig entnervt von dem Anblick und in größter Sorge über die Verantwortung, die unvermutet auf seine Schultern gefallen war.

"Wir wollen nichts anrühren, bis meine Vorgesetzten hier sind", sagte er mit halblauter Stimme, den entsetzlich verstümmelten Kopf des Toten schaudernd anstarrend.

"Nichts ist berührt worden," sagte Cecil Barker, "dafür stehe ich ein. Sie sehen alles so, wie ich es vorgefunden habe."

"Wann war das?" Der Sergeant hatte sein Notizbuch hervorgezogen und hielt den Bleistift in Bereitschaft.

"Genau um ½12. Ich war noch vollständig angekleidet und saß am Kaminfeuer in meinem Schlafzimmer, als der Schuß ertönte. Er klang nicht sonderlich laut, eher gedämpft. Darauf stürzte ich hinunter. Ich glaube nicht, daß mehr als dreißig Sekunden verflossen waren, bis ich hier ankam."

"War die Tür offen?"

"Jawohl, sie war offen. Der arme Douglas lag genau so da, wie Sie ihn jetzt sehen. Seine Schlafzimmerkerze stand brennend auf dem Tisch. Ich war es, der sie auslöschte und die Lampe anzündete."

"Haben Sie irgend jemanden gesehen?"

"Nein, ich hörte Mrs. Douglas hinter mir die Treppe herabkommen und eilte ihr entgegen, um sie daran zu hindern, sich dem entsetzlichen Anblick auszusetzen. Dann kam Frau Allen, die Haushälterin, und führte sie hinweg. Auch Ames war unterdessen angelangt, und ich ging mit ihm wieder in das Zimmer zurück."

"Die Zugbrücke wird doch, wie ich höre, jeden Abend aufgezogen?"

"Jawohl, sie war auch aufgezogen. Ich habe sie wieder heruntergelassen."

"Wie war es dann aber möglich, daß der Mörder entkommen konnte? Es steht ganz außer Frage: Mr. Douglas muß sich selbst erschossen haben."

"Das war auch unser erster Gedanke, aber hier, sehen Sie einmal!" Barker zog den Vorhang beiseite und enthüllte das lange, mit rhombischen Scheiben versehene Fenster, das in voller Breite offen stand. "Und hier, sehen Sie dies an." Er nahm die Lampe und beleuchtete, das Fensterbrett auf dem sich Spuren einer Fußsohle mit Blut vermischt abhoben. "Jemand hat hier gestanden, um hinauszugelangen."

"Sie meinen also, daß der Betreffende den Festungsgraben durchwatet hat?"

"Sehr richtig."

"Wenn Sie also innerhalb einer halben Minute nach dem Schuß im Zimmer waren, muß sich der Mann gerade zu der Zeit im Wasser befunden haben."

"Ich zweifle nicht daran. Wollte Gott, daß ich zum Fenster gesprungen wäre. Aber es war hinter dem Vorhang verborgen, so wie Sie es sahen und ist mir daher nicht in den Sinn gekommen. Dann hörte ich den Schritt von Mrs. Douglas, und es mußte natürlich meine Aufgabe sein, zu verhindern, daß sie in das Zimmer kam. Es wäre zu schrecklich gewesen."

"Schrecklich ist nicht zuviel gesagt", bemerkte der Doktor, der den zerschmetterten Kopf und den grauenerregenden Zustand der unmittelbaren Umgebung betrachtete. "Ich habe seit dem großen Eisenbahnunglück in Birlstone keine so fürchterlichen Verletzungen gesehen."

"Sagen Sie mir bitte," bemerkte der Polizeibeamte, dessen ländliches, langsam denkendes Gehirn sich noch immer mit dem offenen Fenster beschäftigte, "es ist alles recht gut und schön, was Sie da sagen von dem Mann, der den Festungsgraben durchwatet hat und dadurch entkommen ist, aber, und das möchte ich Sie hiermit fragen, wie kann er überhaupt ins Haus gekommen sein, wenn die Brücke aufgezogen war?"

"Das möchte ich auch wissen", sagte Barker.

"Um wieviel Uhr wurde sie aufgezogen?"

"Es ging gerade auf sechs", bemerkte Ames.

"Ich habe gehört," sagte der Sergeant, "daß dies gewöhnlich um Sonnenuntergang herum geschieht. Das wäre um diese Jahreszeit eher etwa um halb fünf als sechs."

"Frau Douglas hatte Besuch zum Tee", antwortete Ames. "Ich konnte die Brücke nicht gut aufziehen, bevor die Besucher gegangen waren."

"Die Sache ist also die," meinte der Sergeant, "wenn irgend jemand von außen hereingekommen ist, – wenn, sage ich, – so muß dies schon vor sechs geschehen sein, und der Betreffende muß sich dann versteckt gehalten haben, bis Mr. Douglas nach elf das Zimmer betrat."

"So ist es. Mr. Douglas machte jede Nacht vor dem Schlafengehen eine Runde durch das Haus, um zu sehen, ob alle Lichter ausgemacht seien. Zu diesem Zweck ist er auch hierher gekommen. Der Mann hat hier gewartet und ihn niedergeschossen, dann machte er sich durch das Fenster davon, ließ aber sein Gewehr zurück. Das ist meine Ansicht von der Sache, – die einzige, die mir auf Grund der vorliegenden Tatsachen möglich erscheint."

Der Sergeant hob eine Karte auf, die neben dem Toten auf dem Fußboden lag. Darauf befanden sich nur zwei Buchstaben V V mit der Zahl 341 darunter, grob mit Tinte geschrieben.

"Was ist das?", fragte er, indem er die Karte hochhielt.

Barker betrachtete sie neugierig.

"Die Karte ist mir noch gar nicht aufgefallen", sagte er. "Die muß der Mörder hinterlassen haben."

"V V 341, was kann das wohl bedeuten?"

Der Sergeant drehte sie mit seinen dicken Fingern von einer zur anderen Seite.

"Was ist V V? Jemandes Anfangsbuchstaben wahrscheinlich. Und was haben Sie da, Dr. Wood?"

Es war ein ziemlich großer Hammer, der auf dem Teppich vor dem Kaminfeuer gelegen hatte, ein kräftiges, solides Handwerkszeug. – Cecil Barker wies auf eine Schachtel mit Messingnägeln, die auf dem Kaminsims stand.

"Mr. Douglas hat gestern einige Bilder umgehängt", sagte er. "Ich sah ihn auf jenem Stuhl stehen und das darüberhängende Bild befestigen. Daher wohl der Hammer."

"Wir wollen ihn lieber auf den Teppich zurücklegen, wo wir ihn gefunden haben", bemerkte der Sergeant und kratzte sich verlegen den Kopf. "Wenn wir der Sache auf den Grund kommen wollen, brauchen wir die klügsten Köpfe, die wir in der Polizei haben. Das wird ein Fall für die Londoner Herren werden, denke ich mir." Er nahm die Handlampe auf und wandelte damit langsam durch das Zimmer. "Hallo!" rief er aufgeregt, indem er den Vorhang zur Seite zog. "Um wieviel Uhr wurden diese Vorhänge zugezogen?"

"Als wir die Lampen anzündeten", antwortete Ames. "Das wird ungefähr um vier Uhr gewesen sein."

"Hier hat sich jemand versteckt gehalten, das ist sicher." Er hielt das Licht zu Boden, wodurch die Spuren schmutziger Stiefel sichtbar wurden. "Das stimmt mit Ihrer Theorie überein, Mr. Barker. Es sieht so aus, als ob der Mann nach vier Uhr, als die Vorhänge bereits zugezogen waren, und vor sechs Uhr, bevor die Zugbrücke aufgezogen wurde, ins Haus gelangte. Er schlüpfte in dieses Zimmer, weil es das erste war, das er sah. Da kein anderer Platz da war, wo er sich verstecken konnte, hat er sich hier hinter diesen Vorhang gedrückt. Das ist alles ganz klar. Wahrscheinlich war es ihm darum zu tun, zu stehlen, aber Mr. Douglas hat ihn zufällig gesehen, worauf der Mann ihn niederschoß und dadurch entwischen konnte."

"So stelle auch ich mir die Sache vor", sagte Barker. "Aber meinen Sie nicht, daß wir kostbare Zeit verlieren. Sollten wir nicht hinaus und die Gegend absuchen, bevor der Mann entweichen kann?"

Der Sergeant dachte eine zeitlang nach.

"Vor sechs Uhr morgens geht kein Zug mehr. Auf diese Weise kann er also nicht entfliehen. Wenn er in seinen nassen Kleidern über die Landstraße marschiert, wird er sicherlich jemandem auffallen, überhaupt kann ich mich von hier nicht wegrühren, bevor ich nicht abgelöst werde. Trotzdem bin ich der Meinung, daß ein paar Leute die Spur aufnehmen sollten, bis wir soweit sind, klarer zu sehen."

Der Doktor hatte die Lampe ergriffen und untersuchte den Körper des Toten.

"Was ist das für ein Zeichen?" fragte er. "Könnte das eine Beziehung zu dem Verbrechen haben?"

Der rechte Arm des Toten stak, bis zum Ellbogen entblößt, aus dem Schlafrock heraus. Ungefähr in der Mitte des Unterarms befand sich ein sonderbares braunes Mal, ein Dreieck innerhalb eines Kreises, das sich von der milchweißen Haut in scharfem Kontrast abhob.

"Es ist keine Tätowierung", sagte der Doktor, indem er es durch seine Gläser betrachtete. "Ich sah niemals etwas Dergleichen. Der Mann ist einmal mit einem Brand gezeichnet worden, so wie man Vieh brandet. Was halten Sie davon?"

"Ich habe keine Idee, was es bedeutet, aber ich habe das Brandzeichen an Douglas während der letzten zehn Jahre häufig bemerkt."

"Auch ich", sagte Ames, der Diener. "Oftmals, wenn sich der gnädige Herr die Hemdärmel aufgekrempelt hat, habe ich das Zeichen beobachtet und war begierig zu wissen, was es bedeuten könne."

"Dann hat es also mit dem Verbrechen nichts zu tun", sagte der Polizeibeamte. "Aber merkwürdig ist es trotzdem. Alles in dieser Geschichte ist merkwürdig. Nun was gibt's schon wieder?"

Der Diener hatte einen Ausruf der Verwunderung ausgestoßen, indem er auf die ausgestreckte Hand des Toten wies. "Sie haben seinen Ehering genommen", stieß er hervor.

"Was!"

"Jawohl, tatsächlich. Der gnädige Herr hat immer einen einfachen goldenen Trauring auf dem kleinen Finger der linken Hand getragen. Dieser Ring da, mit dem Goldklümpchen darauf, stak darüber und jener mit der gewundenen Schlange am dritten Finger. Der mit dem Goldklümpchen ist da und auch der Schlangenring, aber der Ehering fehlt."

"Stimmt", sagte Barker.

"Wollen Sie damit sagen," fragte der Sergeant, "daß der Ehering hinter dem anderen saß?"

"Immer!"

"Dann muß also der Mörder, wer immer er war, zuerst den einen Ring abgezogen haben, den Sie den Goldklümpchen-Ring nennen und hinterher den Ehering, und dann den ersteren wieder aufgesteckt haben."

"So ist es."

Der ehrenwerte Dorfpolizist schüttelte den Kopf.

"Es scheint mir, je schneller wir London an die Sache bekommen, desto besser. White Mason ist sicherlich ein kluger Mann, kein Provinzfall war ihm jemals zu viel. Es wird nicht mehr lange dauern, bis er hier ist und uns helfen kann. Aber ich glaube, wir werden auch die Londoner Herren brauchen. Jedenfalls schäme ich mich nicht, zu sagen, daß so etwas für unser einen zu hoch ist."

4. Kapitel. In der Dunkelheit.

Um drei Uhr morgens traf der oberste Beamte der Grafschafts-Polizei auf den dringenden Anruf des Sergeanten Wilson, in einem leichten Dogcart, das von einem dampfenden Traber gezogen wurde, auf der Stätte des Mordes ein. Mit dem Zug um 5.40 Uhr morgens schickte er seine Nachricht an Scotland Yard in London und war um zwölf Uhr am Bahnhof in Birlstone, um uns zu erwarten.

Mr. White Mason war ein ruhiger, gemütlich aussehender Mensch, in losem Tweedanzug, mit glattrasiertem, sonnengebräunten Gesicht, etwas beleibt. Seine mächtigen O-Beine steckten in Gamaschen, die ihm das Aussehen eines kleinen Grundbesitzers oder eines pensionierten Forstbeamten, jedenfalls aber nicht das der weniger beliebten Gattung des Provinzdetektivs verliehen.

"Eine richtiggehende Sensation, sage ich Ihnen, Mr. McDonald", wiederholte er in einem fort. "Es wird hier von Reportern wimmeln, wenn die Sache ruchbar wird. Ich will nur wünschen, daß wir mit unserer Arbeit zu Ende sind, bevor die Zeitungsmenschen ihre Nasen hineinstecken und uns alle Spuren ruinieren. Etwas Ähnliches habe ich noch nicht erlebt. Verschiedene Punkte sind auch für Sie da, Mr. Holmes, wenn ich mich nicht täusche, und auch für Sie, Mr. Watson, denn die Herren Ärzte werden noch ein gewichtiges Wort mitzusprechen haben, bevor wir durch sind. Ich habe für Sie ein Zimmer im Dorfgasthaus bestellt, dem einzigen, das es gibt. Kommen Sie, meine Herren, wenn ich bitten darf."

Er war ein sehr geschäftiger und gesprächiger Mann, dieser Provinzdetektiv. In zehn Minuten befanden wir uns alle in unserem Quartier. In weiteren zehn saßen wir im Salon des Gasthofes und empfingen eine kurze Schilderung der Ereignisse, die im vorangegangenen Kapitel beschrieben sind. McDonald machte sich gelegentlich eine Notiz, während Holmes mit dem Ausdruck überraschter und andächtiger Bewunderung dasaß, etwa wie der Botaniker, der eine seltene und kostbare Blume betrachtet.

"Bemerkenswert", sagte er, als die Schilderung zu Ende war. "Höchst bemerkenswert. Ich kann mich kaum an einen Fall erinnern, der solche Eigenarten aufwies."

"Ich dachte mir, daß Sie das sagen würden, Mr. Holmes", meinte White Mason höchst erfreut. "Wir hier in Sussex sind auf der Höhe der Zeit. Ich habe Ihnen nun erzählt, wie ich die Sache vorgefunden habe, als ich sie von Sergeant Wilson zwischen drei und vier des Morgens übernahm. Donnerwetter, habe ich meine alte Mähre in Schwung gebracht. Aber diese Eile war höchst überflüssig, wie sich hinterher herausstellte, denn es gab für mich tatsächlich nichts weiter zu tun. Sergeant Wilson hatte bereits den ganzen Tatbestand aufgenommen. Ich bin ihm durchgegangen, habe mir alles überdacht und habe vielleicht noch ein paar Kleinigkeiten zugefügt."

"Welche?"

"Also, in erster Linie ließ ich den Hammer untersuchen. Dr. Wood half mir dabei. Wir fanden nicht das geringste Merkmal eines Schlages gegen einen menschlichen Körper daran. Ich hatte gehofft, daß, wenn sich Mr. Douglas mit dem Hammer verteidigt hatte, Spuren an dem Werkzeug zurückgeblieben sein würden. Aber wir konnten keinen Blutfleck daran entdecken."

"Das beweist natürlich nicht das geringste", bemerkte Inspektor McDonald. "Viele Leute sind schon mit einem Hammer ermordet worden, ohne daß diesem etwas anzusehen war."

"Sehr richtig, es beweist nicht, daß der Hammer nicht gebraucht worden ist, aber es hätte sein können, daß Spuren zu sehen waren, das wäre für uns ein wertvoller Anhaltspunkt gewesen. Wie dem auch sei, die Untersuchung hat zu nichts geführt. Dann untersuchte ich die Flinte. Sie war mit Rehpfosten geladen gewesen und, worauf schon Sergeant Wilson hingewiesen hatte, die Drücker waren in der Weise miteinander verbunden, daß beide Läufe gleichzeitig losgingen, wenn man den hinteren abzog. Wer das bewerkstelligt hat, war fest entschlossen, seinem Opfer keine Chance eines Davonkommens zu geben. Die abgesägte Flinte war nur etwa 60 Zentimeter lang. Man kann sie bequem unter dem Rock tragen. Der Name des Fabrikanten war unvollständig, man konnte nur die Silbe ›Pen‹ auf der Rille zwischen den beiden Läufen lesen; das übrige war offenbar auf dem abgesägten Teil."

"Ein großes ›P‹ mit einem Schnörkel darüber und dann e und n etwas kleiner?" fragte Holmes.

"Sehr richtig."

"Pennsylvania Small Arms Co., eine wohlbekannte amerikanische Firma", erklärte mein Freund.

White Mason blickte ihn mit ebensolcher Ehrfurcht an, wie etwa der Dorfarzt einen Universitätsprofessor, der durch ein Wort Schwierigkeiten löst, die für jenen eine unübersteigbare Mauer bilden.

"Ausgezeichnet, Mr. Holmes! Sie haben Recht, ohne Zweifel. Wundervoll, wundervoll! Sagen Sie, haben Sie die Namen aller Waffenfabriken der ganzen Welt im Kopf?"

Holmes machte eine abwehrende Bewegung.

"Zweifellos ist es eine amerikanische Flinte", fuhr White Mason fort. "Ich glaube irgendwo gelesen zu haben, daß abgeschnittene Schrotflinten in Amerika sehr gebräuchlich sind. Ich dachte schon daran, unabhängig von dem Namen auf dem Lauf. Wir können dies als einen Beweis auffassen, daß der Mann, der sich in das Haus geschlichen und den Hausherrn getötet hat, ein Amerikaner ist."

McDonald schüttelte den Kopf.

"Mensch, halten Sie Ihre Gedanken im Zaum", sagte er. "Wir haben noch gar keinen Beweis, daß sich überhaupt jemand ins Haus geschlichen hat."

"So! Und das offene Fenster, das Blut am Fensterbrett, die sonderbare Karte, die Fußspuren in der Ecke, die Flinte, ist das gar nichts?"

"Es ist nichts, was nicht auch absichtlich hätte inszeniert werden können. Mr. Douglas war Amerikaner oder hat lange in Amerika gelebt, desgleichen Mr. Barker. Sie brauchen nicht erst einen Amerikaner von außen zu importieren, um eine Erklärung für amerikanische Vorkommnisse im Hause zu haben."

"Ames, der Diener, –"

"Was ist's mit ihm? Ist er zuverlässig?"

"Er war zehn Jahre bei Sir Charles Chandos. Er ist unbedingt einwandfrei. Hier bei Douglas war er während der ganzen fünf Jahre, die dieser das Haus bewohnt hat. Er sagte mir, daß er niemals eine Flinte dieser Art im Hause bemerkt hat."

"Die Flinte ist leicht zu verstecken und offenbar auch dazu bestimmt; darum die abgesägten Läufe. Sie geht in jede größere Schachtel. Wie kann er mit Bestimmtheit sagen, daß keine solche Flinte im Hause war."

"Jedenfalls hat er keine gesehen."

McDonald schüttelte seinen störrischen Kopf.

"Ich bin gar nicht überzeugt, daß jemand von außen ins Haus gekommen ist", sagte er. "Überlegen Sie sich einmal, was es bedeuten würde, wenn tatsächlich jemand die Flinte ins Haus gebracht hätte und alle diese sonderbaren Dinge von einer Außenperson verübt worden wären. Mensch, es ist geradezu undenkbar. Es widerspricht jeder gesunden Logik. Was ist Ihre Meinung, Mr. Holmes, nach dem, was wir bisher gehört haben?"

"Zunächst legen Sie uns einmal den Fall dar, Mr. Mac", sagte Holmes im Tone des Untersuchungsrichters.

"Der Mann war kein Einbrecher, wenn wir schon annehmen, daß ein solcher Mann überhaupt existiert hat. Die Sache mit dem Ring und die Karte deuten auf persönliche Motive hin. Nun gut. Denken wir uns einen Mann, der sich in das Haus schleicht mit dem bestimmten Vorsatz, jemanden umzubringen. Er weiß und mußte wissen, daß für ihn ein Entrinnen äußerst schwierig ist, weil das Haus ringsum von Wasser umgeben ist. Was für eine Waffe würde er verwenden? Ich würde sagen, die geräuschloseste, die es gibt, denn er mußte doch trachten, nach vollbrachter Tat Zeit zu gewinnen, um aus dem Fenster zu steigen, den Wassergraben zu durchwaten und sich auf der anderen Seite davonmachen zu können. Das wäre verständlich. Aber es ist nicht verständlich, daß er etwas so Ausgefallenes tun würde, eine Waffe zu wählen, die nach menschlichem Ermessen jeden Hausbewohner in kürzester Zeit zur Stelle bringen würde, bevor er den Wassergraben durchqueren konnte. Halten Sie das für logisch, Mr. Holmes?"

"Ich muß sagen," antwortete mein Freund nachdenklich, "Sie haben starke Gründe für sich. Sicherlich wäre die Erklärung einer solchen Handlungsweise nicht ganz einfach. Darf ich Sie fragen, Mr. White Mason, ob Sie den Boden auf der anderen Seite des Wassergrabens untersucht haben und Spuren eines Menschen, der aus dem Wasser gestiegen war, entdeckten?"

"Nicht das geringste von Spuren, Mr. Holmes. Die Böschung ist gepflastert, und wir konnten natürlich nichts anderes erwarten."

"Keinerlei Anzeichen irgendwelcher Art?"

"Keine."

"Haben Sie etwas dagegen, Mr. White Mason, wenn wir jetzt zum Haus hinuntergehen? Vielleicht finden wir noch irgend etwas, das uns einen Anhaltspunkt bieten könnte."

"Das wollte ich soeben vorschlagen, Mr. Holmes. Ich habe es nur für ratsam gehalten, Ihnen zuerst alles mitzuteilen, was ich weiß. Ich denke mir, daß, wenn Sie irgend etwas finden, –" White Mason betrachtete den Amateurdetektiv zweifelnd.

"Ich habe mit Mr. Holmes schon öfter gearbeitet," sagte Inspektor McDonald, "man kann sich auf ihn verlassen."

"Wenigstens soweit, als ich dies für notwendig erachte", bemerkte Holmes lächelnd. "Wenn ich mich je von der Seite der Polizei getrennt habe, so geschah dies, weil sie sich von mir trennte. Ich arbeite, um der Polizei und der Rechtspflege zu nützen. Es liegt mir nicht das geringste daran, einen Triumph auf deren Kosten einzuheimsen. Dagegen beanspruche ich für mich, Mr. White Mason, auf meine eigene Weise vorgehen und was ich finde, zu der Zeit preisgeben zu dürfen, die ich für die geeignete halte, – vollständig und nicht ratenweise."

"Ihre Mitwirkung ehrt uns sehr, das kann ich Ihnen versichern, Mr. Holmes, und wir werden Ihnen gern alles zur Verfügung stellen, was wir wissen", erklärte

White Mason herzlich. "Kommen Sie, Dr. Watson, wir hoffen alle noch in Ihr Buch zu kommen."

Wir schritten die wunderliche, auf beiden Seiten von gestutzten Ulmen eingefaßte Dorfstraße entlang. Jenseits sahen wir zwei altertümliche Steinpfeiler, verwittert und mit Flechten besät, die oben ein unbestimmtes Etwas, das einmal der Wappenlöwe der Capus von Birlstone gewesen sein mochte, trugen. Dann folgte ein kurzer gewundener Weg zwischen Wiesen, flankiert von Eichen, wie man sie nur im ländlichen England findet. Nach einer unvermittelten Wendung lag das langgestreckte, niedrige Haus aus der jakobinischen Periode mit seinem dunkelbraunen Ziegelmauerwerk, umgeben von seinem altmodischen Garten mit zahlreichen beschnittenen Eibenbäumen vor uns. Als wir uns näherten, gewahrten wir die hölzerne Zugbrücke und den schönen breiten Festungsgraben, in dem das stille Wasser wie Quecksilber in dem kalten Wintersonnenschein glitzerte. Drei Jahrhunderte waren an dem alten Herrenhaus vorbeigezogen, Jahrhunderte, die viele Menschen darin geboren werden, ausziehen und wiederkehren sahen, Jahrhunderte, erfüllt von Lustbarkeiten und ländlich-sportlichem Zeitvertreib. Es war ein eigenartiges Verhängnis, daß jetzt, in seinen alten Tagen, der Schatten dieses düsteren Ereignisses auf seine ehrwürdigen Mauern fallen mußte. Und doch bildeten diese sonderbar gegiebelten Dächer, mit ihren altmodischen, wunderlichen Vorsprüngen, die stimmungsvolle Bedachung eines ernsten, schrecklichen Geschehnisses. Als ich die tief eingelassenen Fenster und die lang hingestreckte, dunkle, vom Wasser bespülte Fassade sah, kam mir zum Bewußtsein, daß kaum ein passenderes Milieu für ein solches Drama denkbar war.

"Das ist das Fenster," sagte White Mason, "jenes, unmittelbar zur Rechten der Zugbrücke. Wir haben es offen gelassen, genau wie wir es gestern abend fanden."

"Es sieht etwas schmal aus für einen erwachsenen Mann."

"Nun, er kann eben nicht besonders beleibt gewesen sein. Wir brauchen nicht Ihre Schlußfolgerungen, Mr. Holmes, um das zu wissen. Aber jeder von uns beiden könnte sich leicht durchzwängen."

Holmes schritt bis an den Rand des Festungsgrabens und blickte nach der anderen Seite hinüber. Dann untersuchte er die steinerne Böschung und deren Graseinfassung.

"Ich habe mich schon genau umgesehen, Mr. Holmes," sagte White Mason, "es ist nichts da; nicht das geringste deutet darauf hin, daß einer da herausgestiegen ist. Aber wie könnte er auf den Steinen eine Spur hinterlassen?"

"Sehr richtig, wie könnte er. Ist das Wasser immer trübe?"

"Gewöhnlich hat es diese Färbung. Der Zufluß macht es so lehmig."

"Wie tief ist es?"

"Ungefähr zwei Fuß am Rand und drei in der Mitte."

"Wir können demnach dem Gedanken, daß der Mann vielleicht darin ertrunken ist, außer acht lassen."

"Sicherlich, nicht einmal ein Kind könnte darin ertrinken."

Wir gingen dann über die Zugbrücke und wurden an der Eingangstür von einem wunderlichen, verschrumpften Männchen, dem Diener Ames, in Empfang genommen. Er war noch immer blaß und zitterte am ganzen Leibe in Erinnerung an den ausgestandenen Schrecken. Der Polizeibeamte des Dorfes, ein großer, ernst und gewissenhaft aussehender Mensch, hielt noch Wache in dem Totengemach. Der Arzt war schon fortgegangen.

"Etwas Neues, Sergeant Wilson?" fragte White Mason.

"Nein, Herr."

"Dann können Sie nach Hause gehen, Sie haben schon genug getan. Wenn wir Sie brauchen, werden wir nach Ihnen schicken. Der Diener soll lieber draußen warten. Sagen Sie ihm, er soll Mr. Cecil Barker, Frau Douglas und die Haushälterin verständigen, sich bereitzuhalten, weil wir einiges mit ihnen zu besprechen haben. Nun, meine Herren, möchte ich mir gestatten, Ihnen die Ansicht, die ich mir gebildet habe, auseinanderzusetzen. Dann wird es an Ihnen sein, sich Ihre Meinungen zu bilden."

Er gefiel mir, dieser provinzielle Spezialist. Er hatte ein klares Auge für Tatsachen und einen kühlen, praktischen Kopf, der ihn in seinem Berufe ein gutes Stück vorwärts bringen mußte. Holmes hörte ihm aufmerksam zu, ohne ein Zeichen jener Ungeduld, die beamtete Detektive so oft in ihm erregten.

"Ist es Selbstmord oder Mord – das ist unsere erste Frage, meine Herren. Wenn es Selbstmord wäre, müßten wir als erwiesen ansehen, daß der Mann damit begonnen hat, seinen Ehering abzulegen und ihn zu verbergen; daß er, der in einem Schlafrock herunterkam, mit schmutzigen Stiefeln in jener Ecke hinter dem Vorhang herumtrampelte, um vorzutäuschen, daß hier jemand auf ihn gelauert hat; daß er das Fenster öffnete, Blutspuren auf dem –"

"Diesen Gedanken wollen wir als erledigt betrachten", sagte Holmes.

"Das ist auch meine Meinung. Selbstmord steht außer Frage. Dann war es also Mord. In diesem Falle müssen wir uns darüber klar werden, ob er von jemandem aus dem Hause oder von einem Außenstehenden verübt wurde."

"Nun gut, lassen Sie uns weiterhören."

"Es gibt eine Reihe von Umständen, die gegen beide Möglichkeiten sprechen, und trotzdem muß eine davon die richtige sein. Wir wollen zunächst annehmen, daß das Verbrechen von einem Hausbewohner begangen wurde. Es geschah in einer Zeit, als zwar alles schon in tiefster Ruhe lag, aber trotzdem noch niemand schlief. Dann benutzte der Mörder eine der eigenartigsten und geräuschvollsten Waffen, die es gibt, gerade so, als ob er es darauf angelegt hätte, das ganze Haus so rasch als möglich zusammenzutrommeln; und zwar eine Waffe, die noch niemand im Hause vorher gesehen hat. Das klingt nicht wahrscheinlich."

"So ist es."

"Wir dürfen es als feststehend annehmen, daß kaum eine Minute verging, nachdem der Schuß gefallen war, bis sich die gesamten Hausbewohner – keineswegs Mr. Cecil Barker allein, obgleich er angibt, der erste gewesen zu sein, sondern auch Ames und alle anderen – an der Mordstelle versammelten. Will irgend jemand behaupten, daß in dieser kurzen Zeit die schuldige Person Fußspuren in der Ecke machen, das Fenster öffnen, das Fensterbrett mit Blut beschmieren, den Ehering von dem Finger des Toten abziehen und alles übrige tun konnte? Das ist ganz unmöglich."

"Was Sie da sagen, ist ganz klar", sagte Holmes. "Ich bin geneigt, mich Ihrer Meinung anzuschließen."

"Nun also, dann müssen wir wieder zu der ersten Annahme zurückkehren, nämlich, daß die Tat von einer Außenperson verübt wurde. Auch hier stehen wir schwerwiegenden Bedenken gegenüber, aber keinen Unmöglichkeiten mehr. Der Mann ist zwischen ½5 und 6 Uhr, also während der Dämmerung und bevor die Zugbrücke aufgezogen wurde, ins Haus gelangt. Es waren Gäste da, die Eingangstür war offen. Es war also nicht schwierig, sich einzuschleichen. Der Mann war entweder ein ganz gewöhnlicher Einbrecher oder jemand, der eine persönliche Angelegenheit mit Mr. Douglas austragen wollte. Da Mr. Douglas einen großen Teil seines Lebens in Amerika zugebracht hat, und diese Flinte amerikanischer Herkunft ist, würde ich die letztere Annahme für die wahrscheinlichere halten. Er schlich sich in dieses Zimmer, weil es das nächstgelegene war, und verbarg sich hinter dem Vorhang. Dort verblieb er bis nach 11 Uhr abends. Zu jener Zeit betrat Mr. Douglas das Zimmer. Die Unterredung kann nur ganz kurz gewesen sein, wenn überhaupt eine stattgefunden hat, denn Mrs. Douglas erklärt, daß ihr Mann sie kaum ein paar Minuten verlassen hatte, als sie den Schuß hörte."

"Auch die Kerze deutet darauf hin", sagte Holmes.

"Sehr richtig, die Kerze, die ganz frisch war, ist kaum einen halben Zoll heruntergebrannt. Er muß sie auf den Tisch gestellt haben, bevor er angegriffen wurde, sonst würde sie natürlich zu Boden gefallen sein. Dies würde besagen, daß er nicht sofort nach seinem Eintritt überfallen wurde. Als Mr. Barker kam, zündete er die Lampe an und löschte die Kerze aus."

"Das ist einleuchtend."

"Nun also, dann wollen wir uns den Vorgang auf dieser Grundlage rekonstruieren. Mr. Douglas tritt in das Zimmer und stellt die Kerze auf den Tisch. Ein Mann kommt hinter dem Vorhang hervor, mit dieser Flinte bewaffnet. Er verlangt den Ehering, – der Himmel weiß allein, warum, aber er muß es getan haben. Mr. Douglas gibt ihn ab. Dann hat der Mann entweder kaltblütig, oder im Verlauf eines Kampfes – Douglas hat vielleicht den Hammer ergriffen, den wir auf dem Boden liegen sahen, – Douglas auf diese entsetzliche Weise getötet. Er ließ sein Gewehr fallen und anscheinend auch diese wunderliche Karte V V 341, – was das bedeutet, wissen wir nicht. Er sprang aus dem Fenster und durchquerte den Festungsgraben, gerade als Cecil Barker das Verbrechen entdeckte. Wie wäre das, Mr. Holmes?"

"Sehr interessant, aber nicht sonderlich überzeugend."

"Mann, ich würde es unbedingt für Unsinn halten, wenn nicht alles andere noch unsinniger wäre", rief McDonald. "Jemand hat diesen Mann getötet und derjenige, der es war, hätte nach allen Regeln der Vernunft ganz anders vorgehen müssen. Was konnte ihn z. B. veranlassen, sich seinen Rückzug zu gefährden, indem er eine Schußwaffe verwendet, wo doch in der Geräuschlosigkeit die einzige Möglichkeit seines Entweichens lag. Lieber Mr. Holmes, es ist nun an

Ihnen, uns einen Weg zu zeigen, nachdem Sie behaupten, daß Mr. White Masons Theorie nicht überzeugend ist."

Holmes hatte während dieser langen Unterredung den angestrengt aufmerksamen Beobachter gespielt. Nicht ein Wort von dem, was gesagt wurde, war ihm offenbar verloren gegangen. Seine scharfen Augen blitzten von links nach rechts, und seine Stirn trug die Falten angestrengtesten Nachdenkens.

"Bevor ich meine Ansicht äußere, Mr. Mac, möchte ich noch einiges Tatsächliche genauer untersuchen", sagte er, indem er sich neben der Leiche niederkniete. "Großer Gott! Diese Verletzungen sind wirklich entsetzlich. Können wir den Diener ein paar Minuten hier haben? – – – Ames, ich höre, daß Sie verschiedene Male dieses ungewöhnliche Zeichen, ein Dreieck innerhalb eines Kreises, das auf Mr. Douglas' Unterarm eingebrannt ist, gesehen haben."

"Jawohl, sehr oft, Herr."

"Sie haben niemals eine Vermutung darüber äußern gehört, was es bedeutet?"

"Nein, Herr. Das Einbrennen muß seinerzeit sehr schmerzhaft gewesen sein. Zweifellos ist es ein Brand."

"Sodann, Ames, bemerke ich, daß Ihr Herr hier am Kinn ein kleines Pflaster kleben hat. Haben Sie dieses schon bemerkt, als er noch am Leben war?"

"Jawohl, Herr, er hat sich gestern Morgen beim Rasieren geschnitten."

"Hat er dies öfter getan?"

"Schon lange nicht mehr, Herr."

"Das gibt zu denken", sagte Holmes. "Vielleicht ist es nur ein zufälliges Zusammentreffen, vielleicht aber deutet es auf eine gewisse Nervosität hin, die besagen würde, daß er sich in Gefahr wußte. Haben Sie in der letzten Zeit etwas Auffälliges in seinem Benehmen bemerkt, Ames?"

"Es ist mir aufgefallen, daß er ein bißchen aufgeregt und unruhig war."

"Na also, der Überfall war vielleicht nicht ganz unerwartet. Es scheint, wir machen schon einige Fortschritte, nicht wahr? Wollen Sie vielleicht jetzt die Fragestellung übernehmen, Mr. Mac?"

"Nein, Mr. Holmes, sie ist bei Ihnen in besseren Händen."

"Also, dann wollen wir jetzt zu dieser Karte übergehen. Sie enthält die sonderbare Inschrift V V 341 und ist aus grobem Karton. Haben Sie etwas dergleichen im Hause?"

"Ich glaube nicht."

Holmes ging hinüber zum Schreibtisch und betupfte das Löschpapier mit Proben aus jeder der beiden Tintenfässer.

"Die Schrift ist nicht in diesem Zimmer ausgeführt worden", sagte er. "Dies ist schwarze Tinte, während die auf der Karte rötlich ist. Dann wurde sie mit einer breiten Feder geschrieben, während diese spitzig ist. Nein, die Inschrift rührt von wo anders her. Haben Sie eine Ahnung, Ames, was sie bedeuten könnte?"

"Nicht die geringste, Herr."

"Und Sie, Mr. Mac?"

"Ich halte dafür, daß es das Zeichen irgend eines Geheimbundes ist."

"Das glaube ich auch," sagte White Mason.

"Nun also, dann wollen wir dies unseren weiteren Schlußfolgerungen zugrunde legen und sehen, wohin sie uns führen. Ein Abgesandter einer geheimen Verbindung schleicht sich ins Haus, wartet auf Mr. Douglas, trennt ihm fast den Kopf vom Leibe mit dieser Waffe und entweicht durch den Festungsgraben, nachdem er eine Karte neben der Leiche zurückgelassen hat, die, wenn sie in den Zeitungsberichten erwähnt wird, den anderen Mitgliedern des Geheimbundes bekannt gibt, daß der Racheakt vollzogen ist. Das erscheint logisch. Aber warum verwandte er gerade diese Art Waffe?"

"Jawohl, das möchte ich auch wissen."

"Und wie verhält es sich mit dem fehlenden Ehering?"

"Sehr richtig."

"Und warum noch keine Verhaftung? Es ist jetzt zwei Uhr vorüber. Ich darf doch annehmen, daß seit heute Morgen jeder Polizist innerhalb vierzig Meilen auf einen Fremdling mit durchnäßten Kleidern aufpaßt?"

"Das können Sie annehmen, Mr. Holmes."

"Nun denn, wenn er nicht hier in der Nähe einen Unterschlupf hat, oder seine Kleider wechseln konnte, kann er ihnen nach menschlichem Ermessen nicht entgehen. Und doch ist er ihnen offenbar schon entgangen."

Holmes war zum Fenster gegangen, wo er mit einem Vergrößerungsglas die Blutspuren auf dem Fensterbrett untersuchte.

"Eine Fußspur, unbedingt. Ungewöhnlich breit, anscheinend ein Plattfuß. Sonderbar, denn die Fußspuren in der Ecke drüben rühren von einer weit besser geformten Sohle her. Immerhin, sie sind höchst undeutlich. Und was haben wir hier, unter diesem Tischchen?"

"Die Hanteln von Mr. Douglas", bemerkte Ames.

"Hanteln, in der Mehrzahl? Ich sehe nur ein Stück, wo ist die andere?"

"Ich weiß nicht, Mr. Holmes, vielleicht war nur eine da. Ich habe schon seit Monaten nicht darauf geachtet."

"Eine Hantel –", sagte Holmes nachdenklich, aber was er sagen wollte, blieb ungesprochen, denn von der Tür her ertönte ein kräftiges Pochen. Ein großer, sonngebräunter, energisch aussehender, glattrasierter Mann trat ein. Es war nicht schwierig, in ihm Mr. Cecil Barker, von dem wir schon verschiedentlich gehört hatten, zu erkennen. Seine kalten Augen, die von einem zum anderen wanderten, warfen fragende Blicke auf uns.

"Bitte die Störung zu entschuldigen," sagte er, "aber Sie müssen das Neueste sofort erfahren."

"Eine Festnahme?"

"Leider nicht, aber man hat das Zweirad gefunden, das der Mann zurückgelassen hat. Kommen Sie und sehen Sie selbst. Es liegt etwa hundert Schritt vom Eingangstor entfernt."

Neben dem Zufahrtsweg fanden wir eine kleine Gruppe von Stallbediensteten und anderem Dienstpersonal, die ein Zweirad betrachteten, das man, in einem Gestrüpp von Immergrün verborgen, gefunden hatte. Es war ein ziemlich abgenutztes Fahrzeug, von unten bis oben mit Kot bespritzt. In der Satteltasche befanden sich ein Schraubenschlüssel und eine Schmierkanne. Irgend welche Hinweis auf den Eigentümer fehlten.

"Es wäre für die Polizei eine große Unterstützung, wenn diese Dinger numeriert und eingetragen werden müßten. Aber wir müssen die Dinge nehmen, wie wir sie finden. Wenn wir auch nicht wissen, wohin er sich gewandt hat, so können wir nun doch erfahren, woher er gekommen ist. Aber bei allem, was wunderbar ist, warum hat der Mann das Rad zurückgelassen, und wie ist er ohne das Ding durchgekommen? Ich sehe noch keinen Lichtstrahl, Mr. Holmes."

"Wirklich?" sagte mein Freund nachdenklich. "Nun, man kann nicht wissen."

5. Kapitel. Die Hauptpersonen des Dramas.

"Haben Sie in der Bibliothek alles gesehen, was Sie sehen wollten?" fragte White Mason, als wir zum Haus zurückkehrten.

"Vorläufig", sagte der Inspektor und Holmes nickte zustimmend.

"Dann wollen wir uns vielleicht jetzt anhören, was die Leute vom Hause zu sagen haben. Wir können in das Speisezimmer gehen, Ames. Am besten fangen wir gleich mit Ihnen an. Also kommen Sie und sagen Sie uns, was Sie wissen."

Die Aussage des Dieners war einfach und klar. Er machte den Eindruck vollster Wahrhaftigkeit. Er gab an, fünf Jahre in den Diensten von Mr. Douglas zu sein und zwar, seit dieser nach Birlstone kam. Seinen Herrn hielt er für sehr wohlhabend und nahm an, daß er seinen Reichtum in Amerika erworben hatte. Er bezeichnete Mr. Douglas als einen gütigen und nachsichtigen Herrn. Vielleicht sei er nicht ganz das gewesen, woran Ames gewöhnt war, aber, so meinte er, man könne eben nicht alles haben. Niemals habe er irgendwelche Anzeichen von Furcht an Mr. Douglas bemerkt – im Gegenteil, dieser war der furchtloseste Mensch, dem er je begegnet sei. Daß er die Zugbrücke jeden Abend aufgezogen haben wollte, führte Ames darauf zurück, daß dies der alten Sitte entsprach, die sein Herr aus einer gewissen Liebhaberei heraus beibehalten habe. Mr. Douglas fuhr selten nach London und entfernte sich überhaupt kaum jemals aus dem Bannkreis seiner Besitzung. Am Tage vorher war er indessen nach Tunbridge Wells gefahren, um Einkäufe zu machen. Ames glaubte, an jenem Tage bei Mr. Douglas einige Unruhe und Aufregung bemerkt zu haben, da er sich ungeduldig und leicht reizbar gezeigt hatte, was bei ihm durchaus ungewöhnlich war. Er, Ames, sei zur Zeit des Mordes noch nicht zu Bett gewesen, sondern habe sich in der Anrichte, die an der Hinterfront des Hauses lag, aufgehalten und gerade das Silber eingeordnet, als ein ungewöhnlich anhaltendes Klingeln hörbar wurde. Einen Schuß habe er nicht gehört, aber dies war nicht zu verwundern, denn die Anrichte und die Küche lägen von der Bibliothek ziemlich weit entfernt, durch einige Türen von ihr getrennt. Auch die Haushälterin sei erst durch das scharfe Glockenzeichen aus ihrem Zimmer gerufen worden. Sie beide seien zusammen nach vorne geeilt. Als er den Treppenaufgang erreicht habe, sei Mrs. Douglas eben die Treppen heruntergekommen. Nein, sie war keineswegs in Eile und schien nicht im geringsten erregt zu sein. Gerade als sie am Fuße der Treppe angelangt war, sei Mr. Barker aus der Bibliothek herausgestürzt. Dieser habe Mrs. Douglas angehalten und sie gebeten, wieder hinaufzugehen.

"Um Himmelswillen, gehen Sie auf Ihr Zimmer", habe er gerufen. "Der arme Jack ist tot. Wir können nicht das geringste für ihn tun. Um Himmelswillen gehen Sie fort."

Dies habe Mrs. Douglas auch nach einiger Überredung getan. Sie habe keinen Schrei ausgestoßen. Frau Allen, die Haushälterin, sei mit ihr hinaufgegangen und bei ihr im Zimmer geblieben. Er, Ames, und Mr. Barker seien dann in die Bibliothek gegangen, wo alles ganz genau so gelassen wurde, wie es die Polizei vorfand. Die Kerze brannte zu der Zeit nicht, wohl aber die Lampe. Sie beide hätten aus dem Fenster gesehen, aber die Nacht wäre so dunkel gewesen, daß man nichts wahrnehmen konnte. Danach seien sie wieder zurück zur Halle geeilt, und er habe die Zugbrücke heruntergelassen, worauf sich Mr. Barker daran gemacht habe, die Polizei zu verständigen.

Dies war im wesentlichen die Aussage des Dieners.

Die von Frau Allen, der Haushälterin, deckte sich im allgemeinen mit der ihres Kollegen. Ihr Zimmer liege etwas näher nach vorne als die Anrichte, in der Ames beschäftigt war. Sie sei eben daran gewesen, zu Bett zu gehen, als sie durch lautes Klingeln aufgeschreckt wurde. Sie sei etwas schwerhörig, und dies sei vielleicht der Grund, weshalb sie keinen Schuß gehört habe. Immerhin liege ihr Zimmer ziemlich weit abseits. Sie glaube sich jedoch an einen Knall erinnern zu können, dachte indessen nur an das Zuschlagen einer Tür. Dies sei auch eine ganze Weile früher gewesen, wenigstens eine halbe Stunde vor dem Glockenzeichen. Als Mr. Ames nach vorne lief, habe sie sich ihm angeschlossen. Sie habe gesehen, wie Mr. Barker, leichenblaß und in höchster Aufregung, aus der Bibliothek trat und Mrs. Douglas, die eben die Treppe herunterkam, anhielt. Er habe sie gebeten, zurückzugehen; die Antwort, die sie ihm gab, habe sie indessen nicht verstehen können.

"Führen Sie sie hinauf und bleiben Sie bei ihr!" habe er zu Frau Allen gesagt.

Sie sei daher mit ihrer Herrin in deren Schlafzimmer gegangen und habe versucht, sie zu beruhigen. Mrs. Douglas sei sehr erregt gewesen und habe am ganzen Körper gezittert, jedoch nicht wieder die Absicht geäußert, hinuntergehen zu wollen. Sie habe die ganze Zeit in ihrem Schlafrock am Kamin gesessen, den Kopf in die Hände gestützt. Frau Allen sei fast die ganze Nacht bei ihr gewesen.

Die anderen Dienstboten seien alle zu Bett gewesen und hätten von dem schrecklichen Vorfall nichts gehört, bis die Polizei anlangte. Sie schliefen in einem Hinterflügel, wo sie selbst der stärkste Lärm, der vom Vorderhause ausging, nicht erreichen könne.

Dies war alles, was wir aus der Haushälterin herausbringen konnten. Ein eingehendes Kreuzverhör förderte nichts weiter zutage, als Klagen und Ausbrüche des Entsetzens.

Auf Frau Allen folgte Mr. Cecil Barker. Er hatte dem, was er der Polizei bereits gesagt hatte, wenig hinzuzufügen. Für seine Person war er überzeugt, daß der Mörder durch das Fenster entkommen sei. Die Blutspuren ließen nach seiner Ansicht über diesen Punkt keinen Zweifel zu. Außerdem habe der Mörder, da die Zugbrücke aufgezogen war, keinen anderen Rückzugsweg gehabt. Er habe keine Ahnung, was aus dem Mann geworden sei, und warum er sein Zweirad zurückgelassen habe, wenn es wirklich ihm gehörte. Ein Ertrinken im Festungsgraben sei ausgeschlossen, da er höchstens drei Fuß tief sei.

Er habe sich eine bestimmte Ansicht von dem Verbrechen gebildet. Douglas sei ein ziemlich verschlossener Mensch gewesen, und es habe Kapitel in seinem Leben gegeben, über die er niemals sprach. Douglas sei als junger Mensch von Irland nach Amerika ausgewandert, wo es ihm recht gut gegangen sei. Sie hätten sich in Kalifornien kennengelernt und seien Partner in einer ergiebigen Goldschürfung, die bei einem Ort namens Benito Canyon lag, geworden. Sie hätten beide sehr viel Geld verdient. Trotzdem habe Douglas seinen Anteil plötzlich verkauft und sei nach England abgereist. Douglas sei damals Witwer gewesen. Als später auch Barker seinen Besitz liquidierte, um sich in London niederzulassen, hätten sie beide ihre engen Beziehungen zueinander wieder aufgenommen. Er habe von Douglas den Eindruck empfangen, daß sich dieser bewußt war, in einer Gefahr zu schweben, und habe stets angenommen, daß dessen plötzliche Abreise aus Kalifornien, sowie der Umstand, daß er sich in einer derart abgeschiedenen Gegend niederließ, mit dieser Gefahr in Zusammenhang stehe. Er, Barker, vermute, daß irgend ein Geheimbund gefährlicher Art Douglas nachspürte, und ihn nicht zur Ruhe kommen ließ. Diese Vermutung gründe sich auf einige Bemerkungen, die Douglas gelegentlich fallen ließ, obwohl er sich niemals offen darüber ausgesprochen oder den Namen des Bundes und den Grund, warum er verfolgt werde, erwähnt habe. Er, Barker, könne nur annehmen, daß dies Zeichen auf der Karte Bezug auf den Geheimbund habe.

"Wie lange waren Sie mit Douglas zusammen in Kalifornien?" fragte Inspektor McDonald.

"Im ganzen fünf Jahre."

"Er war damals Junggeselle, sagten Sie?"

"Nein, Witwer."

"Haben Sie jemals gehört, woher seine erste Frau stammte?"

"Nein, ich erinnere mich nur, daß er sagte, sie sei schwedischer Herkunft. Auch habe ich ihr Bild gesehen. Sie war ungewöhnlich schön. Sie starb an Typhus, ein Jahr bevor ich ihn kennenlernte."

"Können Sie seine Vergangenheit mit irgend einem bestimmten Teil Amerikas in Verbindung bringen?"

"Ich hörte ihn manchmal von Chikago sprechen, einer Stadt, die er sehr gut kannte, und wo er, wie er sagte, gearbeitet hatte. Dann erwähnte er öfter die Eisen- und Kohlengebiete. Er ist seinerzeit weit herumgekommen."

"Beschäftigte er sich mit Politik, und war der Geheimbund vielleicht politischer Natur?"

"Nein, er hatte nicht das geringste Interesse für Politik."

"Halten Sie dafür, daß es vielleicht eine Verbrecherbande war?"

"Das kann ich nicht glauben, denn einen ehrlicheren Menschen als ihn habe ich niemals kennengelernt."

"Gab es irgend etwas in seiner Lebensweise in Kalifornien, das Sie zu Ihren Vermutungen anregte?"

"Er hielt sich meistens ganz für sich und blieb stets bei der Arbeit im Bergwerk. Die Gesellschaft anderer Leute mied er nach Möglichkeit. Das hat mich dazu geführt anzunehmen, daß er sich verfolgt wußte. Seine plötzliche Abreise nach Europa faßte ich als eine klare Bestätigung dieser Ansicht auf. Ich vermute, daß er von irgendeiner Seite gewarnt worden war. Er war noch keine Woche fort, als etwa ein halbes Dutzend Männer Nachforschungen nach ihm anstellte."

"Welcher Art waren diese Leute?"

"Nun, ich möchte sagen, eine recht gefährlich aussehende Bande. Sie kamen zu unserer Schürfung und wollten wissen, wo er sei. Ich sagte ihnen, daß er nach

Europa abgereist sei, und daß ich nichts Näheres über seinen Aufenthalt wisse. Sie wollten nichts Gutes von ihm, darüber kann kein Zweifel bestehen."

"Waren diese Leute Amerikaner – Kalifornier?"

"Amerikaner waren sie sicher, ob Kalifornier, das weiß ich nicht. Jedenfalls waren es keine Goldgräber. Ich konnte mir kein Bild aus den Leuten machen und war froh, als sie mir den Rücken kehrten."

"Das war vor sechs Jahren?"

"Eher schon sieben."

"Da Sie also fünf Jahre mit ihm in Kalifornien waren, so müßte die Geschichte, um die es sich handelt, mindestens elf Jahre zurückliegen."

"So ist es."

"Das muß eine ernste Fehde sein, die so lange aufrecht erhalten wird. Um eine Kleinigkeit kann es sich hierbei nicht gehandelt haben."

"Nach meiner Vermutung hat sie sein ganzes Leben verdüstert. Er war niemals völlig unbefangen."

"Aber wenn ein Mensch weiß, daß er sich in Gefahr befindet und diese Gefahr kennt, würden Sie da nicht denken, daß er den Schutz der Behörden in Anspruch nehmen würde?"

"Vielleicht war es eine Art Gefahr, gegen die ihn auch die Behörden nicht schützen konnten. Etwas möchte ich Ihnen noch sagen: er war stets bewaffnet. Der Revolver verließ niemals seine Tasche. Das Unglück wollte es, daß er gerade im Schlafanzug war, als der Mord geschah. Offenbar hielt er sich für sicher, während die Zugbrücke aufgezogen war."

"Ich möchte die Daten, die Sie uns gegeben haben, etwas genauer präzisiert wissen", sagte McDonald. "Es ist nun mehr als sechs Jahre her, seit Douglas Kalifornien verließ. Sie folgten ihm das Jahr darauf, nicht wahr?"

"So war es."

Holmes beteiligte sich nicht weiter an der Fragestellung, worauf Barker, der jeden von uns ostentativ mit einem Ausdruck ansah, in dem ich etwas wie Trotz zu lesen glaubte, sich umwandte und das Zimmer verließ.

Inspektor McDonald hatte Mrs. Douglas ein paar Zeilen geschickt, daß er sich erlauben würde, sie in ihrem Zimmer aufzusuchen, aber sie hatte geantwortet, daß sie zu uns in das Speisezimmer herunterkommen werde. Als sie eintrat, gewahrte ich eine hochgewachsene, schöne Frau, von ungefähr dreißig Jahren, zurückhaltend und ungewöhnlich beherrscht, ganz etwas anderes als die tragische und niedergebrochene Erscheinung, die ich erwartet hatte. Ihr Gesicht war wohl blaß und trug den müden Ausdruck eines Menschen, der einen großen Schreck ausgestanden hat, aber sie gab sich gefaßt und ihre schön geformte Hand, die sie auf dem Rand des Tisches ruhen ließ, während sie mit uns sprach, war so ruhig wie meine eigene. Ihre traurigen, flehenden Augen wanderten von einem zum anderen mit einer stummen Frage, die ganz unvermittelt in Worte ausbrach.

"Haben Sie irgend etwas herausgefunden?" fragte sie.

War es nur Einbildung, daß ich aus dieser Frage eher einen Unterton von Furcht als von Hoffnung herauszuhören glaubte?

"Wir haben alles getan, was uns geboten schien, Mrs. Douglas," sagte der Inspektor, "und Sie können überzeugt sein, daß nichts verabsäumt wird."

"Sparen Sie nicht mit Geld," sprach sie mit monotoner, dumpfer Stimme, "es ist mein Wunsch, daß jeder mögliche Versuch gemacht wird."

"Vielleicht können Sie uns einiges erzählen, das etwas Licht auf die Sache wirft."

"Ich fürchte, nein; aber was ich weiß, steht zu Ihrer Verfügung."

"Wir hörten von Mr. Barker, daß Sie nicht gesehen haben, – daß Sie nicht in dem Zimmer waren, wo sich das Verbrechen ereignete."

"Nein, er veranlaßte mich, auf der Treppe wieder umzukehren und in mein Zimmer zurückzugehen."

"Das wissen wir. Sie haben also den Schuß gehört und sind darauf sogleich hinuntergegangen."

"Jawohl, ich warf nur einen Schlafrock über und kam dann herunter."

"Wie lange hat es gedauert, bis Sie Mr. Barker nach dem Schuß unten an der Treppe trafen?"

"Höchstens ein paar Minuten. Es ist schwer, in solchen Augenblicken eine Zeitspanne zu fixieren. Er bat mich, nicht weiter zu gehen und versicherte mir, daß ich nichts tun könne. Dann kam Frau Allen, die Haushälterin, und führte mich hinauf. All dies erschien mir wie ein entsetzlicher Traum."

"Können Sie uns sagen, wie lange wohl Ihr Gatte unten war, bevor sie den Schuß hörten?"

"Nein, das kann ich nicht. Er war in seinem Ankleidezimmer, und ich hörte ihn nicht, als er dieses verließ. Er machte jede Nacht vor dem Schlafengehen eine Runde durch das Haus, denn er war wegen der Feuersgefahr besorgt. Das ist das Einzige, worüber ich ihn je besorgt gesehen habe."

"Über diesen Punkt möchten wir gerade mit Ihnen sprechen. Sie haben Ihren Gatten in England kennen gelernt, nicht wahr?"

"Jawohl. Wir sind nun fünf Jahre verheiratet."

"Haben Sie ihn jemals über etwas reden hören, das in Amerika geschehen ist und für ihn eine Gefahr bedeuten konnte?"

Mrs. Douglas dachte eine Weile lang angestrengt nach, bevor sie antwortete.

"Ja", sagte sie endlich. "Ich habe immer vermutet, daß er sich in Gefahr befinde. Aber er wollte niemals mit mir darüber sprechen, nicht etwa aus Mangel an Vertrauen, denn zwischen uns bestanden die innigsten und vertrauensvollsten Beziehungen, aber offenbar, weil er mir Sorge ersparen wollte. Er wußte, daß ich darüber nachgrübeln würde und darum sagte er lieber gar nichts."

"Was haben Sie denn für Anhaltspunkte dafür?"

Ihr Gesicht erhellte sich in einem blitzartigen Lächeln.

"Können Sie sich vorstellen, daß ein Ehemann, der ein Geheimnis mit sich herumträgt, dieses vor der Frau, die ihn liebt, gänzlich verbergen könne? Ich wußte davon aus vielen Dingen. So z. B. weil er sich stets weigerte, über bestimmte Episoden seines Lebens in Amerika zu sprechen. Ich wußte es aus verschiedenen Vorsichtsmaßregeln, die er ergriff, aus Bemerkungen, die er gelegentlich fallen ließ. Ich wußte es aus der Art und Weise, wie er unerwartete Fremde ansah. Ich war mir stets vollkommen klar darüber, daß er mächtige Feinde hatte, daß er sich vor deren Nachstellungen nicht sicher fühlte und vor ihnen stets auf der Hut war. Ich war dessen so sicher, daß ich mich während der ganzen Jahre immer in höchster Aufregung befand, wenn er einmal länger als gewöhnlich ausblieb."

"Darf ich fragen, welche Worte es waren, die besonders Ihre Aufmerksamkeit erregten?"

"Das Tal des Grauens", antwortete sie. "Das war der Ausdruck, den er gebrauchte, als ich ihn auszufragen begann. ›Ich war im Tal des Grauens und bin noch immer nicht heraus.‹ Werden wir jemals dem Tal des Grauens entrinnen können? fragte ich ihn manchmal, als ich ihn ernster als gewöhnlich sah. ›Ich glaube manchmal, daß es uns niemals gelingen wird‹, antwortete er."

"Sie haben ihn doch sicher gefragt, was er mit dem Tal des Grauens meine?"

"Das habe ich, aber sein Gesicht wurde dabei düster, und er schüttelte nur den Kopf. ›Es ist schlimm genug, wenn einer von uns beiden in dessen Schatten leben muß‹, sagte er. ›Wolle Gott, daß er niemals auf dich fallen möge.‹ Es war ein wirkliches Tal, in dem er damals lebte und in dem sich irgend etwas Schreckliches zugetragen hatte, – das weiß ich, aber mehr kann ich Ihnen darüber nicht sagen."

"Namen hat er wohl niemals genannt?"

"Doch. Nach seinem Sturz bei der Fuchsjagd, vor etwa drei Jahren, lag er einige Tage mit Fieber zu Bett. Ich erinnere mich noch deutlich, daß er in seinem Fieberwahn einen Namen ständig auf den Lippen führte, den er mit Zorn und in einer Art von Schrecken aussprach. McGinty war dieser Name, Logenmeister McGinty. Ich fragte ihn, nachdem er sich wieder erholt hatte, wer dieser Logenmeister McGinty sei, und von welcher Loge er Meister sei. ›Sei froh, daß er nicht mein Meister ist‹, antwortete er mit einem Lachen. Das war alles, was ich aus ihm herauszubringen vermochte. Zweifellos besteht ein Zusammenhang zwischen dem Logenmeister McGinty und dem Tal des Grauens."

"Und noch eins", sagte Inspektor McDonald. "Sie machten die Bekanntschaft von Mr. Douglas in einer Londoner Pension und haben sich auch dort mit ihm verlobt, nicht wahr? Lag in dieser Verbindung Romantik, etwas Geheimnisvolles und Ungewöhnliches?"

"Romantik wohl, Romantik liegt immer in einer Liebesheirat. Aber es gab nichts Geheimnisvolles und Ungewöhnliches."

"Er hatte keine Nebenbuhler?"

"Nein, ich war vollkommen frei."

"Sie haben ohne Zweifel gehört, daß man ihm den Ehering abgenommen hat. Gibt Ihnen dies irgendwie zu denken? Angenommen, daß ein alter Feind ihn aufgespürt und getötet hat, welchen Grund konnte der haben, ihm den Trauring wegzunehmen?"

Ich hätte schwören können, daß bei dieser Frage die kaum merkliche Spur eines Lächelns um ihre Lippen spielte.

"Das kann ich nicht sagen", antwortete sie. "Sicherlich ist es eine höchst merkwürdige Sache."

"Nun also, wir wollen Sie nicht länger bemühen. Es tut uns außerordentlich leid, daß wir Sie in Ihrer gegenwärtigen Lage belästigen mußten", sagte der Inspektor. "Esmögen vielleicht noch verschiedene Fragen auftauchen, auf die wir zu geeigneter Zeit zurückkommen werden."

Als sie sich erhob, glaubte ich aufs neue jenen blitzartig fragenden Blick zu sehen, den sie uns bei ihrem Eintritt ins Zimmer zugeworfen hatte, etwa wie: "Welchen Eindruck hat meine Aussage auf euch gemacht?" So deutlich war das, daß sie diese Frage ebenso gut hätte aussprechen können. Mit einer Neigung ihres Kopfes schwebte sie aus dem Zimmer.

"Eine schöne Frau – eine auffallend schöne Frau", – sagte McDonald nachdenklich, nachdem sie die Tür hinter sich geschlossen hatte. "Dieser Barker ist zweifellos sehr oft hier gewesen. Er ist ein Mensch, den viele Frauen sicherlich anziehend finden. Er gibt zu, daß der Tote auf ihn eifersüchtig war, und weiß wohl selbst am besten, warum. Dann diese Geschichte mit dem Ehering. Darüber kommen wir nicht hinweg. Der Mann, der einen Trauring von der Hand eines Toten reißt, – was sagen Sie dazu, Mr. Holmes?"

Mein Freund hatte, den Kopf in die Hände gestützt, tief in Gedanken versunken, dagesessen. Nun erhob er sich und drückte auf die Klingel.

"Ames," sagte er, als der Diener erschien, "wo befindet sich jetzt Mr. Barker?"

"Ich werde nachsehen, Herr."

In einigen Minuten war er wieder zurück und gab an, daß Mr. Barker im Garten sei.

"Können Sie sich erinnern, Ames, was Mr. Barker an den Füßen trug, als Sie ihn gestern abend in der Bibliothek trafen?"

"Jawohl, Mr. Holmes, ein Paar Pantoffeln. Ich brachte ihm seine Schuhe, bevor er zur Polizei ging."

"Wo sind diese Pantoffel jetzt?"

"Unter einem Stuhl in der Halle."

"Sehr schön, Ames. Wir müssen natürlich wissen, welche Fußspuren von Mr. Barker herrühren und welche von dem Fremden."

"Jawohl, Herr. Ich möchte aber bemerken, daß alle Pantoffeln Blutspuren haben, auch die meinen."

"Das ist erklärlich in Anbetracht des Zustandes im Zimmer. Also gut, Ames, wir werden nach Ihnen klingeln, wenn wir Sie brauchen."

Einige Minuten später waren wir alle wieder in der Bibliothek. Holmes hatte die Pantoffeln aus der Halle mit hereingebracht. Wie Ames bemerkt hatte, war die Sohle an beiden blutgetränkt.

"Sonderbar", murmelte Holmes, als er sie, beim Fenster stehend, eingehend betrachtete. "Sehr sonderbar!"

Indem er sich mit einer seiner charakteristischen, schnellen, fast katzenartigen Bewegungen bückte, legte er die Pantoffeln auf die Blutspur auf dem Fensterbrett. Die beiden deckten sich genau. Lächelnd blickte er seine Kollegen an.

Der Inspektor war vor Aufregung wie umgewandelt.

"Mensch," rief er, "kein Zweifel, Barker hat die Blutspuren am Fenster selber gemacht. Sie sind viel breiter als die von den Schuhen. Sie sagten früher, daß es ein Plattfuß gewesen sein müsse, hier haben wir die Erklärung. Was steckt dahinter, Mr. Holmes, was steckt dahinter?"

"Jawohl, was steckt dahinter?" antwortete mein Freund nachdenklich.

White Mason gluckste fröhlich und rieb sich die fetten Hände in höchster beruflicher Befriedigung.

"Ich habe es ja immer gesagt, es ist eine Sensation," rief er, "eine wirkliche und wahrhaftige Sensation."

6. Kapitel. Die ersten Lichtstrahlen.

Die drei Detektive hatten noch verschiedene Einzelheiten zu erledigen, was mich veranlaßte, nach unserem bescheidenen Quartier im Dorfgasthaus zurückzukehren. Auf dem Wege dorthin schlenderte ich durch den altmodischen

Garten, der das Herrenhaus umgab. Lange Reihen uralter Eibenbäume, zu wunderlichen Formen beschnitten, umgürteten ihn. Innerhalb des Gartens lag eine herrliche Rasenfläche, in deren Mitte sich eine alte Sonnenuhr befand. Der Gesamteindruck war der von Stille und Ruhe, ein Balsam für meine etwas aufgepeitschten Nerven. In dieser Umgebung des tiefsten Friedens konnte man die blutüberströmte Gestalt, die noch immer in der Bibliothek auf dem Boden ausgestreckt lag, vergessen oder an sie nur wie an ein grausiges Traumbild denken. Als ich indessen im Garten umherwandelte, um das Bild des Friedens in meine Seele aufzunehmen, ereignete sich etwas Sonderbares, das mir den traurigen Vorfall wieder lebhaft in Erinnerung brachte und einen äußerst peinlichen Eindruck in mir zurückließ.

Ich habe bereits erwähnt, daß der Gartenrand mit Eibenbäumen geschmückt war. An der am weitesten vom Haus entfernt liegenden Stelle verdichteten sich diese Bäume zu einer lebenden Mauer, auf deren abgekehrter Seite, dem Auge des vom Hause Kommenden verborgen, eine steinerne Bank stand. Als ich mich der Stelle näherte, hörte ich Stimmen; eine Bemerkung in der tiefen Stimme eines Mannes, gefolgt von einem girrenden Frauenlachen. Einige Minuten später bog ich um die Hecke und gewahrte Mrs. Douglas und Barker, bevor sie meiner ansichtig wurden. Ich war von der Szene, die sich meinen Blicken darbot, auf das Peinlichste überrascht. Im Speisezimmer war sie still und zurückhaltend gewesen. Diesen Anschein des Kummers hatte sie nun abgelegt. In ihren Augen funkelte Lebenslust, und in ihrem Gesicht zeigten sich noch die Spuren des heiteren Lachens, das eine Bemerkung ihres Gefährten hervorgerufen hatte. Er saß da, den Körper vorgeneigt, die Hände über dem einen Knie verschlungen, mit einem ermunternden Lächeln in seinem markanten, hübschen Gesicht. In demselben Augenblick, – aber den Bruchteil einer Sekunde zu spät, – bemerkten sie mich und nahmen die früher zur Schau getragene Haltung wieder an. Sie tauschten einige hastige Worte aus, dann erhob sich Barker und kam auf mich zu.

"Entschuldigen Sie, bitte," sagte er, "habe ich das Vergnügen mit Dr. Watson zu sprechen?"

Ich machte eine zustimmende Verbeugung, in deren kalter Förmlichkeit sich der peinliche Eindruck, den ich empfangen hatte, deutlich widergespiegelt haben mußte.

"Wir dachten uns, daß Sie es wären, da uns Ihre Freundschaft mit Mr. Sherlock Holmes wohl bekannt ist. Würden Sie die Freundlichkeit haben, auf einige Minuten zu Mrs. Douglas herüberzukommen? Sie möchte mit Ihnen sprechen."

Ich folgte ihm mit saurer Miene. Vor mein geistiges Auge trat das Bild des entstellten Körpers auf dem Fußboden der Bibliothek; und dann das seiner Frau und seines besten Freundes in seinem Garten, nur wenige Stunden nach dem Todesfall, hinter Büschen lachend und schäkernd. Ich begrüßte die Dame mit einer leichten Verbeugung. Ihr Kummer, den ich im Speisezimmer wahrzunehmen glaubte, hatte mir tiefes Mitleid eingeflößt. Jetzt erwiderte ich ihre bittenden Blicke mit kalter Reserve.

"Ich fürchte, Sie halten mich für gefühllos und hartherzig", sagte sie.

"Es steht mir nicht zu, darüber eine Meinung zu haben", sagte ich achselzuckend.

"Eines Tages werden Sie vielleicht sehen, daß Sie mir Unrecht tun. Wenn Sie erkennen werden, –"

"Dazu ist für Dr. Watson keinerlei Veranlassung", warf Barker schnell ein. "Wie er selbst sagte, geht ihn die ganze Sache nichts an."

"Sehr richtig," sagte ich, "und darum möchte ich um die Erlaubnis bitten, meinen Spaziergang fortsetzen zu dürfen"."

"Einen Augenblick noch, Dr. Watson", rief sie mit flehender Stimme. "Ich möchte eine Frage an Sie richten, die Sie mir besser beantworten können, als irgend jemand anderer in der Welt, und die für mich von größter Wichtigkeit ist. Sie kennen Mr. Holmes und seine Beziehungen zu der Polizei sicherlich auf das genaueste. Angenommen, daß man ihm eine vertrauliche Mitteilung machen würde, halten Sie es für unabwendbar, daß er diese an die Detektive weitergibt?"

"Jawohl, das ist's, was wir wissen wollen", rief Barker eifrig. "Arbeitet er für sich allein oder in engster Verbindung mit den Anderen?"

"Ich weiß wirklich nicht, ob ich ein Recht habe, darüber zu sprechen."

"Ich bitte Sie, – ich flehe Sie an, Dr. Watson, – ich versichere Ihnen, daß es für uns, für mich eine Lebensfrage ist, daß Sie mir einen Fingerzeig geben." In ihrer Stimme lag der Klang eines derart heftigen Angstgefühls, daß ich im Augenblick ihre Frivolität vergaß und geneigt war, ihren Wunsch zu erfüllen.

"Mr. Holmes ist ein völlig unabhängiger Forscher. Er ist sein eigener Herr und handelt stets nach seinem ureigensten Ermessen. Immerhin würde er in einem Falle, wo er mit der Polizei zusammenarbeitet, dieser gegenüber sich zu größter Loyalität verpflichtet fühlen und es ist kaum wahrscheinlich, daß er ihr etwas vorenthalten würde, was geeignet ist, einen Verbrecher vor den Richter zu bringen. Darüber hinaus möchte ich nichts sagen und würde Ihnen empfehlen, sofern Sie Genaueres wissen wollen, sich an Mr. Holmes selbst zu wenden."

Damit zog ich meinen Hut und ging meines Weges, die beiden auf der Bank hinter der Hecke zurücklassend. Ich blickte über meine Schulter, als ich um das Ende dieser Hecke bog, und sah sie noch immer in ernstem Gespräch beisammen. Einige Blicke, die sie mir nachschickten, gaben mir zu erkennen, daß das eben geschilderte Zusammentreffen den Gegenstand ihrer Unterhaltung bildete.

"Ich wünsche keinerlei vertrauliche Mitteilungen von den Leuten," sagte Holmes, nachdem ich ihm den Vorfall berichtet hatte. Er hatte den Nachmittag im Herrenhaus in engster Beratung mit seinen beiden Kollegen verbracht und war etwa um fünf Uhr mit einem gierigen Appetit zu dem ausgiebigen Tee zurückgekehrt, den ich für ihn bestellt hatte. "Keinerlei Vertraulichkeiten, lieber Watson, die sich als höchst unbequem erweisen könnten, wenn es zu einer Festnahme wegen Mord und Beihilfe kommen sollte."

"Sie glauben also, daß es dazu kommen wird?"

Er war in heiterster und liebenswürdigster Laune.

"Mein lieber Watson, wenn ich dieses vierte Ei verschlungen haben werde, bin ich bereit, Sie mit der ganzen Sachlage vertraut zu machen. Ich will nicht sagen, daß wir der Sache auf den Grund gekommen sind, – wir sind noch weit davon entfernt, – aber wenn wir einmal die fehlende Hantel, –"

"Die was?"

"Du liebe Zeit, Watson, ist es möglich, daß Sie noch immer nicht herausgefunden haben, daß die ganze Sache an der einen fehlenden Hantel hängt? Aber, nehmen Sie sich dies nicht zu Herzen, denn, unter uns, ich bin überzeugt, daß weder unser Freund Mac, noch der famose provinzielle Meisterdetektiv die geradezu überwältigende Bedeutung dieses Punktes erkannt haben. Eine Hantel, Watson! Stellen Sie sich Leibesübungen mit einer Hantel vor, die einseitige Anstrengung des Körpers, – mit der Gefahr der Verkrümmung des Rückgrates. Nicht auszudenken, Watson, nicht auszudenken."

Er saß da, den Mund vollgestopft mit Röstbrot, während seine spöttisch blinzelnden Augen sich an meiner Verlegenheit weideten. Schon der Umstand, daß er so glänzenden Appetit hatte, deutete darauf hin, daß er glaubte, den Erfolg bereits in der Tasche zu haben. Das war mir klar, als ich all der Tage und Nächte gedachte, die er, ohne auch nur einen Bissen zu sich zu nehmen, zubrachte, wenn er mit der Lösung irgendeines schweren Rätsels rang, den Ausdruck völliger geistiger Insichgekehrtheit in seinem hageren, beweglichen Gesicht. Nachdem er sich schließlich seine Pfeife angezündet und sich damit in der behaglichen Sofaecke des Gastzimmers niedergelassen hatte, begann er langsam und zusammenhangslos über den Fall zu plaudern, mehr wie einer, der zu sich selbst spricht, als jemand, der einen Bericht darüber erstatten will.

"Eine Lüge, Watson, – eine grobe, faustdicke, knallige Lüge war es, mit der man uns an der Schwelle empfing. Hiervon müssen wir ausgehen. Die ganze Geschichte, die uns Barker erzählte, ist eine Lüge. Mrs. Douglas hat diese Geschichte bestätigt, und das heißt, daß auch sie gelogen hat. Sie lügen beide, gemeinschaftlich und auf Verabredung. Nun entsteht die große Frage, warum sie lügen und was sie damit verbergen wollen. Wir wollen einmal versuchen, Watson, Sie und ich, ob wir nicht dahinterkommen und die Wahrheit herausschälen können.

Woher ich weiß, daß sie lügen? Ganz einfach, weil das, was sie sagen, ein plumpes Machwerk ist und gar nicht wahr sein könnte. Bedenken Sie einmal! Nach der Darstellung, die man uns gab, hatte der Mörder nicht einmal eine Minute Zeit, nach vollbrachter Tat den Ring, der hinter einem anderen Ring steckte, dem Toten vom Finger zu ziehen, den ersten Ring wieder aufzustecken – etwas, das er sicherlich in seiner Eile nicht getan haben würde, – und diese eigenartige Karte neben die Leiche zu legen. Dies ist offenbar und augenscheinlich ganz unmöglich. Sie mögen es vielleicht bestreiten, lieber Watson, – aber ich habe zuviel Achtung vor Ihrer Urteilskraft, als daß ich dies annehmen könnte, – der Ring wurde schon abgezogen, bevor der Mann tot war. Der Umstand, daß die Kerze nur kurze Zeit brannte, deutet darauf hin, daß der ganze Vorfall nicht lange dauerte. War Douglas, von dessen furchtlosem Charakter wir so viel gehört haben, ein Mensch, der nur weil jemand es verlangt, seinen Ehering hergibt? War er ein Mann, der ihn überhaupt hergeben würde? Nein, nein, Watson, der Mörder war mit ihm eine ganze Weile beisammen, und die Lampe war dabei angezündet. Daran zweifle ich nicht einen Augenblick. Augenscheinlich war die Flinte das Mordwerkzeug. Sie muß also schon erheblich früher, als man uns angab, abgefeuert worden sein; über diesen Punkt ist ein Irrtum ausgeschlossen. Wir stehen daher einer klaren Verabredung zwischen zwei Leuten, die den Schuß gehört haben, gegenüber, nämlich Barker and Frau Douglas. Wenn ich dazu noch beweisen könnte, daß die Blutspur auf dem Fensterbrett absichtlich von Barker erzeugt wurde, um die Polizei auf eine falsche Fährte zu lenken, werden Sie zugeben, daß die Sache für ihn sehr bedenklich aussieht.

Nun müssen wir uns fragen, zu welcher Zeit der Mord wirklich ausgeführt wurde. Bis halb elf Uhr waren die Bediensteten noch auf und im Hause verteilt. Daher kann es nicht vor dieser Zeit gewesen sein. Um dreiviertel elf waren sie bereits alle in ihren Zimmern, außer Ames, der noch in der Anrichte war. Am Nachmittag, nachdem Sie uns verlassen hatten, habe ich einige praktische Versuche gemacht und dabei herausgefunden, daß, wenn alle Zwischentüren geschlossen sind, selbst von dem mächtigen Lärm, den McDonald in der Bibliothek auf meinen Wunsch hervorrief, nicht eine Spur zu mir in die Anrichte drang. Anders ist es jedoch, was das Zimmer der Haushälterin betrifft. Dieses ist nicht so weit von der vorderen Halle entfernt, und dort kann man laute Stimmen von unten, allerdings ziemlich undeutlich, hören. Der Schuß eines Gewehres, das aus nächster Nähe abgefeuert wird, wie zweifellos in dem vorliegenden Fall geschehen ist, klingt immer etwas gedämpft. Er braucht nicht sehr laut gewesen zu sein, und doch hätte ihn Frau Allen in der Stille der Nacht hören müssen. Sie ist jedoch, wie sie uns sagte, etwas schwerhörig.

Nun hat sie in ihrer Aussage erwähnt, daß sie tatsächlich etwas gehört hat, was wie das Zuschlagen einer Tür klang, etwa eine halbe Stunde, bevor sie heruntergerufen wurde. Ich zweifle nicht daran, daß das, was sie gehört hat, nichts anderes als der Schuß war, und es daher den wirklichen Zeitpunkt des Mordes bezeichnet. Wenn dem so ist, müssen wir herausfinden, was Mr. Barker und Frau Douglas, sofern sie nicht selbst die Mörder sind, zwischen dreiviertel elf, dem Zeitpunkt also, wo sie der Schuß aufgestört hat, und ein Viertel nach elf, als sie die Bediensteten durch das Klingelzeichen herbeiriefen, getan haben. Was war es, und warum haben sie nicht augenblicklich die Dienerschaft alarmiert? Das ist die Frage, der wir gegenüberstehen. Wenn es uns gelingt, sie zu beantworten, so werden wir nicht mehr sehr weit von der Lösung des Problems sein."

"Darüber, daß zwischen den beiden ein Einvernehmen besteht, bin auch ich mir vollkommen klar", sagte ich. "Sie muß eine herzlose Natur sein, wenn sie einige Stunden nach dem Morde ihres Mannes lachen und scherzen kann."

"So ist es. Sie macht keine gute Figur als Ehegattin, selbst nicht nach ihrer eigenen Aussage. Sie wissen, lieber Watson, daß ich kein sonderlich eifriger Anbeter des weiblichen Geschlechts bin, aber in meinem ganzen Leben ist es mir doch nicht vorgekommen, daß sich eine Frau, die für ihren Mann irgend etwas übrig hat, durch einige Worte eines Dritten davon abhalten läßt, zu der Leiche ihres toten Gatten zu gehen. Wenn ich einmal heiraten sollte, Watson, so möchte ich wünschen, meiner Frau derartige Gefühle einflößen zu können, daß sie sich nicht von der Haushälterin fortführen läßt, wenn ich ein paar Schritte von ihr entfernt auf der Totenbahre liege. Die Sache war schlecht inszeniert, denn selbst dem unerfahrensten Detektiv würde das Fehlen jedweder weiblicher Gefühlsmomente aufgefallen sein. Von allem anderen abgesehen, würde dieser Umstand allein mich schon dazu geführt haben, an einen verabredeten Plan zu glauben."

"Sie sind also der bestimmten Meinung, daß Barker und Mrs. Douglas sich des Mordes schuldig gemacht haben?"

"Ihre Fragen, lieber Watson, sind unangenehm gradlinig", sagte Holmes, mit seiner Pfeife vor meinem Gesicht hin- und herwippend. "Wie aus der Pistole geschossen. Wenn Sie mich fragen würden, ob Mrs. Douglas und Barker die Wahrheit über den Mord wissen und sie auf Verabredung geheim halten wollen, dann könnte ich Ihnen eine vorbehaltlose Antwort geben. Dessen bin ich nämlich sicher. Aber von Ihrer blutrünstigen Auffassung bin ich nicht so fest überzeugt. Wir wollen uns die Schwierigkeiten, die uns hier begegnen, etwas näher besehen.

Angenommen, daß sich die beiden, die durch das Band einer schuldigen Liebe geeint sind, entschlossen haben, den Mann, der ihnen im Wege steht, beiseite zu schaffen. Diese Liebe ist eine etwas kühne Vermutung, denn eingehende und diskrete Nachforschungen bei den Bediensteten haben nichts ergeben, was darauf hindeutet. Im Gegenteil, es hat sich herausgestellt, daß die beiden Eheleute sehr aneinander hingen –"

"Das möchte ich aus das lebhafteste bezweifeln", sagte ich, indem ich an ihr lachendes Gesicht im Garten dachte.

"Nun gut, jedenfalls haben sie aber diesen Eindruck erweckt. Wir müssen also annehmen, daß die beiden, Barker und Mrs. Douglas, ganz besonders verschlagene Menschen sind, die es verstanden haben, alle Leute über diesen Punkt zu täuschen, bevor sie planten, den Ehegatten gemeinsam zu ermorden. Es traf sich gut, daß der letztere in Gefahr schwebte."

"Dafür haben wir keinen anderen Beweis als das, was uns die beiden selbst sagten."

Holmes sah mich nachdenklich an.

"Ich sehe schon, Watson, Sie machen sich da eine Ansicht zurecht, nach der alles, was die beiden gesagt haben, von Anfang bis zu Ende erlogen ist. Nach Ihrer Ansicht gab es niemals eine geheime Bedrohung durch einen Geheimbund, ein Tal des Grauens, einen Logenmeister McGinty, oder sonst etwas. Schön, das ist eine gute und umfassende Verallgemeinerung. Wir wollen einmal sehen, wohin sie uns führt. Die beiden machen sich also einen Plan zurecht, um das Verbrechen zu maskieren. Wie von ungefähr lassen sie das Zweirad im Park als Beweis der Existenz einer Außenperson auffinden. Zu demselben Zweck erzeugen sie Fußspuren auf dem Fensterbrett. Die Karte, die sie neben der Leiche niederlegen, und die ebensogut jemand im Hause selbst geschrieben haben könnte, soll den Eindruck noch verstärken. Das alles paßt sehr gut in Ihre Hypothese, lieber Watson. Nun aber kommen wir zu einigen unangenehmen, scharfkantigen, unbeugsamen Widersprüchen, die absolut nicht hineinpassen. Warum diese ausgefallene, abgesägte Schrotflinte, und noch dazu eine amerikanischer Herkunft? Woher konnten die beiden wissen, daß der Schuß nicht die Leute im Hause aufstören und herbeiholen würde? Es ist schon ein reiner Zufall, daß Frau Allen, als sie das Zuschlagen einer Tür zu hören glaubte, nicht nachgesehen hat, was es war. Wenn die beiden das Verbrechen begangen haben, warum haben sie sich nicht besser vorgesehen, Watson?"

"Ich muß gestehen, ich habe keine Erklärung dafür."

"Und dann noch etwas: wenn eine Frau und ihr Liebhaber gemeinsam den Ehegatten ermorden, warum sollten sie sich die Mühe nehmen, dies an die große Glocke zu hängen, indem sie ihm nach seinem Tode ostentativ den Ehering abziehen? Kommt Ihnen das wahrscheinlich vor, Watson?"

"Keineswegs."

"Und schließlich, was hätte es für einen Zweck, draußen ein Zweirad zu verbergen, da doch selbst der dümmste aller Detektive dies unfehlbar für eine Finte halten dürfte, da ein Verbrecher, der sich davonmachen will, sein Zweirad unter keinen Umständen zurücklassen würde."

"Auch das ist mir völlig unerklärlich."

"Und doch gibt es kein Zusammentreffen von Umständen, für die der Geist des Menschen nicht eine Erklärung finden kann. Lediglich als eine Gedankenübung und ohne behaupten zu wollen, daß sich die Sache wirklich so verhalten hat, wollen wir uns eine mögliche Theorie bilden; sie beruht, wie ich zugeben muß, lediglich auf Eingebung, aber wie oft ist nicht Eingebung der Schlüssel zur Wahrheit.

Wir wollen annehmen, daß es wirklich einen dunklen Punkt im Leben von Douglas gab, ein schändliches Geheimnis, das er allen Anlaß hatte, für sich zu behalten. Dies führt zu einem Mord durch jemanden, den wir als einen Rächer ansehen wollen – jemanden von außen. Dieser Rächer bemächtigte sich aus irgend einem Grund, der mir völlig unerklärlich ist, des Eheringes. Möglicherweise datiert die Fehde aus der ersten Ehe des Mannes und vielleicht ist darin der Grund für den Raub des Ringes zu suchen. Nehmen wir ferner an, daß Barker und Frau Douglas das Zimmer betraten, bevor der Rächer entfliehen konnte.

Dieser hat nun den beiden zu verstehen gegeben, daß seine Verhaftung unweigerlich die Veröffentlichung eines scheußlichen Skandals aus dem Leben des Toten zur Folge haben würde. Die beiden haben dies eingesehen und darum den Mörder entfliehen lassen. Wahrscheinlich haben sie zu diesem Zweck die Zugbrücke herabgelassen und dann wieder aufgezogen, was sehr leicht und geräuschlos geschehen kann. Der Mörder machte sich davon und zwar zu Fuß, weil er aus irgend einem Grund glaubte, daß dies sicherer sei als auf dem Zweirad. Er ließ daher sein Rad zurück, derartig gut versteckt, daß er glauben konnte, es werde nicht gefunden werden, bevor er in Sicherheit war. So weit sind wir noch im Bereich der Möglichkeit, nicht wahr?"

"Das scheint mir auch so", sagte ich mit einiger Zurückhaltung.

"Wir müssen uns bewußt bleiben, daß das, was immer auch geschehen ist, offenbar höchst ungewöhnlich war. Also, um auf unseren angenommenen Fall zurückzukommen, die beiden Leute, die nicht unbedingt schuldig zu sein brauchen, erkennen, nachdem der Mörder entflohen ist, daß sie sich in eine Lage gebracht haben, die es für sie äußerst schwierig macht, zu beweisen, daß sie nicht entweder selbst den Mord verübt, oder dazu Beihilfe geleistet haben. Sie entschließen sich, der Polizei eine Falle zu stellen, und tun dies rasch, aber in einer plumpen Weise. Mit seinem Pantoffel hat Barker die Fußspur auf dem Fenster erzeugt, um das Entrinnen des Flüchtigen auf diesem Wege anzudeuten. Da sie die beiden einzigen waren, die den Schuß gehört hatten, mußten sie natürlich die Dienerschaft alarmieren, aber sie taten dies erst, als sie mit ihren Vorbereitungen zu Ende waren, ungefähr eine halbe Stunde nach dem Ereignis."

"Und wie wollen Sie all dies beweisen?"

"Vielleicht dadurch, daß, wenn es eine Außenperson gab, diese aufgespürt und festgenommen wird. Dies wäre wohl der wirksamste aller Beweise. Wenn nicht, – nun dann möchte ich sagen, daß wir noch keineswegs am Ende unserer Weisheit sind. Ich glaube, daß mir eine kurze Nachtwache in der Bibliothek eine ganze Menge enthüllen würde."

"Eine Nachtwache, dort, allein?"

"Jawohl, ich werde mich sogleich dorthin begeben. Ich habe die Sache bereits mit dem ehrenwerten Ames besprochen, der sich hinsichtlich Barkers recht unbehaglich fühlt. Ich werde in jenem Raum sitzen und verlasse mich darauf, daß mir die Umgebung eine Inspiration bringt. Ich glaube an den Genius loci. Sie lachen darüber, Watson, aber wir werden sehen. Übrigens, Sie haben doch noch Ihren großen Regenschirm, nicht wahr?"

"Jawohl, er ist hier."

"Kann ich ihn mir von Ihnen leihen?"

"Sicher, aber was wollen Sie damit? Wollen Sie ihn als Waffe benutzen? Wenn Sie in Gefahr sind, –"

"Nichts von Bedeutung, mein lieber Watson, sonst würde ich Sie schon um Ihren Beistand angegangen haben. Aber geben Sie mir wenigstens den Schirm. Ich warte nur noch auf die Rückkehr unserer Kollegen aus Tunbridge Wells. Die beiden sind hinübergefahren, um zu sehen, ob sie nicht den Besitzer des Zweirades ermitteln können."

Die Dämmerung hatte sich bereits herniedergesenkt, als Inspektor McDonald und White Mason von ihrem Ausflug zurückkehrten, jubelnd und überfließend von der Wichtigkeit einer Entdeckung, die sie gemacht hatten.

"Mann, ich gebe zu, daß ich meine Zweifel wegen der Außenperson hatte," sagte McDonald, "aber das ist jetzt anders geworden. Wir haben den Besitzer des Zweirades ermittelt und haben eine Personenbeschreibung unseres Mannes. Sie müssen zugeben, daß dies einen Schritt vorwärts bedeutet."

"Es sieht wie der Anfang vom Ende aus", sagte Holmes. "Ich beglückwünsche Sie beide aus vollem Herzen."

"Nun, ich ging von der Tatsache aus, daß Mr. Douglas am Vortage seines Todes, nämlich nachdem er aus Tunbridge Wells zurückgekehrt war, äußerst beunruhigt schien. Es muß also in Tunbridge Wells gewesen sein, wo er Kenntnis von der Gefahr erhielt. Danach ist es klar, daß, wenn ein Mensch mit einem Zweirad hergekommen ist, dies nur von Tunbridge Wells aus geschehen sein konnte. Wir haben das Rad mit uns hinübergenommen und in den Hotels herumgezeigt. Der Geschäftsführer des Eagle Commercial Hotels hat es sofort als das eines gewissen Bargreave erkannt, der zwei Tage früher dort ein Zimmer genommen hatte. Das Rad und eine kleine Handtasche waren seine einzigen Effekten. Er hat sich als von London kommend eingetragen, aber keine Adresse angegeben. Die Handtasche und ihr Inhalt waren unzweifelhaft englischer Herkunft, aber der Mann selbst war ebenso unzweifelhaft Amerikaner."

"So, so", meinte Holmes, anscheinend belustigt. "Sie haben also praktische Arbeit geleistet, während ich hier mit meinem Freund saß und über alles Mögliche spintisierte. Es soll mir eine Lehre sein, Mr. Mac."

"Gut, daß Sie es einsehen, Mr. Holmes", erwiderte der Inspektor triumphierend.

"Aber das paßt doch ganz genau zu Ihren eigenen Ansichten", bemerkte ich.

"Kann sein, aber vielleicht auch nicht. Nun wollen wir aber hören, was uns Mr. Mac noch zu erzählen hat. Haben Sie etwas gefunden, um Ihren Mann feststellen zu können?"

"So wenig, daß es klar ist, daß er sich die größte Mühe gegeben hat, seine Identität zu verbergen. Keine Papiere, keine Briefe und keine Adresse in seinen Effekten. Auf dem Tisch seines Schlafzimmers fanden wir lediglich eine ausgebreitete Landkarte dieser Gegend. Er hat das Hotel gestern Morgen nach dem Frühstück auf seinem Rad verlassen. Seit der Zeit hat man von ihm nichts mehr gehört."

"Das ist etwas, das mir nicht gefällt, Mr. Holmes", warf White Mason ein. "Logischerweise müßte man annehmen, daß der Mann in sein Hotel zurückkehren und dort die Rolle des harmlosen Touristen weiterspielen würde, um keine Aufmerksamkeit auf sich zu lenken. Er mußte doch wissen, daß ihn die Leute vom Hotel bei der Polizei als vermißt anzeigen würden, und er dadurch mit dem Mord in Verbindung gebracht werden könnte."

"Das ist anzunehmen. Immerhin hat er bisher Recht behalten, wenigstens soweit, als man ihn noch nicht gefaßt hat. Aber wie steht es mit seiner Personalbeschreibung?"

McDonald zog ein Notizbuch hervor.

"Hier haben wir sie, soweit man sie uns geben konnte. Keiner dort scheint auf ihn besonders geachtet zu haben, aber in den folgenden Punkten sind sich der Portier, der Empfangschef und das Stubenmädchen einig. Er war ungefähr fünf Fuß neun Zoll groß, etwa fünfzig Jahre alt, mit leicht melierten Haaren, grauem Schnurrbart, hatte eine geschwungene Nase und ein Gesicht, das alle als finster und nichts Gutes verheißend bezeichneten."

"Nun, mit Ausnahme des Gesichtsausdruckes könnte man dies fast für eine Beschreibung von Douglas selbst halten", sagte Holmes. "Auch er ist etwa fünfzig Jahre alt gewesen, hatte meliertes Haar, grauen Schnurrbart und war ungefähr von derselben Größe. Sonst noch etwas?"

"Bekleidet war er mit einem dicken, grauen Anzug, zu dem er eine blaue Seglerjacke und einen kurzen, gelben Überrock trug. Als Kopfdeckung hatte er eine weiche Mütze."

"Und das Gewehr?"

"Das war nur etwa 60 cm lang und konnte sehr gut in seiner Reisetasche verborgen gewesen sein. Auch hatte es unter seinem Rock bequem Platz."

"Und wie stellt sich nun die Gesamtlage nach Ihrer Ansicht dar?"

"Nun, Mr. Holmes, wenn wir unseren Mann haben, was nicht allzu schwierig sein wird, – denn Sie können sicher sein, daß fünf Minuten, nachdem ich die Beschreibung hatte, alle Telegraphendrähte sie weitergaben, – dann werden wir darüber sprechen. Immerhin haben wir einen großen Schritt vorwärts gemacht. Wir wissen, daß ein Amerikaner, der sich Bargreave nannte, zwei Tage vor dem Mord mit Zweirad und Handtasche nach Tunbridge Wells kam. In der Tasche befand sich die abgesägte Schrotflinte, und er trug sich augenscheinlich mit der Absicht, das Verbrechen zu begehen. Gestern Morgen hat er sich auf seinem Rad nach hier auf den Weg gemacht, die Flinte war offenbar unter seinem Rock versteckt. Niemand sah ihn kommen, soweit wir gehört haben, aber um in den Park zu gelangen, ist es keineswegs notwendig, das Dorf zu durchqueren. Außerdem gibt es auf den Straßen immer eine ganze Menge Radfahrer. Wahrscheinlich hat er sofort sein Rad, undsicherlich auch sich selbst, in den Büschen verborgen, wo das Rad gefunden wurde. Von dort aus hat er das Haus beobachtet und gewartet, bis Mr. Douglas herauskommen würde. Diese Flinte war wohl kaum für das Innere des Hauses gedacht. Sie hat ihre bestimmten Vorzüge, man kann damit z. B. schwerlich sein Ziel verfehlen, – und in England auf dem Lande sind Schüsse so häufig, daß man sie gar nicht beachtet."

"Das leuchtet mir ein", sagte Holmes.

"Nun also, Mr. Douglas ist nicht herausgekommen. Was war nun für den Mörder zu tun? Er verließ sein Rad und näherte sich in der Dämmerung dem Hause. Er fand die Zugbrücke heruntergelassen, niemand war in Sicht. So ist er dann offenbar geradenwegs auf das Tor zugeschritten, mit der Absicht, falls er jemanden traf, eine Ausrede zu gebrauchen. Es hat ihn aber niemand gesehen. Er schlüpfte in das erstbeste Zimmer, das er finden konnte, und verbarg sich hinter dem Vorhang. Von seinem Schlupfwinkel aus konnte er sehen, wie die Zugbrücke geschlossen wurde und wurde sich bewußt, daß sein einziger Rückzugsweg durch den Festungsgraben führte. Er wartete dann bis ein Viertel nach elf Uhr, als Mr. Douglas auf seiner gewöhnlichen Runde durch das Haus in das Zimmer kam. Er schoß ihn nieder und entfloh in der Weise, wie er sich das vorher zurechtgelegt hatte. Das Zweirad würde, wie er sich wohl denken konnte, von den Hotelleuten beschrieben werden und daher als Anhaltspunkt gegen ihn dienen; deshalb ließ er es zurück, um auf andere Art nach London oder einem vorbereiteten Versteck zu gelangen. Wie wäre das als Erklärung, Mr. Holmes?"

"Nun, Mr. Mac, es klingt sehr gut und ist auch ganz klar und logisch bis auf Verschiedenes. Das ist also Ihre Ansicht von der Sache? Die meine ist, daß das Verbrechen eine halbe Stunde früher verübt wurde, als Barker und Mrs. Douglas behaupten; daß diese beiden auf Verabredung etwas zu verbergen suchen; daß sie dem Mörder bei der Flucht halfen, oder wenigstens, daß sie in das Zimmer gelangten, bevor er geflohen war, und daß sie den Anschein erwecken wollten, er sei durch das Fenster geflüchtet, während sie ihm wahrscheinlich das Entkommen dadurch erleichterten, daß sie die Zugbrücke herabließen. Das ist meine Ansicht über den ersten Teil der Geschichte."

Die beiden Detektive schüttelten den Kopf.

"Wenn das wahr ist, Mr. Holmes, so stürzen wir aus einem Rätsel in das andere", sagte der Londoner Inspektor.

"Und anscheinend in ein noch viel schwereres", fügte White Mason hinzu. "Die Frau ist niemals in ihrem Leben in Amerika gewesen. Welcher mögliche

Zusammenhang könnte zwischen ihr und einem amerikanischen Mordgesellen bestehen, so daß sie Anlaß hätte, ihn zu decken?"

"Ich gebe zu, die Sache ist noch recht schwierig", sagte Holmes. "Ich habe vor, noch heute Nacht eine kleine Untersuchung anzustellen, und es kann immerhin sein, daß sie einige aufklärende Ergebnisse bringt."

"Können wir Ihnen helfen, Mr. Holmes?"

"Nein, nein, alles, was ich brauche, ist Dunkelheit und Dr. Watsons Regenschirm. Wie Sie sehen, sind meine Bedürfnisse äußerst bescheiden. Und Ames – der getreue Ames – wird mir wahrscheinlich Vorschub leisten. Alle meine Gedanken führen mich immer wieder zu der einen grundlegenden Frage zurück: Warum soll ein sportlich gesinnter Mensch mit einem so untauglichen Werkzeug, wie es eine einzelne Hantel ist, Leibesübungen vornehmen wollen?"

Es war spät nachts geworden, als Holmes von seinem einsamen Ausflug zurückkehrte. Wir teilten uns in ein Doppelbett, die beste Unterkunft, die uns das Landgasthaus bieten konnte. Ich schlummerte bereits, wurde jedoch durch sein Eintreten halb aus dem Schlaf geweckt.

"Nun, Holmes", murmelte ich, "haben Sie etwas ermittelt?"

Schweigend stand er am Bett mit der Kerze in der Hand. Dann beugte sich seine hohe schlanke Gestalt zu mir herunter.

"Sagen Sie, Watson," flüsterte er, "fürchten Sie sich, mit einem Irrsinnigen in ein und demselben Zimmer zu schlafen? Mit einem Mann, der an Gehirnerweichung leidet? Einem Idioten, der nicht einmal mehr einen klaren Gedanken erfassen kann?"

"Nicht im mindesten", antwortete ich erstaunt.

"Das ist Ihr Glück", sagte er und das war alles, was ich in jener Nacht aus ihm herausbringen konnte.

7. Kapitel. Die Lösung.

Am nächsten Morgen nach dem Frühstück fanden wir Inspektor McDonald und Mr. White Mason in dem kleinen Sprechzimmer des örtlichen Polizeilokals in engster Beratung. Auf dem Tisch vor ihnen lag ein Stoß Briefe und Telegramme aufgestapelt, die sie sorgfältig ordneten und registrierten. Drei davon lagen gesondert auf der anderen Seite.

"Noch immer auf der Spur des unfaßbaren Radfahrers?" fragte Holmes in heiterster Laune. "Was hört man von diesem Wüstling?"

McDonald wies wehmütig auf den Haufen Briefe.

"Nach den Berichten hier ist er in Leicester, Nottingham, Southampton, Derby, im östlichen London, Richmond und in vierzehn anderen Orten des Südens, Nordens, Ostens und Westens im Verlauf der letzten Stunden gesehen worden. In dreien dieser Orte, nämlich London, Leicester und Liverpool, hat man ihn tatsächlich agnosziert und festgenommen. Das ganze Land scheint voll von ihm zu sein."

"Was Sie nicht sagen!" rief Holmes mitfühlend. "Nun, Mr. Mac, und auch Sie, lieber White Mason, ich möchte Ihnen einen ernsten, gutgemeinten Rat geben. Als ich mich zur Mitwirkung an der Sache entschloß, habe ich mir, wie Sie wissen, ausbedungen, daß ich Ihnen keine halbbewiesenen Tatsachen, unfertige Ergebnisse vorzulegen brauche; mit einem Wort, daß ich, was ich herausfinde, für mich behalten kann und Ihnen meine Ansichten erst dann mitzuteilen brauche, wenn ich die Überzeugung gewonnen habe, daß sie richtig sind. Dies ist der Grund, daß ich Ihnen im Augenblick noch nicht alles erzähle, was ich im Sinne habe. Andererseits versprach ich, offen und ehrlich zu Ihnen zu sein. Nach meinem Dafürhalten wäre es unvereinbar mit diesem Versprechen, wenn ich es zuließe, daß Sie auch nur einen Augenblick länger Ihre Zeit und Mühe an eine vollkommen zwecklose Aufgabe verschwenden. Deshalb kam ich hierher. Der Rat, den ich Ihnen geben möchte, läßt sich in die wenigen Worte zusammenfassen: lassen Sie die ganze Sache fallen."

McDonald und White Mason starrten ihren gefeierten Kollegen verblüfft an.

"Sie halten sie also für hoffnungslos", rief der Inspektor.

"Ich halte *Ihre* Sache für hoffnungslos. Ich halte es indessen nicht für hoffnungslos, der Wahrheit auf den Grund zu kommen."

"Aber dieser Radfahrer? Er ist doch kein Geisterspuk? Wir haben seine Beschreibung, seine Reisetasche, sein Zweirad. Der Kerl muß doch irgendwo stecken? Warum sollten wir ihn denn nicht fassen können?"

"Natürlich, warum sollten Sie nicht? Er ist irgendwo, und wir werden ihn sicherlich fassen, aber ich möchte nicht, daß Sie ihre Zeit damit vergeuden, ihn im Osten Londons oder in Liverpool zu suchen. Ich bin sicher, daß wir auf einem kürzeren Wege zum Ziele kommen werden."

"Sie enthalten uns irgend etwas vor. Das ist nicht nett von Ihnen, Mr. Holmes", sagte der Inspektor verärgert.

"Sie kennen meine Arbeitsmethoden, Mr. Mac. Wenn ich Ihnen etwas vorenthalte, so ist es nur auf so lange, als dies dringend erforderlich ist. Ich möchte nur noch auf eine bestimmte Weise mein Material nachprüfen. Das wird sehr einfach sein, und wenn es geschehen ist, werde ich mich empfehlen, nach London zurückkehren, und es zu Ihrer Verfügung zurücklassen. Ich fühle mich Ihnen zu sehr verpflichtet, um anders handeln zu wollen, denn in meiner ganzen Praxis bin ich noch auf keinen eigenartigeren, interessanteren Fall gestoßen."

"Das geht mir über die Hutschnur, Mr. Holmes. Als wir gestern von Tunbridge Wells zurückkehrten, schienen Sie im allgemeinen mit unseren Ansichten übereinzustimmen. Was ist seither vorgefallen, daß Sie anderen Sinnes geworden sind?"

"Nun, da Sie mich fragen: ich habe gestern Nacht einige Stunden im Herrenhaus verbracht."

"Und was ist dort geschehen?"

"Darüber kann ich Ihnen augenblicklich nur eine sehr allgemein gehaltene Auskunft geben. Nebenbei bemerkt habe ich mir angelegen sein lassen, eine kurze, aber klare und interessante Beschreibung des alten Gebäudes zu lesen, die ich zu dem bescheidenen Preis von einem Penny in dem Tabakgeschäft des Dorfes erstanden habe."

Bei diesen Worten zog Holmes eine kleine Broschüre, die vorne mit einem rohen Bild des altertümlichen Herrenhauses geschmückt war, aus seiner Westentasche.

"Man geht ganz anders an eine Untersuchung heran, mein lieber Mr. Mac, wenn man sich in einem bewußten geistigen Kontakt mit der geschichtlichen Atmosphäre seiner Umgebung befindet. Nicht so ungeduldig sein, meine Herren, denn ich kann Ihnen versichern, daß selbst eine so spärliche Beschreibung in einem das Bild der alten Zeit hervorzuzaubern vermag. Ich möchte Ihnen einiges daraus zitieren: Das im fünften Jahre der Regierung von James I. an der

Stelle eines viel älteren Gebäudes errichtete Herrenhaus von Birlstone gilt als einer der schönsten der noch vorhandenen jakobinischen Herrensitze."

"Sie wollen uns zum besten halten, Mr. Holmes."

"Nichts für ungut, Mr. Mac, aber das ist das erste Zeichen eines launischen Wesens, das ich an Ihnen bemerke. Nun also, da Sie die Sache so auffassen, werde ich lieber nicht weiter zitieren, aber wenn ich Ihnen sage, daß wir den bestimmten Nachweis dafür haben, daß das Haus im Jahre sechzehnhundertvierundvierzig von einem Obersten des Parlamentsheeres in Besitz genommen wurde, daß sich König Karl darin einige Tage während des Bürgerkrieges verborgen hielt, und daß ihm auch Georg II. später einen Besuch abstattete, so werden Sie zugeben, daß dieses altertümliche Haus einige höchst interessante Ideenverbindungen wachruft."

"Kein Zweifel, Mr. Holmes, aber das hat mit unserem Beruf nichts zu tun."

"So, so. Ein weiter Gesichtskreis, mein lieber Mr. Mac, ist eines der wichtigsten Erfordernisse unseres Berufes. Das Hineinspielen solcher Gedanken in den Kreis der vorliegenden Tatsachen ist oftmals von ganz außerordentlicher Bedeutung. Sie werden diese Bemerkung einem nicht verübeln, der, obgleich nur ein Theoretiker Ihres Berufes, immerhin erheblich älter ist als Sie und mehr Erfahrungen besitzt."

"Das gestehe ich Ihnen ohne weiteres zu", erwiderte der Detektiv herzlich. "Sie erreichen gewöhnlich Ihr Ziel, das muß ich Ihnen lassen, aber Sie verfolgen dabei so verflixt krumme Wege."

"Nun gut, so wollen wir das Gebiet der Geschichte verlassen und uns auf den Boden der gegebenen Tatsachen stellen. Wie ich Ihnen schon sagte, war ich gestern Nacht im Herrenhaus. Ich habe dort weder Mr. Barker noch Mrs. Douglas gesehen. Ich hatte keine Ursache, sie zu stören, war jedoch erfreut zu hören, daß die Dame sich nicht sonderlich grämt und beim Abendessen einen ausgezeichneten Appetit entwickelt hat. Mein Besuch galt hauptsächlich dem famosen Mr. Ames, mit dem ich eine höchst freundschaftliche Unterredung hatte, die damit abschloß, daß er mir gestattete, einige Zeit in der Bibliothek zu verbringen, ohne daß jemand etwas davon wußte."

"Was? Mit dem –" rief ich aus.

"Nein, nein, es war schon wieder alles in Ordnung. Sie haben doch die Erlaubnis dazu gegeben, Mr. Mac, wie man mir sagte. Das Zimmer war wieder in seinem gewöhnlichen Zustand. Ich habe darin eine höchst lehrreiche Viertelstunde zugebracht."

"Was haben Sie dort getan?"

"Nun, um nicht aus einer höchst einfachen Sache ein dunkles Geheimnis zu machen, will ich Ihnen sagen, daß ich nach der fehlenden Hantel gesucht habe. Dies endigte damit, daß ich sie fand!"

"Wo?"

"Aha! Hier kommen wir an die Grenze des Unbewiesenen. Geben Sie mir noch etwas Zeit, nur ein ganz klein wenig Zeit, und ich verspreche Ihnen, daß Sie bald alles wissen werden, was ich weiß."

"Nun gut, wir müssen Sie wohl so nehmen, wie Sie sind", sagte der Inspektor. "Aber was das betrifft mit dem ›Die-Sache-fallen-lassen‹, warum im Namen aller Helligen sollten wir die Sache fallen lassen"?

"Aus dem einfachen Grund, mein lieber Mr. Mac, weil Sie noch gar keine Ahnung von dem haben, was Sie suchen und untersuchen wollen."

"Wir haben die Ermordung von Mr. John Douglas vom Birlstone Herrenhaus zu untersuchen."

"Sehr richtig, das haben Sie. Aber geben Sie sich keine Mühe, den geheimnisvollen Fremden mit dem Zweirad aufzuspüren. Ich gebe Ihnen die Versicherung, daß es zu nichts führt."

"Also, was schlagen Sie uns dann vor?"

"Ich will Ihnen ganz genau sagen, was Sie tun sollen, vorausgesetzt, daß Sie es tun werden."

"Nun gut, ich will Ihnen zugestehen, daß Sie gewöhnlich ernste Gründe für Ihre sonderbaren Handlungen haben. Darum werde ich Ihren Rat gern entgegennehmen."

"Und Sie, Mr. White Mason?"

Der Provinzdetektiv blickte ratlos von einem zum andern. Er war mit Holmes' Eigenarten noch nicht vertraut.

"Ich meine, was dem Inspektor recht ist, kann auch mir recht sein", antwortete er endlich.

"Famos", rief Holmes. "Also dann rate ich Ihnen, einen hübschen kleinen, fröhlichen Spaziergang über Land zu machen. Ich hörte, daß man von dem Hügelkamm hinter dem Dorf eine wundervolle Fernsicht über den Forst haben soll. Für das Mittagessen wird sich sicherlich ein nettes Landwirtshaus finden. Meine Unkenntnis der hiesigen Gegend macht es mir indessen unmöglich, Ihnen einen bestimmten Vorschlag zu machen. Dann am Abend, wenn Sie müde, aber zufrieden heimgekehrt sind, –"

"Mann, das geht über den Spaß", rief McDonald, indem er sich ärgerlich vom Stuhl erhob.

"Also gut, verbringt den Tag, wie Ihr wollt", sagte Holmes, ihm fröhlich auf die Schulter klopfend. "Tut, wonach euch der Sinn steht, geht, wohin es euch gelüstet, und dann wollen wir uns, wenn es dämmert, hier wieder treffen; aber zuverlässig, Mr. Mac, – unbedingt zuverlässig."

"Das klingt schon etwas mehr nach Vernunft."

"Und trotzdem, mein Rat war vortrefflich, aber ich bestehe nicht darauf, wenn wir uns darüber einig sind, uns erst dann wieder zu treffen, wenn ich Sie brauche. Und nun möchte ich noch, bevor wir uns trennen, einen kurzen Brief an Mr. Barker schreiben."

"Was?"

"Ich werde ihn Ihnen diktieren, wenn es Ihnen recht ist. Sind Sie bereit?" –

"Sehr geehrter Herr!

Wir halten es für unsere Pflicht, das Wasser aus dem Festungsgraben abzulassen, in der Annahme, daß wir darin –"

"Das ist unmöglich," sagte der Inspektor. "Das habe ich bereits festgestellt."

"Nur Ruhe, mein lieber Herr, schreiben Sie, bitte, was ich Ihnen sage."

"Also gut, vorwärts."

"vielleicht etwas finden, das für unsere Untersuchung von Wert ist. Ich habe bereits alle Vorkehrungen dazu getroffen und benachrichtige Sie hiermit, daß die Arbeiten morgen früh damit beginnen werden, das Bett des Grabens –"

"Unmöglich", wiederholte McDonald.

" – zu verlegen. Ich hielt es für notwendig, Sie hiervon in Kenntnis zu setzen." –

"Haben Sie das? Also gut, dann setzen Sie Ihre Unterschrift darunter und schicken Sie den Brief ungefähr um vier Uhr durch Boten. Zu dieser Zeit wollen wir uns in diesem Zimmer wieder zusammenfinden. Bis dahin wollen wir uns mit anderen Dingen beschäftigen, denn ich versichere Ihnen, daß in der Untersuchung eine Pause eintreten muß."

– Der Abend senkte sich hernieder, als wir uns wieder versammelten. Holmes war in sehr ernster Stimmung. Ich war neugierig, während sich die beiden Detektive offensichtlich in einer kritischen, ärgerlichen Laune befanden.

"Meine Herren," sagte mein Freund, "ich werde Sie nun bitten, einer abschließenden Nachprüfung meiner Beobachtungen beizuwohnen und Sie können sich dann selbst eine Meinung darüber bilden, ob die Schlußfolgerungen, zu denen ich gelangte, gerechtfertigt sind oder nicht. Es ist ein kühler Abend und da wir nicht wissen, wie lange unsere Expedition dauern wird, würde ich Ihnen raten, sich einen warmen Überrock mitzunehmen. Es ist von höchster Wichtigkeit, daß wir an Ort und Stelle sind, bevor es dunkel wird, und darum wollen wir, wenn Sie gestatten, sogleich aufbrechen."

Wir hielten uns entlang der äußeren Umrandung des Parkes, bis wir an einen Platz kamen, wo in der Umzäunung eine Öffnung war. Wir schlüpften durch diese und folgten dann Holmes in der hereinbrechenden Dämmerung bis zu einem Buschwerk, das nahezu gegenüber dem Haupteingangstor und der Zugbrücke lag. Die letztere war noch herabgelassen. Holmes kauerte sich hinter der dichten Wand von Lorbeerbüschen nieder und wir alle folgten seinem Beispiel.

"Was gibts nun für uns zu tun?" fragte der Inspektor in ziemlich ungehaltenem Tone.

"Unsere Seelen in Geduld zu fassen und so wenig Geräusch wie möglich zu machen", antwortete Holmes.

"Wozu sind wir überhaupt hier? Ich glaube wirklich, Sie sollten etwas offener zu uns sein."

Holmes lachte.

"Watson behauptet immer, daß ich Anlage zum Dramatiker habe", sagte er. "Der Künstler in mir rührt sich und verlangt eindringlichst eine gut inszenierte

Vorstellung. Sie müssen zugeben, Mr. Mac, daß unser Beruf eintönig und trübselig wäre, wenn wir nicht gelegentlich einmal einen Schlußeffekt zur Verherrlichung unserer Bemühungen aufbauen könnten. Die ungeschminkte Beschuldigung und das brutale Auf-die-Schulter-klopfen – was kann man schon daraus machen? Aber die blitzartige Kombination, die listige Falle, die kluge Voraussicht kommender Ereignisse, die triumphierende Rechtfertigung kühner Theorien, ist dies nicht der Stolz und die Bejahung einer Lebensaufgabe? Wir genießen jetzt die Spannung einer Situation, ähnlich der des Jägers vor der Falle. Wo wäre diese Spannung geblieben, wenn meine Worte so knapp und präzise wären, wie die Ausdrucksweise eines Kursbuches. Alles was ich von Ihnen verlange, Mr. Mac, ist etwas Geduld; bald wird Ihnen alles klar sein."

"Ich will nur hoffen, daß der Stolz, die Bejahung und alles übrige sich einstellen wird, bevor wir einen Schnupfen weghaben", sagte der Londoner Detektiv in komischer Ergebung.

Wir hatten alle Ursache, uns diesem Wunsche anzuschließen, denn unsere Wacht war lang und höchst ungemütlich. Langsam senkten sich die Schatten auf die ausgedehnte, düstere Fassade des alten Hauses. Unsere Körper waren erfroren bis auf die Knochen und die Zähne klapperten uns, in dem kalten, feuchten Dunst, der aus dem Festungsgraben emporstieg. Im Eingangstor sahen wir eine einzige Lampe brennen, die Bibliothek war hell erleuchtet. Alles andere war still und dunkel.

"Wie lange soll das noch dauern?" fragte der Inspektor plötzlich. "Und auf was warten wir überhaupt?"

"Wie lange das noch dauern wird, weiß ich ebensowenig wie Sie", antwortete Holmes mit einer kleinen Schärfe im Ton. "Es wäre für uns sicherlich bequemer, wenn die Verbrecher sich ihre Handlungen ebenso programmäßig einrichten würden, wie die Eisenbahn ihre Züge. Und was wir erwarten? – Aha, seht, das ist es, was wir erwarten!"

Während er sprach, wurde der Lichtschein in der Bibliothek zeitweise durch eine Gestalt, die vor dem Licht auf- und abging, verdunkelt. Die Lorbeerbüsche, in denen wir lagen, befanden sich fast dem Fenster gegenüber und keine fünfzig Schritte davon entfernt. Unmittelbar darauf hörten wir das Knarren der Scharniere, als das Fenster geöffnet wurde, und sahen die dunklen Umrisse eines männlichen Oberkörpers im Fensterrahmen erscheinen. Der Mann blickte in die dunkle Nacht hinaus und hielt verstohlen und heimlich Umschau, um sich zu vergewissern, ob er unbeobachtet sei. Dann beugte er sich vor und wir hörten in der tiefsten Stille das sanfte Plätschern bewegten Wassers. Er schien im Festungsgraben mit einem Gegenstand, den er in der Hand hielt, herumzurühren; dann zog er plötzlich etwas empor, wie ein Fischer seine Beute, – ein großes rundes Paket, das den Lichtschein fast gänzlich verdeckte, als es durch das Fenster gezogen wurde.

"Jetzt," rief Holmes, "kommen Sie."

Wir sprangen alle auf und stolperten mit steifgefrorenen Beinen ihm nach, während er in einer jener flackernden Anwandlungen nervöser Energie, die ihn zuzeiten nicht allein zu einem der beweglichsten, sondern auch der stärksten Menschen machen konnte, die ich je kennen gelernt habe, blitzschnell über die Brücke rannte und heftig an der Klingel zog. Alsbald hörten wir von innen heraus das Knarren von Riegeln und der verblüffte Ames stand im Torweg. Holmes schob ihn wortlos beiseite und stürmte, von uns allen gefolgt, in das Zimmer, in dem sich noch der Mann befand, den wir beobachtet hatten.

Das Licht, das wir von außen sahen, rührte von einer Petroleumlampe her, die auf dem Tisch gestanden hatte. In diesem Moment war sie in der Hand Cecil Barkers, der sie uns entgegenhielt. Das Licht schien auf sein markantes, entschlossenes, glattrasiertes Gesicht und seine drohenden Augen.

"Was, zum Teufel, soll das heißen?" rief er. "Was wollt Ihr hier?"

Holmes' Augen überflogen blitzartig das Zimmer. Dann stürzte er sich auf das triefende Bündel, das, von einer Schnur zusammengehalten, unter dem Schreibtisch lag, wohin es geworfen worden war.

"Das wollen wir, Mr. Barker. Dieses Paket, beschwert mit einer Hantel, das Sie eben aus dem Festungsgraben gezogen haben."

Barker starrte Holmes in höchster Verblüffung an.

"Und woher, in des Teufels Namen, wissen Sie etwas davon?"

"Ganz einfach, weil ich es selbst hineingelegt habe."

"Sie haben es hineingelegt? Sie?"

"Ich sollte eigentlich sagen, wieder hineingelegt", sagte Holmes. "Sie erinnern sich doch, Inspektor McDonald, daß mir das Fehlen einer Hantel aufgefallen war. Ich habe Sie darauf aufmerksam gemacht, aber Sie waren damals durch andere Gedanken so in Anspruch genommen, daß Sie kaum Zeit hatten, sich die

Sache zu überlegen und Ihre Schlußfolgerungen daraus zu ziehen. Da der Wassergraben so nahe ist, ist es kaum eine bei den Haaren herbeigezogene Vermutung, daß irgend etwas mit der fehlenden Hantel in das Wasser versenkt worden war. Dieser Gedanke erschien mir einer Nachprüfung wert, deren Schlußergebnis war, daß ich gestern mit der Unterstützung von Ames, der mich ins Zimmer ließ, und der Krücke von Dr. Watsons Regenschirm das Paket herausfischen und untersuchen konnte. Danach war es für uns von größter Wichtigkeit, einwandfrei festzustellen, wer es hineingelegt hat. Dies erreichten wir durch das naheliegende Mittel, anzukündigen, daß der Festungsgraben morgen trockengelegt werden würde, wobei wir annehmen konnten, daß derjenige, der das Paket dort verborgen hat, es herausziehen werde, sobald ihm die Dunkelheit dies unbemerkt gestattete. Wir haben nicht weniger als vier Zeugen dafür, wer es war, der sich dieser Möglichkeit bediente, und daher, Mr. Barker, möchte ich Sie bitten, mir hierüber eine Erklärung zu geben."

Sherlock Holmes legte das Paket auf den Tisch neben die Lampe und knüpfte die Schnur, mit der es zugebunden war, auf. Daraus zog er eine Hantel, die er zu der anderen in der Ecke stieß, ein Paar Stiefel – "amerikanisches Fabrikat, wie Sie sehen," bemerkte er, indem er auf die Form der Kappe zeigte, – dann ein langes, gefährlich aussehendes, in einer Scheide steckendes Messer. Schließlich entnahm er dem Paket ein Bündel Kleider, bestehend aus Unterwäsche, Socken, einem grauen Tweedanzug und einem kurzen, gelben Überrock.

"Die Kleider sind ganz gewöhnlicher Art," bemerkte Holmes, "außer dem Überrock, der verschiedene interessante Eigenarten hat."

Zärtlich hielt er ihn gegen das Licht, während er ihn mit seinen langen, dünnen Fingern abtastete.

"Hier sehen Sie z. B. die innere Brusttasche, die innerhalb des Futters soweit vertieft ist, daß sie die abgeschnittene Schrotflinte aufnehmen konnte. Die Firma des Schneiders ist hier am Kragen angenäht – Neadel, Herrenausstattungen, Vermissa, USA. Ich habe den Vormittag in der Pfarrbibliothek nutzbringend verwendet, und meinem Wissen die Tatsache zugefügt, daß Vermissa eine aufstrebende kleine Stadt am Kopfe eines Tales ist, in dem sich eines der bekanntesten Eisen- und Kohlengebiete der Vereinigten Staaten befindet. Ich erinnere mich noch, Mr. Barker, daß Sie die erste Gattin von Mr. Douglas mit den Kohlengegenden in Verbindung gebracht haben, und es scheint mir daher keine allzu kühne Kombination zu sein, das V V auf der Karte bei der Leiche für die

Abkürzung von Vermissa Valley zu halten; weiter, daß dieses Tal, das Mordgesellen ausschickt, kein anderes ist, als das Tal des Grauens, von dem wir schon gehört haben. Soweit scheint dies alles klar zu sein. Und nun, Mr. Barker, möchte ich Ihrer Erklärung nicht länger im Wege stehen."

Das ausdrucksvolle Gesicht Cecil Barkers trug während der Ausführungen des großen Detektivs einen Ausdruck, den zu beobachten sich der Mühe lohnte.

Ärger, Verblüffung, Verlegenheit und Unentschlossenheit rangen darin um die Vorherrschaft. Schließlich suchte er sich hinter einer schneidenden Ironie zu verschanzen.

"Wenn Sie soviel wissen, Mr. Holmes, wird es vielleicht am besten sein, wenn Sie uns auch noch das übrige erzählen", sagte er höhnisch.

"Zweifellos könnte ich Ihnen noch gar manches erzählen, Mr. Barker, aber es scheint mir passender, das weitere aus Ihrem Munde zu hören."

"Glauben Sie? Dann möchte ich sagen, wenn hier irgendein Geheimnis vorliegt, so ist es nicht das meine, und ich bin nicht der Mann, es preiszugeben."

"Nun, Mr. Barker, wenn Sie sich darauf versteifen," sagte der Inspektor ruhig, "bleibt uns nichts weiter übrig, als Sie im Auge zu behalten, bis wir einen Haftbefehl gegen Sie haben."

"Sie können tun, was Sie wollen", antwortete Barker trotzig.

Soweit er in Betracht kam, waren wir zweifellos an einem toten Punkt angelangt, denn man brauchte nur einen Blick auf das wie aus Stein gemeißelte Gesicht zu werfen, um zu erkennen, daß keine Tortur dieser Welt ihn veranlassen könnte, einem einmal gefaßten Beschluß entgegenzuhandeln. Alsbald kam jedoch wieder Bewegung in die Lage durch das Hineinklingen einer Frauenstimme. Mrs. Douglas, die offenbar schon an der halbgeöffneten Tür gehorcht hatte, trat ins Zimmer.

"Sie haben schon genug für uns getan, Cecil", sagte sie. "Was immer auch daraus werden mag, Sie haben genug getan."

"Genug und mehr als das", bemerkte Sherlock Holmes ernst. "Sie haben mein volles Mitgefühl, gnädige Frau, und ich würde Ihnen dringendst raten, etwas Vertrauen zu der Rechtspflege zu haben und sich der Polizei ruhig anzuvertrauen. Es mag sein, daß es ein schwerer Fehler von mir war, den Wink nicht zu beachten, den Sie mir durch meinen Freund Dr. Watson zukommen ließen, aber zu jener Zeit hatte ich allen Grund zu glauben, daß Sie unmittelbar an dem Verbrechen beteiligt seien. Jetzt bin ich vom Gegenteil überzeugt. Immerhin gibt es noch vieles, das der Erklärung bedarf, und ich würde Ihnen ernstlich raten, zu veranlassen, *daß nun Mr. Douglas selbst das Wort ergreift*."

Ein Aufschrei des Erstaunens aus Mrs. Douglas' Mund folgte den Worten Holmes. Wir, die Detektive und ich, müssen wohl ein Echo dazu geliefert haben, als wir einen Mann gewahrten, der in jenem Moment direkt aus der Wand herauszukommen schien und der dann aus dem Dunkel der Ecke, in der er Einlaß ins Zimmer gefunden hatte, hervortrat. Mrs. Douglas wandte sich um und hielt ihn einen Augenblick später mit ihren Armen umschlungen. Barker hatte seine ausgestreckte Hand ergriffen.

"Es ist am besten so, Jack", sagte seine Frau. "Ich bin überzeugt, es ist das beste."

"Jawohl, Mr. Douglas," sagte Sherlock Holmes, "auch ich bin davon überzeugt."

Der Mann stand vor uns mit den blinzelnden Augen eines, der unvermittelt aus dem Dunkel in einen hellen Raum tritt. Es war ein Mann von bemerkenswertem Äußern; er hatte kühne graue Augen, einen dichten, kurzgeschnittenen, melierten Schnurrbart, ein eckiges, vorstehendes Kinn und einen humorvollen Mund. Er musterte uns alle eingehend und schritt dann zu meiner größten Überraschung auf mich zu und übergab mir ein Bündel Papiere.

"Ich habe von Ihnen gehört", sagte er mit einem Akzent, der nicht ganz englisch und auch nicht ganz amerikanisch war, aber melodisch und angenehm klang. "Sie sind der Historiker in dieser Gesellschaft. Nun, Dr. Watson, ich glaube nicht, daß Sie jemals eine ähnliche Geschichte in Ihren Händen hatten. Darauf möchte ich meinen letzten Dollar wetten. Machen Sie daraus, was Sie wollen. Hier haben Sie nur die nackten Tatsachen, aber Sie können nicht fehlgehen, solange Sie sich an diese halten. Ich bin zwei Tage eingeschlossen gewesen und habe die Tagesstunden, soweit es das schwache Licht in dieser Mausefalle zuließ, dazu benutzt, die Geschichte niederzuschreiben. Sie können sie haben – Sie und ihre Leser. Es ist die Geschichte vom Tal des Grauens."

"Das ist die Vergangenheit, Mr. Douglas," sagte Sherlock Holmes ruhig. "Was wir jetzt haben wollen, ist die Geschichte der Gegenwart."

"Sie sollen sie hören", sagte Douglas. "Darf ich rauchen, während ich spreche? Schön, danke Ihnen, Mr. Holmes. Sie sind selbst Raucher, wenn ich mich nicht irre, und werden sich vorstellen können, was es heißt, zwei Tage mit Tabak in der Tasche dazusitzen und nicht rauchen zu dürfen, aus Furcht, durch den Geruch verraten zu werden."

Er lehnte sich an den Kaminsims und saugte an der Zigarre, die ihm Holmes überreicht hatte.

"Ich habe von Ihnen schon gehört, Mr. Holmes, aber nicht gedacht, daß ich Ihnen jemals begegnen würde. Wenn Sie das gelesen haben," sagte er, auf die Papiere deutend, "werden Sie erkennen, daß ich Ihnen etwas Neues gebracht habe."

Inspektor McDonald, der bisher die neue Erscheinung in höchster Verblüffung angestarrt hatte, fand endlich Worte.

"Da hört sich aber alles auf", rief er. "Wenn Sie Mr. John Douglas, Besitzer von Birlstone, sind, wessen Ermordung haben wir dann die letzten zwei Tage untersucht, und wo, um alles in der Welt, sind Sie eigentlich hergekommen? Sie kommen mir vor wie der Teufel aus der Kiste."

"Ja, mein lieber Mr. Mac," sagte Holmes mit vorwurfsvoll erhobenem Zeigefinger, "Sie wollten ja die ausgezeichnete Beschreibung des Versteckes von König Karl in der Broschüre nicht nachlesen. Zu den damaligen Zeiten haben sich die Leute nicht verborgen, ohne zuverlässige Verstecke zu haben, und es war immerhin möglich, daß ein solches später noch einmal benutzt werden konnte. Ich war überzeugt, daß wir Mr. Douglas unter diesem Dach finden würden."

"Und wie lange haben Sie in dieser Weise mit uns bereits Katze und Maus gespielt, Mr. Holmes?" sagte der Inspektor ärgerlich. "Wie lange haben Sie zugelassen, daß wir unsere Zeit mit Nachforschungen vergeudeten, von denen Sie wußten, daß sie lächerlich waren?"

"Nicht sehr lange, mein lieber Mr. Mac. Erst gestern Abend habe ich mir meine endgültigen Ansichten über den Fall gebildet. Da ich sie erst heute erproben konnte, riet ich Ihnen und Ihrem Kollegen, sich den Tag über Erholung zu gönnen. Was hätte ich sonst tun können? Als ich die Kleider im Festungsgraben fand, war es mir klar, daß die Leiche, die wir gesehen haben, nicht die von Mr. Douglas sein konnte, sondern die des Radfahrers aus Tunbridge Wells. Eine andere Möglichkeit gab es nicht. Daher hatte ich festzustellen, wo Mr. John Douglas war. Die Wahrscheinlichkeit sprach dafür, daß er sich mit Wissen seiner Frau und seines Freundes verborgen hielt, und zwar hier im Hause, das für Flüchtlinge mancherlei geeignete Schlupfwinkel aufweist, und daß er nur wartete, bis sich die erste Aufregung gelegt hatte, um dann das Weite zu suchen."

"Sie haben ganz recht damit gehabt", sagte Douglas zustimmend. "Ich habe es für das beste gehalten, eurem britischen Gesetz aus dem Wege zu gehen, da ich mich darin nicht auskenne, und zu gleicher Zeit diese Hunde endgültig von meiner Fährte abzuschütteln. Ich kann Ihnen nur sagen, daß ich niemals etwas tat, worüber ich mich zu schämen brauche, und nichts, das ich nicht wieder tun würde, wenn es die Umstände erfordern sollten. Darüber können Sie jedoch selbst urteilen, wenn Sie meine Geschichte gelesen haben. Sie brauchen mir nicht die übliche Verwarnung zu geben, Inspektor, ich bin bereit, die volle Wahrheit zu sagen."

"Ich will nicht mit dem Anfang beginnen, der ist hier," er wies bei diesen Worten auf die Papiere in meinen Händen, "und ein merkwürdiger Anfang ist es, wie Sie finden werden. Die Sache ist die: es gibt Leute, die guten Grund haben, mich zu hassen, die ihren letzten Pfennig dafür ausgeben würden, zu hören, daß ich nicht mehr unter den Lebenden weile. Solange ich lebe und diese Leute leben, gibt es für mich in dieser Welt keine Sicherheit. Sie haben mir von Chicago nach Kalifornien nachgespürt; dann haben sie mich aus Amerika verjagt. Aber als ich schliesslich heiratete und mich in dieser stillen Gegend niederließ, habe ich gehofft, meine letzten Lebensjahre in Frieden beschließen zu können. Meiner Frau habe ich niemals erzählt, wie die Sachen stehen. Warum auch sollte ich sie hineinziehen? Sie hätte nie wieder einen ruhigen Augenblick gehabt und wäre in steter Sorge gewesen. Etwas wird sie schon geahnt haben, denn hie und da habe ich wohl ein Wort fallen lassen, aber gestern, nachdem sie von den Herren hier verhört worden ist, hat sie Einblick in die Sache gewonnen. Sie hat Ihnen alles gesagt, was sie wußte, genau so wie Barker, denn als die Sache hier passierte, war keine Zeit zu Erklärungen. Jetzt weiß sie alles. Es wäre vielleicht weiser gewesen, wenn ich sie schon früher ins Vertrauen gezogen hätte, aber es war eine schwere Wahl, Liebste," – er ergriff ihre Hand, – "und ich glaubte zu deinem Besten zu handeln."

"Nun, meine Herren, am Tage bevor diese Sache sich zutrug, war ich drüben in Tunbridge Wells, wo ich einen Mann auf der Straße erblickte. Ich sah ihn nur einen Moment, aber ich habe ein flinkes Auge und erkannte ihn sofort. Er war von allen meinen Feinden der Schlimmste. Die ganzen Jahre hindurch war er hinter mir her, wie der hungrige Wolf hinter dem Karibu. Ich wußte, was mir bevorstand, und zögerte nicht, nach Hause zurückgekehrt, mich darauf vorzubereiten. Es war meine Absicht, den Kampf allein aufzunehmen. Es gab eine Zeit, wo mein Glück in den ganzen Vereinigten Staaten sprichwörtlich war, ich verließ mich darauf, daß es mich auch diesmal nicht in Stich lassen würde. Den ganzen nächsten Tag über war ich ständig auf meiner Hut und ging nicht einmal in den Park hinaus. Das war zweifellos klug gehandelt, denn er würde mich jedenfalls vor seine Schrotflinte gekriegt haben, bevor ich Zeit hatte, meine eigene Waffe zu ziehen. Nachdem die Brücke aufgezogen war, habe ich getrachtet, die ganze Sache zu vergessen. Ich war immer etwas ruhiger, wenn die Zugbrücke abends geschlossen war. Daran, daß er sich in das Haus schleichen und hier auf mich lauern würde, habe ich nicht gedacht. Als ich meine gewöhnliche Runde durch das Haus machte und die Bibliothek betrat, fühlte ich eine nahe Gefahr. Wenn ein Mensch wie ich sich in vielerlei Gefahren befunden hat, – und ich habe in dieser Hinsicht mehr erlebt, als die meisten Leute, – so entwickelt er eine Art sechsten Sinn, der Warnungssignale gibt, ohne daß tatsächliche Anhaltspunkte für eine Gefahr vorhanden sind. Ich fühlte diese Warnungszeichen ganz deutlich, wußte jedoch nicht, warum. Im nächsten Augenblick hatte ich indessen einen Stiefel bemerkt, der unter dem Fenstervorhang hervorsah, und dann war mir alles klar.

Es brannte nur die Kerze, die ich in der Hand hielt, aber das Zimmer war von dem Lichtschein erhellt, der aus der Lampe in der Halle hereinfiel. Ich setzte die Kerze nieder und sprang nach dem Hammer, den ich auf dem Kaminsims gelassen hatte. In dem Moment stürzte er sich auf mich zu. Ich sah nur das Glitzern eines Messers, als ich mit dem Hammer auf ihn einschlug. Irgendwo muß ich ihn getroffen haben, denn das Messer fiel klirrend zu Boden. Dann schlüpfte er gewandt wie ein Aal um den Tisch herum und zog mit blitzartiger Geschwindigkeit sein Gewehr aus dem Rock hervor. Ich hörte noch, wie er den Hahn spannte, hatte ihn aber schon umklammert, bevor er abdrücken konnte. Ich hielt das Gewehr beim Lauf, als wir einige Minuten auf Leben und Tod rangen. Wer das Gewehr freigeben mußte, war ein toter Mann. Er ließ es zwar nicht los, aber einen Augenblick lang war die Mündung auf ihn gerichtet. Vielleicht war ich es, der den Drücker zog, vielleicht ist die Flinte in unserem Kampf von selbst losgegangen. Das Ergebnis war jedenfalls, daß er alle zwei Schüsse in das Gesicht bekam, und alsbald konnte ich auf das hinunterblicken, was von Ted Baldwin übriggeblieben war. Ich hatte ihn schon in der Stadt erkannt und gleich wieder, als er auf mich zusprang. Obwohl mir schwere Verwundungen nichts Neues sind, muß ich gestehen, daß mir bei seinem Anblick geradezu übel wurde. Ich lehnte noch gegen die Tischkante, als Barker eiligst hereintrat. Auch meine Frau hörte ich kommen, lief jedoch zur Tür, um sie anzuhalten. Es war kein Schauspiel für eine Frau. Ich versprach ihr, möglichst bald zu ihr zu kommen. Barker gab ich bloß einige erklärende Worte, die er rasch begriff, und dann warteten wir, bis die anderen kommen würden. Aber niemand kam, was uns klar machte, daß keiner der Leute etwas gehört hatte, und wir allein wußten, was geschehen war.

In diesem Augenblick kam mir eine Eingebung, deren Glanz mich geradezu verwirrte. Der Ärmel des Mannes war hinaufgerutscht und das Brandmal der Loge auf seinem Unterarm deutlich sichtbar. Sehen Sie her."

Douglas zog Rockärmel und Manschette hoch, und wir sahen auf seinem Unterarm genau dasselbe Dreieck innerhalb eines Kreises, das wir an der Leiche bemerkt hatten.

"Meine Eingebung rührte von diesem Brandmal her. Sie durchzuckte mich wie ein Blitz. Wir waren von derselben Größe, hatten dieselbe Gestalt und dasselbe Haar. Sein Gesicht war völlig unkenntlich. Ich zog ihm die Kleider aus und in einer Viertelstunde hatten Barker und ich ihm meinen Schlafanzug und Schlafrock angezogen, genau so, wie Sie ihn hier fanden. Dann knüpften wir alle seine Sachen in ein Bündel, das wir mit dem einzigen Gewicht, das ich in der Eile finden konnte, beschwerten und so aus dem Fenster warfen. Die Karte, die er neben meiner Leiche niederlegen wollte, lag nun neben der seinen. Wir steckten ihm meine Ringe an die Finger, aber als wir an den Ehering kamen, –" er hielt seine muskulöse Hand hoch, – "da ging er nicht herunter, wie Sie selbst sehen. Er war nicht von meinem Finger gekommen, seit ich heiratete und wir hätten eine Feile nehmen müssen, um ihn abzukriegen. Ich glaube indessen nicht, daß ich ihn abgenommen hätte, selbst wenn es möglich gewesen wäre. Dann brachte ich ein Stück Pflaster herunter und klebte es ihm an dieselbe Stelle, wo ich selbst eines trug. Hierbei haben Sie etwas übersehen, Mr. Holmes, so klug Sie sonst sind, denn wenn Sie ihm das Pflaster abgezogen hätten, würden Sie bemerkt haben, daß keine Verletzung darunter war."

"Das war also die Lage. Wenn es mir gelingen würde, eine Zeitlang versteckt zu bleiben und nachher irgendwohin zu fliehen, wo mich meine Frau wieder treffen konnte, hätten wir die Möglichkeit gehabt, unser Leben in Ruhe zu beschließen. Diese Teufel hätten mir niemals Ruhe gegeben, solange sie mich über dem Erdboden wußten, aber wenn sie zu dem Glauben gekommen wären, daß Baldwin sein Opfer gefunden hatte, wäre die Geschichte für sie erledigt gewesen. Es blieb mir nicht viel Zeit, all dies Barker und meiner Frau klarzumachen, aber sie verstanden genug, um mir zu helfen. Ich wußte von diesem Versteck, ebenso wie Ames, dem indessen niemals eingefallen war, es mit dieser Sache in Verbindung zu bringen. Ich zog mich dahin zurück und überließ Barker den Rest.

Über diesen Rest werden Sie wohl selbst schon genügend Bescheid wissen. Barker öffnete das Fenster und erzeugte die Fußspuren auf dem Fensterbrett, um damit den Weg des Mörders anzudeuten. Dies war wohl eine kühne Idee, aber da die Brücke aufgezogen war, gab es keinen anderen Rückzugsweg. Nachdem alles vorbereitet war, läutete er aus Leibeskräften. Was nachher geschah, wissen Sie bereits. Und nun, meine Herren, tun sie mit mir, was Sie für gut befinden. Ich habe die Wahrheit gesagt, die volle Wahrheit und nichts als die Wahrheit, so wahr mir Gott helfe! Was ich jetzt wissen möchte: wie stehe ich nach dem englischen Gesetz da?"

Auf diese Frage folgte Schweigen, das nach einer Weile von Sherlock Holmes unterbrochen wurde.

"Das englische Gesetz ist im großen und ganzen ein gerechtes. Es wird Sie genau so behandeln, wie Ihnen gebührt. Eines möchte ich Sie noch fragen: woher wußte der Mann, daß Sie hier wohnen, wie er in das Haus kommen, und wo er sich darin verstecken konnte?"

"Davon habe ich keine Ahnung."

Holmes' Gesicht war blaß und todernst.

"Ich fürchte, die Sache ist für mich noch nicht zu Ende. Vielleicht drohen Ihnen größere Gefahren, als die der englischen Rechtsprechung oder selbst die seitens Ihrer Feinde in Amerika. Ich sehe Schlimmes für Sie voraus, Mr. Douglas, und wenn Sie meinem Rat folgen wollen, seien Sie auf Ihrer Hut."

Und nun, meine allzu geduldigen Leser, möchte ich euch bitten, mir auf kurze Zeit an eine andere Stätte zu folgen, weit weg vom Herrenhaus in Birlstone, Sussex, und auch weit abliegend von dem Jahre des Herrn, in dem wir unsere ereignisreiche Fahrt dorthin antraten, die mit der ungewöhnlichen Geschichte des Mannes, der als John Douglas bekannt war, endigen sollte. Wir begeben uns in der Zeitrechnung um etwa zwanzig Jahre zurück, und müssen einen Raum von einigen tausend Meilen durchqueren, damit ich euch die ungeheuerliche und schreckliche Erzählung vortragen kann, die nun folgen wird. So ungeheuerlich und schrecklich ist sie, daß ihr sie kaum für möglich halten werdet. Glaubt nicht, daß ich eine neue Geschichte beginnen will, bevor die vorherige zu Ende ist. Während ihr im Lesen vorwärtsschreitet, werdet ihr euch davon überzeugen, daß dem nicht so ist. Und dann, nachdem ich euch mit den Ereignissen, die sich in der Ferne und in der Vergangenheit abgespielt haben, vertraut gemacht und euch das in sie verwobene Geheimnis enthüllt habe, wollen wir uns in unseren Räumen in Bakerstreet wiedertreffen, wo unsere Geschichte ihren Abschluß finden soll.

II. Teil.
Die Rächer

1. Kapitel. Der Fremde.

Es war der 4. Februar des Jahres 18.., der Ausläufer eines außerordentlich harten Winters. Tiefer Schnee lag in den Klüften der Gilmerton-Berge. Die Geleise der Eisenbahn hatte man mit Schneepflügen freihalten müssen.

Der Abendzug der Eisenbahnlinie, die eine Reihe von Kohlenbergwerken und Eisenwerken verbindet, keuchte langsam die Steigung von Stagville, das unten in der Ebene liegt, nach Vermissa hinauf, dem am Kopfe des Vermissa-Tales gelegenen Hauptort des Industriebezirkes. Von dort senkt sich die Spur hinunter nach Bartons Crossing, Helmdale und der hauptsächlich ackerbautreibenden Grafschaft Merton. Lange Reihen von Güterwagen, hoch beladen mit Kohle und Eisenerz, die an jeder Ausweichstelle der eingeleisigen Bahn angehäuft waren, sprachen von dem im Schoße der Erde verborgenen Reichtum, der nach diesem abgeschiedenen Winkel der Vereinigten Staaten eine rauhe Bevölkerung und überschäumendes Leben gebracht hatte.

Es war ohne Zweifel ein öder und abgeschiedener Winkel. Derjenige, der zuerst seines Fuß dorthin setzte und das Tal durchwanderte, ahnte sicherlich nicht, daß die prächtigsten Steppen und saftigsten Weideländer im Vergleich zu diesem düsteren Land felsiger Klüfte und unwegsamer Wälder geradezu wertlos waren, über die dunklen, fast undurchdringlichen Wälder auf beiden Seiten blickten drohend die kahlen Gipfel der Berge, bedeckt mit Schnee und gekrönt von schartigen Felsspitzen. In der Mitte lag das lange, gewundene Tal. Talaufwärts nahm der kleine Zug stöhnend seinen Weg.

Man hatte soeben die Öllampen im vordersten Personenwagen angezündet, in dessen langem kahlen Innenraum sich etwa 20 bis 30 Leute befanden. Die Mehrzahl dieser Leute bestand aus Arbeitern auf der Heimreise von der Tagesarbeit in den tieferen Strichen des Tales. Wenigstens ein Dutzend bekundete sich durch die geschwärzten Gesichter und die Grubenlampen, die sie mit sich trugen, als Bergleute. Sie saßen rauchend in einer Gruppe vereint und sprachen mit gedämpften Stimmen, indem sie gelegentlich zu zwei Männern am entgegengesetzten Ende des Wagens hinüberblickten, deren Uniformen und Abzeichen sie als der Polizei zugehörig erkennen ließen. Der Rest der Wageninsassen bestand aus einigen Frauen der arbeitenden Klasse und ein oder zwei Reisenden, die sehr wohl kleine Kaufleute aus der Umgebung sein mochten, sowie einem jungen Mann, der in einer Ecke für sich allein saß. Wir wollen uns diesen genauer betrachten, denn er spielt in unserer Erzählung eine wichtige Rolle.

Er hatte eine frische Gesichtsfarbe und eine untersetzte Gestalt. Nach seinem Aussehen würde man ihn für nahe an die Dreißig halten. Große intelligente, humorvolle Augen hinter Augengläsern überflogen von Zeit zu Zeit die Reisegesellschaft. Wie man leicht sehen konnte, war er von anspruchslosem,freundlichen Wesen, anscheinend bestrebt, jedermanns Freund zu sein. Man brauchte kein Menschenkenner zu sein, um in ihm eine mitteilsame, gesellige Natur von heiterer Veranlagung zu erkennen. Wer ihn indessen eingehender betrachtete, konnte nicht verfehlen, eine ungewöhnliche Festigkeit der Kinnbildung und des Mundes zu bemerken, die auf größere Tiefen deutete und wohl den Gedanken aufkommen lassen konnte, daß dieser sympathische, braunhaarige junge Ire den Stempel seiner Persönlichkeit, ob im guten oder bösen Sinne bleibe dahingestellt, jeder Gesellschaft, in der er sich befand, aufdrücken würde.

Nachdem er an dem ihm zunächstsitzenden Bergmann einige einladende Bemerkungen gerichtet, jedoch darauf nur kurze, unfreundliche Antworten empfangen hatte, bewahrte er ein entsagenden Stillschweigen und starrte mißmutig aus dem Fenster in die dämmernde Landschaft hinaus. Es war kein erfreulicher Ausblick. Durch die sinkende Dunkelheit zuckte die rote Glut der Hochöfen beiderseits des Talhanges. Berge von Schlacke und anderem Abfall waren auf den Halden zu beiden Seiten der Bahn angehäuft, und darüber erhoben sich die turmartigen Aufbauten der Kohlenschächte. Längs der Bahnstrecke waren Gruppen schäbiger Holzhäuser verstreut, deren Fenster sich allmählich in dem Lichtschein von innen abzuzeichnen begannen. Die vielen Haltestellen waren von schmierigen, rußiges Einwohnern bevölkert. Die Eisen- und Kohlentäler des Vermissa-Gebietes waren kein Aufenthalt für die Müßigen und Kultivierten. Überall sah man finstere Spuren des rauhesten Existenzkampfes, der schweren Arbeit und der ungeschlachten Männer, die sie ausführten.

Als der junge Reisende das düstere Bild der Landschaft in sich aufnahm, konnte man in seinem Gesicht eine Mischung von Widerwillen und Interesse erkennen, die daraufhin deutete, daß es ihm neu war. Öfters zog er aus seiner Tasche einen umfangreichen Brief, in dem er nachlas, und auf dessen Rand er Anmerkungen kritzelte. Einmal holte er aus seiner Weste etwas hervor, das man kaum im Besitz eines anscheinend so gutmütigen Menschen vermutet hätte. Es war ein Armeerevolver größten Kalibers. Als er diesen schräg dem Lichte zukehrte, gewahrte man Messinghülsen in der Trommel, die zeigten, daß jeder Lauf geladen war. Schnell barg er ihn wieder in seiner geheimen Tasche, aber nicht ohne daß ein Arbeiter, der auf der benachbarten Bank saß, es bemerkte.

"Hallo, Kamerad," sagte er, "Sie sind gut gerüstet."

Der junge Mann lächelte mit allen Anzeichen der Verlegenheit.

"Jawohl," antwortete er, "wir gebrauchen dergleichen manchmal in dem Ort, wo ich herkomme."

"Und wo ist das?"

"Ich war zuletzt in Chicago."

"Fremd hier?"

"Jawohl."

"Sie werden ihn vielleicht auch hier gebrauchen", sagte der Arbeiter.

"So, so", antwortete der junge Mann anscheinend interessiert.

"Haben Sie denn nichts gehört, von dem, was sich hier begibt?"

"Nichts Besonderes."

"So? Ich habe geglaubt, daß man überall davon redet. Sie werden es schnell genug erfahren. Was führt Sie hierher?"

"Ich habe gehört, daß es hier Arbeit für willige Leute geben soll."

"Gehören Sie zu einer Gewerkschaft?"

"Selbstverständlich."

"Dann werden Sie auch Arbeit kriegen. Haben Sie Freunde hier?"

"Noch nicht, aber ich hoffe mir welche zu machen."

"Wieso das?"

"Ich bin bei der Loge der freien Männer. Wir haben Niederlassungen in jeder Stadt, und in jeder Niederlassung werde ich Freunde finden."

Diese Bemerkung hatte auf den anderen eine eigenartige Wirkung. Er sah sich verstohlen nach seinen Mitreisenden um. Die Bergleute bildeten noch immer eine abgesonderte, flüsternde Gruppe. Die zwei Polizisten am entgegengesetzten Ende des Wagens dösten. Er kam herüber und setzte sich neben den jungen Mann, ihm die Hand entgegenstreckend.

"Schlagen Sie ein", sagte er.

Der junge Fremde tat es mit einer eigenartigen Bewegung.

"Ich sehe, Sie sprechen die Wahrheit. Aber man muß heutzutage sicher gehen."

Er hob seine rechte Hand an die rechte Augenbraue, der Fremdling die linke an das linke Auge.

"Dunkle Nächte sind bedrückend", sagte der Arbeiter.

"Jawohl, für einsame Wanderer", sagte der andere.

"Die Sache hat ihre Richtigkeit; ich bin Bruder Scanlan, Loge 341, Vermissa-Valley. Ich heiße Sie hier willkommen."

"Danke. Ich bin Bruder John McMurdo, Loge 29, Chicago, Logenmeister J. H. Scott. Ich freue mich, so schnell einen Bruder zu finden."

"Na, es sind genügend von uns da. Sie werden kaum irgendwo anders in den Staaten die Loge so zahlreich vertreten finden, wie gerade hier im Vermissa-Tal. Solche jungen Leute wie Sie können wir hier gut gebrauchen. Ich kann mir allerdings nicht vorstellen, daß ein gesunder, kräftiger Mensch und Gewerkschaftler in Chicago keine Arbeit finden kann."

"Ich hätte genug finden können", sagte McMurdo.

"Warum sind Sie dann fortgezogen?"

McMurdo nickte in der Richtung nach den beiden Polizeileuten und lächelte.

"Die zwei Leute würden sich freuen, das zu hören", sagte er.

Scanlan seufzte mitfühlend.

"In Schwierigkeiten?" fragte er flüsternd.

"Brunnentief."

"Eine Strafsache?"

"Und sonstiges."

"Jemand dabei umgekommen?"

"Es ist noch etwas verfrüht, über solche Sachen zu sprechen", sagte McMurdo in der Haltung eines Mannes, der sich verleiten ließ, mehr zu sagen, als er wollte. "Ich hatte meine guten Gründe, Chicago zu verlassen und das muß Ihnen für den Augenblick genügen. Wer sind Sie denn überhaupt, daß Sie mich über solche Dinge ausfragen wollen?"

Zorn und Ärger blitzten bei diesen Worten aus seinen grauen Augen hinter den Gläsern hervor.

"Na, na, Kamerad, nichts für ungut. Unsere Jungen werden nicht schlechter von Ihnen denken, wenn Sie etwas angestellt haben. Wo wollen Sie hin?"

"Nach Vermissa."

"Das ist die dritte Station von hier. Wo werden Sie dort wohnen?"

McMurdo nahm ein Kuvert aus seiner Tasche und hielt es dicht an die trübe Öllampe.

"Hier habe ich die Adresse – Jakob Shaster, Sheridan Street. Das ist eine Pension, die mir von einem Bekannten in Chicago empfohlen wurde."

"Mir unbekannt, aber in Vermissa bin ich nicht zu Hause. Ich wohne in Hobsons Patch, wo wir eben einfahren. Vor dem Aussteigen möchte ich Ihnen noch einen guten Rat geben. Wenn Sie in Vermissa in Schwierigkeiten geraten sollten, gehen Sie geradeswegs zum Union-Haus und suchen Meister McGinty auf. Er ist Logenmeister der Loge in Vermissa, und in dieser Gegend hier geschieht nichts, was dem schwarzen Jack McGinty nicht paßt. Auf Wiedersehen, Kamerad. Vielleicht treffen wir uns einmal abends bei einer Logensitzung. Denken Sie an das, was ich Ihnen gesagt habe; wenn Sie in Schwierigkeiten sind, gehen Sie zu Meister McGinty."

Nachdem Scanlan ausgestiegen war, blieb McMurdo wieder allein mit seinen Gedanken zurück. Die Nacht hatte sich inzwischen herniedergesenkt. Die Flammen der vielen Öfen an beiden Seiten der Bahnstrecke loderten brausend zum Himmel empor. Sie bildeten den grellen Hintergrund dunkler Gestalten, die man in allen möglichen Stellungen sah, gebeugt, hochaufgerichtet, knieend, liegend, ziehend und schlagend. Dazu das Knirschen und Dröhnen der Krane und der Rhythmus dröhnender Hämmer und Maschinen.

"So ähnlich muß es in der Hölle aussehen, glaube ich", hörte er eine Stimme neben sich.

Als sich McMurdo umwandte, sah er einen der beiden Polizisten, der seinen Platz gewechselt hatte und nun in die flammende Öde hinausstarrte.

"Ich glaube allerdings auch," sagte der andere Polizist, "daß es in der Hölle nicht viel schlimmer sein kann. Wenn es dort noch größere Bösewichte gibt, als einige hier oben sind, die ich mit Namen nennen könnte, dann will ich mich hängen lassen. Sie sind wohl fremd in dieser Gegend hier, junger Mann?"

"Und wenn schon", antwortete McMurdo barsch.

"Ich frage darum, mein Lieber, weil ich Ihnen raten möchte, vorsichtig in der Wahl Ihrer Freunde zu sein. Ich würde an Ihrer Stelle nicht mit Michel Scanlan oder einem seiner Bande den Anfang machen."

"Zum Teufel, was geht denn das Sie an, wer meine Freunde sind?" brauste McMurdo auf, mit einer Stimme, die man im ganzen Wagen von einem bis zum anderen Ende hören konnte. "Habe ich Sie um Rat gebeten und halten Sie mich für so blöd, daß Sie annehmen, ich könne nicht ohne Ihre Ermahnungen fertig werden? Reden Sie, wenn Sie gefragt werden, und, weiß Gott, soweit es auf mich ankommt, können Sie darauf lange warten."

Mit vorgestrecktem Kopf und gefletschten Zähnen, wie ein knurrender Hund, stierte er die beiden Polizisten an. Diese schwerfälligen, gutmütigen Menschen waren ganz verblüfft über den Ausbruch des Zornes, den ihre freundschaftlichen Bemerkungen hervorgerufen hatten.

"Nichts für ungut, Fremder", sagte der eine. "Unser Rat war nur zu Ihrem Besten gemeint, da Sie doch hier unbekannt sind, wie Sie sagten."

"Ich bin zwar hier unbekannt, kenne aber euch und euresgleichen", schrie McMurdo in voller Wut. "Ihr seid überall die gleichen and drängt einem fortwährend Ratschläge auf, die niemand haben will."

"Ich glaube, wir werden von Ihnen in nicht allzuferner Zeit noch hören", sagte einer der beiden Polizeileute grinsend. "Sie scheinen ja ein ganz Ausgekochter zu sein, wenn ich mich nicht täusche."

"Das kommt auch mir so vor", bemerkte der andere. "Ich glaube, wir werden bald mit ihm zu tun bekommen."

"Ich habe keine Angst vor euch, bildet euch das nicht ein", rief McMurdo. "Ich heiße Jack McMurdo und wenn Ihr etwas von mir wollt, so könnt Ihr mich bei Jakob Shafter in Vermissa, Sheridan-Street, finden. Wie Ihr seht, brauche ich mich vor euch nicht zu verstecken. Ob Tag oder Nacht, ich habe keine Angst, euch in die Augen zu sehen. Das merkt euch."

Ein beifälliges Murmeln und Äußerungen der Bewunderung über das furchtlose Auftreten des Fremden drangen von den Bergleuten herüber, während die beiden Polizisten sich achselzuckend beschieden, ihr Gespräch miteinander wieder aufzunehmen. Einige Minuten später fuhr der Zug in den trübbeleuchteten Bahnhof ein, und der Aufbruch wurde allgemein, da Vermissa weitaus die größte Station auf der Strecke war. McMurdo ergriff seine lederne Handtasche und war eben im Begriff, in die Dunkelheit hinauszuschreiten, als ihn einer der Bergleute ansprach.

"Zum Teufel, Kamerad, Sie wissen mit diesen Kerls umzugehen", sagte er mit ehrfürchtiger Scheu in der Stimme. "Es war großartig, Ihnen zuzuhören. Lassen Sie mich Ihnen die Tasche tragen und den Weg zeigen. Ich muß an Shafter vorbei, meine Hütte liegt auf demselben Weg."

Als sie an den anderen Bergleuten vorbeigingen, wurde ihnen allseitig ein freundliches "Gute Nacht" zugerufen. Bevor noch der ungestüme McMurdo seinen Fuß in Vermissa niedergesetzt hatte, war er schon ein Mann von Ruf geworden.

Wenn schon die Umgegend ein Ort des Grausens war, überbot die Stadt selbst noch das niederdrückende Gefühl, das man von jener empfing. Das Tal draußen entbehrte wenigstens nicht einer gewissen düsteren Größe, durch die mächtigen Feuergarben und Rauchwolken, die vielfachen Anzeichen von Betriebsamkeit und Kraft, denen der Mensch in den gehäuften Bergen von Schlacke passende Denkmäler errichtet hatte. Die Stadt selbst stellte indessen den Höhepunkt schäbiger Häßlichkeit, von Schmutz und Unflat dar. Der Wagenverkehr hatte die breite Straße zu einem bräunlichen, gefurchten Brei von Schmutz und Schnee aufgerührt; die zahlreichen Gaslampen ließen lediglich eine lange Reihe von Holzhäusern, jedes mit einer Veranda davor, alle verlottert und von Schmutz starrend, erkennen. Gegen den Mittelpunkt der Stadt zu wurde der Anblick freundlicher, durch eine Reihe wohlbeleuchteter Läden und eine Gruppe von Likörstuben und Spielklubs, in denen die Bergleute ihre sauer verdienten, aber reichlichen Löhne vergeudeten.

"Das hier ist das Union-Haus", sagte der Führer, indem er auf ein Gasthaus, das sich fast bis zu der Würde eines Hotels erhob, wies. "Es gehört Jack McGinty."

"Was für ein Mensch ist das?" fragte McMurdo.

"Was? Haben Sie niemals von ihm gehört?"

"Wie konnte ich. Es ist Ihnen doch bekannt, daß ich hier völlig fremd bin."

"Nun, ich habe geglaubt, daß sein Name in den ganzen Staaten einen Klang hat. Oft genug war er in den Zeitungen."

"Weswegen?"

"Nun," antwortete der Bergmann mit gesenkter Stimme, "wegen dieser Sache."

"Welcher Sache?"

"Du lieber Gott! Nehmen Sie es mir nicht übel, aber Sie sind ein komischer Kauz, wie man so sagt. Es gibt nur eine einzige Sache in dieser Gegend, von der man spricht, und das sind die Rächer."

"Ich glaube, ich habe davon schon in Chicago gehört. Eine Mörderbande, nicht wahr?"

"Ruhig, um des Himmels willen," rief der Bergmann, der vor Schreck stehen blieb und seinen Begleiter entsetzt anstarrte. "Mensch, Sie werden sich hier nicht lange des Lebens erfreuen, wenn Sie auf offener Straße derartige Redensarten gebrauchen. Gar mancher hat schon wegen weniger daran glauben müssen."

"Nun, ich weiß von gar nichts und rede nur so, wie ich es gedruckt gesehen habe."

"Und ich möchte sagen, daß Sie noch lange nicht alles gelesen haben." Der Mann blickte sich verstohlen um, als er sprach, wie einer, der die Dunkelheit nach lauernden Gefahren durchdringen will. "Wenn jemanden umbringen, Mord ist, dann gibt es hier, weiß Gott, Morde genug. Aber sprechen Sie, um des Himmels willen, den Namen Jack McGinty niemals in Verbindung damit aus, denn, Fremder, so wahr ich hier stehe, jeder Atemzug wird ihm hinterbracht, und er ist nicht der Mann, der jemals ein Auge über etwas zudrückt. Das dort ist das Haus, wohin Sie wollen, jenes, das ein bißchen von der Straße abliegt. In dem alten Jakob Shafter, dem es gehört, werden Sie einen der anständigsten Menschen kennenlernen, die es hier in der Stadt gibt."

"Besten Dank", sagte McMurdo.

Nachdem McMurdo die Hand seines neuen Bekannten geschüttelt hatte, stapfte er, die Reisetasche in der Hand, den Pfad entlang, der zu dem Hause führte. Die Tür öffnete sich sofort auf sein kräftiges Pochen, und eine Erscheinung trat in die Türöffnung, die grundverschieden von dem war, was er erwartet hatte.

Es war ein weibliches Wesen, jung, auffallend schön, von skandinavischem Typ, heller Gesichtsfarbe und blondem Haar, zu dem ein Paar schöner dunkler Augen, mit denen sie den Fremden überrascht betrachtete, einen eigenartigen Gegensatz bildete. Eine Blutwelle der Verlegenheit übergoß ihr blasses Gesicht. Wie sie so im Rahmen der Tür stand, glaubte McMurdo, niemals ein reizenderes Bild gesehen zu haben. Die düstere, niederdrückende Umgebung machte es noch anziehender, als es schon an sich war. Ein liebliches Veilchen, auf den schwarzen Schlackenhalden gewachsen, konnte nicht überraschender wirken. Das Bild hielt ihn so im Banne, daß er sie wortlos anstarrte, bis sie endlich das Schweigen brach.

"Ich habe geglaubt, es wäre Vater", sagte sie mit einem angenehmen, leichten Anflug von schwedischem Akzent. "Wollen Sie ihn sprechen? Er ist unten in der Stadt, aber er muß jede Minute zurück sein."

McMurdo staunte sie noch immer in offener Bewunderung an, bis sie ihre Augen verwirrt vor dem gebieterisch aussehenden Fremden niederschlug.

"Nein, Fräulein", sagte er endlich. "Ich habe es nicht eilig damit. Ihr Haus wurde mir empfohlen. Ich dachte mir schon, daß es mir gefallen würde, aber jetzt weiß ich es."

"Sie wissen es etwas schnell", sagte sie schelmisch.

"Das muß man, wenn man nicht blind ist", gab er zurück.

Sie lächelte geschmeichelt über das Kompliment.

"Treten Sie, bitte, näher", sagte sie. "Ich bin Ettie Shafter, Mr. Shafters Tochter. Meine Mutter ist tot, und ich führe hier die Wirtschaft. Sie können beim Ofen sitzen, hier im Vorderzimmer, bis Vater zurückkommt. Da ist er schon, nun können Sie gleich alles mit ihm besprechen."

Ein schwerfälliger, älterer Mann kam langsam den Pfad herauf. Einige Augenblicke genügten McMurdo, sich einzuführen. Er habe die Adresse von einem Freund in Chicago, Namens Murphy, erhalten, der sie wieder von jemandem anderen hatte. Shafter hatte keine Einwendungen. Der Fremde war mit dem Preis einverstanden, stimmte allen Bedingungen zu und schien über genügend Geldmittel zu verfügen. Für zwölf Dollar wöchentlich, vorauszahlbar, konnte er Zimmer und Verpflegung haben. Auf diese Weise geschah es, daß McMurdo, der sich als einen Flüchtling vor dem Gesetz bezeichnet hatte, sein Heim unter dem Dach von Shafter aufschlug und damit den ersten Schritt zu einer langen Folge düsterer Ereignisse machte, die viel später in einem fernen Lande enden sollten.

2. Kapitel. Der Logenmeister.

McMurdo war eine jener Naturen, die sich schnell durchzusetzen verstehen. Man konnte ihn nicht übersehen, wo immer er auch sein mochte. In einer Woche hatte er sich bei Shafters bereits zu einer Persönlichkeit emporgeschwungen. Die zehn oder zwölf anderen Pensionäre, ehrenwerte Werkmeister oder kleine Angestellte aus den Kaufmannsgeschäften, waren Leute durchaus anderen Kalibers, als der junge Ire. Abends, wenn alle beisammen saßen, unterhielt er sie mit seinen Scherzen, mit seinen witzigen, lustigen Erzählungen und seinem fröhlichen Gesang. Er war der geborene Liebling der Gesellschaft. Die Macht seiner Persönlichkeit färbte stets auf seine Umgebung ab. Immer wieder zeigte er jedoch, ebenso wie im Eisenbahnwagen, eine Neigung zu plötzlichem, blinden Jähzorn, die allen, mit denen er zusammenkam, Scheu, vielleicht sogar Furcht einflößte. Vor dem Gesetz und allem, was damit zusammenhängt, zeigte er bittere Verachtung, die einige seiner Mitpensionäre zu erfreuen schien, andere dagegen beunruhigte. Er machte von Anfang an aus seiner Bewunderung der Tochter des Hauses kein Hehl und ließ erkennen, daß er an sie sein Herz verloren hatte. Als Verehrer war er keineswegs scheu und zögernd. Schon am zweiten Tag gestand er ihr seine Liebe und wiederholte dieses Geständnis tagtäglich, gleichgültig gegen alles, was sie dagegen einzuwenden hatte.

"Jemand anders!" pflegte er zu rufen. "Nun, dann sei der Himmel dem anderen gnädig. Er soll sich nur in acht nehmen. Soll ich mein Lebensglück und die Sehnsucht meines Herzens jemandem anderen zum Opfer bringen? Sie können nein sagen, so oft Sie wollen, Ettie, der Tag wird kommen, an dem Sie ja sagen, und ich bin noch jung genug, darauf zu warten."

Er war ein gefährlicher Bewerber, dieser Ire, mit seiner glatten Zunge und seinem sympathischen, einschmeichelnden Wesen. Auch umgab ihn der Schimmer von Welterfahrung und des Geheimnisses, der niemals verfehlt, in einem weiblichenWesen im Anfang Interesse und dann Liebe zu erwecken. Er konnte über die lieblichen Täler seiner irischen Heimat auf der fernen Insel, von den sanften Hügeln und saftigen Wiesen sprechen mit einer Beredsamkeit, die sie im Vergleich zu diesem Ort düsterer, schmutziger Häßlichkeit noch schöner erscheinen ließ. Außerdem erwies er sich vertraut mit dem Leben in den großen Städten des Nordens, Detroit, den großen Holzplätzen Michigans, Buffalo und Chicago, wo er in einer Sägemühle gearbeitet hatte. Danach kam die Romantik, die Andeutung von ungewöhnlichen Erlebnissen, die er in der einen jener großen Städte hatte, so ungewöhnlich und so geheimnisvoll, daß er darüber nicht sprechen konnte. Er ließ nur gelegentlich Bemerkungen über einen plötzlichen Abschied, den Bruch alter Bande und die Flucht in eine neue Welt fallen, die in diesem trübseligen Tal endigte. Ettie hörte ihm zu mit dem Schimmer von Mitleid und Mitgefühl in den dunklen Augen, zwei Gefühlsmomenten, die meistens so rasch und naturgemäß zu Liebe führen.

Es war McMurdo, als einem Menschen von guter Bildung, gelungen, zeitweise Beschäftigung als Buchhalter zu finden. Da ihn die Arbeit tagsüber gefesselt hielt, hatte er noch keine Gelegenheit gefunden, sich bei der Loge des Ordens der freien Männer zu melden. Er sollte jedoch bald daran erinnert werden, als ihm eines Abends Michel Scanlan, der Logenbruder, den er in der Bahn getroffen hatte, einen Besuch abstattete. Scanlan, ein kleiner, nervöser, dunkeläugiger Mann mit scharfen Gesichtszügen, schien sich über das Wiedersehen aufrichtig zu freuen. Nach einem oder zwei Glas Whisky kam er mit der Sprache über den Zweck seines Besuches heraus.

"Hören Sie, McMurdo," sagte er, "ich erinnerte mich Ihrer Adresse und so habe ich mir erlaubt, Sie aufzusuchen. Ich bin erstaunt, daß Sie sich noch nicht dem Logenmeister vorgestellt haben. Warum haben Sie McGinty noch nicht aufgesucht?"

"Nun, ich mußte mich doch nach Arbeit umsehen. Ich hatte genug damit zu tun."

"Sie müssen für ihn Zeit finden, und wenn Sie für nichts anderes welche haben. Großer Gott! Mensch, Sie sind ja geradezu verrückt, daß Sie nicht am ersten Morgen nach Ihrer Ankunft zur Union-Bar hinuntergegangen sind und Ihren Namen in die Liste eingetragen haben. Wenn Sie sich mit ihm überwerfen, – nun das darf eben nicht sein. Lassen Sie sich das gesagt sein."

McMurdo zeigte sich gelinde überrascht.

"Ich bin jetzt über zwei Jahre in der Loge und habe noch niemals gehört, daß man es mit seinen Pflichten so genau nehmen muß."

"Mag sein, vielleicht in Chicago."

"Nun, es ist doch dieselbe Loge."

"Wirklich?" Scanlan sah ihn lange und bedächtig an. In seinem Blick lag etwas wie eine Drohung.

"Oder nicht?"

"Darüber werden wir in einem Monat weiterreden. Ich habe gehört, daß Sie Zank mit den Polizisten hatten, nachdem ich ausgestiegen war."

"Woher wissen Sie denn das?"

"Oh, es hat sich herumgesprochen – solche Dinge sprechen sich hier leicht herum, gute und böse."

"Jawohl, ich hatte Zank. Ich habe den Hunden ordentlich meine Meinung gesagt."

"Sie scheinen ein Mann nach McGinty's Geschmack zu sein."

"Warum? Haßt auch er die Polizei?"

Scanlan brach in ein lautes Gelächter aus.

"Suchen Sie ihn sobald wie möglich auf, lieber Junge," sagte er, als er sich empfahl. "Wenn Sie es nicht tun, wird er Sie bald noch mehr hassen als die Polizei. Folgen Sie einem freundschaftlichen Rat und tun Sie es sogleich."

Am selben Abend sollte McMurdo ein weiteres Erlebnis haben, das diesen Rat noch eindringlicher machte. Vielleicht waren seine Aufmerksamkeiten für Ettie allmählich zu deutlich geworden; jedenfalls begannen sie sich sogar schon dem schwerfälligen Gehirn seines schwedischen Hausherrn aufzudrängen. Dieser winkte dem jungen Mann, ihm in sein Privatzimmer zu folgen, wo er ohne Umschweife auf den Gegenstand der Unterredung zu sprechen kam.

"Mir scheint, Herr," sagte er, "daß Sie Ihre Augen auf Ettie geworfen haben. Stimmt das, oder irre ich mich?"

"Es stimmt," antwortete der junge Mann.

"Nun gut, dann möchte ich Ihnen ohne Zeitverlust sagen, daß es zwecklos ist. Es ist Ihnen schon jemand zuvorgekommen."

"Das hat sie mir schon gesagt."

"Na also, wenn sie es Ihnen gesagt hat, können Sie Gift darauf nehmen, daß es wahr ist. Hat sie Ihnen aber auch gesagt, wer der Betreffende ist?"

"Nein. Ich fragte sie, aber sie wollte nicht recht mit der Sprache heraus."

"Sieht ihr ähnlich, dem kleinen Racker. Vielleicht wollte sie Sie damit nicht erschrecken –"

"Erschrecken?" In McMurdo flammte es heiß auf.

"Jawohl, mein Freund, erschrecken. Sie brauchen sich nicht zu schämen, vor ihm Furcht zu haben. Es ist Teddy Baldwin."

"Und wer, zum Henker, ist das?"

"Er ist ein Führer der Rächer."

"Rächer! Von denen habe ich schon gehört. Jeder Mensch spricht von ihnen, aber nur im Flüsterton. Warum das? Wer sind diese Rächer?"

Der Pensionsinhaber dämpfte unwillkürlich seine Stimme, wie jeder Mensch, der über diesen fürchterlichen Geheimbund sprach.

"Die Rächer," sagte er, "sind der Orden der freien Männer."

Der junge Mann fuhr auf.

"Was? Ich gehöre selbst zu diesem Orden."

"Sie? Ich würde Sie nicht in mein Haus aufgenommen haben, wenn ich das gewußt hätte, – nicht einmal, wenn Sie mir hundert Dollar wöchentlich zahlten."

"Was ist denn los mit diesem Orden? Er bezweckt doch nur Wohltätigkeit und Kameradschaft. So steht es in den Statuten."

"Vielleicht anderswo, aber nicht hier."

"Und wie ist er denn hier?"

"Eine Mörderbande, das ist er hier."

McMurdo lachte ungläubig –.

"Wie wollen Sie das beweisen?" fragte er.

"Beweisen! Haben wir hier nicht fünfzig Morde gehabt, die das beweisen? Man braucht nur an Milman und van Shorst und die Nicholson-Familie, an den alten Hyam, den kleinen Billy James und alle die anderen zu denken. Beweisen! Gibt es etwa in diesem Tal einen Mann oder eine Frau, denen all dies unbekannt ist?"

"Lieber Freund," sagte McMurdo ernst, "entweder nehmen Sie zurück, was Sie da gesagt haben, oder Sie beweisen es. Eines oder das andere müssen Sie tun, bevor ich dieses Zimmer verlasse. Versetzen Sie sich doch in meine Lage. Ich bin hier ein Fremder und gehöre einer Verbindung an, die nach meinem besten Wissen vollkommen harmlos ist. Sie ist über die ganzen Staaten verbreitet. Überall gilt sie als ehrenwert und harmlos. Ich bin gerade im Begriff, mich hier eintragen zu lassen, und nun kommen Sie und erzählen mir, daß es eine Mörderbande ist, die sich die Rächer nennt. Nach meinem Dafürhalten müssen Sie sich entweder entschuldigen, oder mir eine Aufklärung über das geben, was Sie gesagt haben."

"Ich kann Ihnen nur sagen, was die ganze Welt weiß, Herr. Die Leute hängen zusammen wie ein Clan. Wer einen von ihnen beleidigt, hat es mit der ganzen Bande zu tun. Das weiß jedes Kind hier."

"Es handelt sich wahrscheinlich um ganz gewöhnlichen Tratsch. Was ich haben möchte, sind Beweise," sagte McMurdo.

"Wenn Sie lange genug hier gewohnt haben, werden Sie sich um Beweise nicht zu sorgen brauchen. Aber Sie sind doch selbst einer von der Bande. Es wird nicht lange dauern, bis Sie genau so schlecht sind, wie die anderen. Sie müssen sich nach einem anderen Quartier umsehen, Herr, hier können Sie nicht bleiben. Es ist schon schlimm genug, daß einer von euch meiner Ettie nachstellt und ich es nicht wagen kann, ihm das zu verbieten. Muß ich da noch einen Zweiten unter meinem eigenen Dach dulden? Nein, heute nacht können Sie noch hier schlafen, aber morgen müssen Sie hinaus."

So wurde McMurdo nicht allein aus seinem gemütlichen Heim, sondern auch von dem Gegenstand seiner Liebe verbannt. Er fand sie am selben Abend allein Wohnzimmer sitzen und schüttete ihr sein Herz aus.

"Ihr Vater hat mir gekündigt," sagte er. "Ich würde mir nichts daraus machen, wenn es sich nur um mein Zimmer handelte. Aber, Ettie, obwohl wir uns erst eine Woche kennen, sind Sie bereits mein Alles geworben, und ich kann nicht mehr ohne Sie leben."

"Seien Sie doch still, Mr. McMurdo, Sie dürfen so nicht sprechen," sagte das Mädchen. "Ich habe Ihnen doch schon gesagt, daß es für Sie zu spät ist. Es ist bereits ein anderer da, und wenn ich ihm mein Jawort auch noch nicht gegeben habe, so kann ich es doch keinem anderen geben!"

"Wenn ich der Erste gewesen wäre, hätte ich dann Aussicht gehabt, Ettie?"

Das Mädchen schlug die Hände vors Gesicht.

"Wollte Gott, daß Sie der Erste gewesen wären," schluchzte sie.

McMurdo fiel vor ihr auf die Knie.

"Ettie! Ich beschwöre dich, daran festzuhalten," rief er. "Wärest du imstande, diesem Manne dein und mein Lebensglück zu opfern? Folge der Stimme deines Herzens, Liebste. Sie ist ein besserer Wegweiser als all das, was man dir vorerzählt."

Er hatte eine von Etties weißen Händen ergriffen, die er in seinen eigenen starken, braunen gefangenhielt.

"Sage, daß du die Meine sein willst, und wir werden der ganzen Welt trotzen."

"Nicht jetzt."

"Doch! Sogleich."

"Nein, nein, Jack."

Er schlang seine Arme um sie.

"Ich kann es hier nicht sagen. Kannst du mich nicht mit dir fortnehmen?"

Ein innerer Kampf zuckte einen Augenblick lang über McMurdos Gesicht, wich jedoch in wenigen Sekunden einem Ausdruck starrer Entschlossenheit.

"Warum nicht hier?" fragte er, "Du bist mein, und ich laße dich nicht, was auch immer kommen möge."

"Warum können wir nicht zusammen fortgehen?"

"Nein, Ettie, ich kann nicht fort."

"Aber warum?"

"Ich könnte niemals wieder der Welt in die Augen schauen, wenn ich mich von hier vertreiben ließe. Außerdem, was haben wir denn zu fürchten. Sind wir nicht in einem freien Land und Mitglieder eines freien Volkes? Was können uns denn die Leute anhaben, wenn ich dich liebe und du meine Liebe erwiderst?"

"Das verstehst du nicht, Jack. Du bist noch nicht lange genug hier. Du kennst diesen Baldwin nicht. Du kennst noch nicht McGinty und die Rächer."

"Nein, ich kenne sie noch nicht, aber ich fürchte sie auch nicht und halte nichts von den Leuten," sagte McMurdo. "Ich habe oft genug unter rauhem Volk gelebt, Liebling, und anstatt mich vor den Leuten zu fürchten, ist es gewöhnlich dazu gekommen, daß sie mich zu fürchten lernten. Jawohl, Ettie, die ganze Sache ist ein aufgelegter Wahnsinn. Wenn dein Vater recht hat und diese Leute hier im Tal tatsächlich Verbrechen über Verbrechen begangen haben, warum, frage ich dich, ist noch keiner zur Rechenschaft gezogen worden? Kannst du mir das sagen, Ettie?"

"Weil kein Mensch wagt, gegen sie als Zeuge aufzutreten, er würde es nicht vier Wochen überleben. Dagegen haben die Leute immer Zeugen in Bereitschaft, die beschwören, daß die Täter zur Zeit der Tat meilenweit von der Stätte des Verbrechens entfernt waren. Das alles mußt du doch gelesen haben, Jack. Man sagt doch, daß die Zeitungen in den ganzen Staaten voll davon sind."

"Nun, ich habe einiges darüber gelesen, aber ich muß gestehen, daß ich es für müßiges Gerede hielt. Vielleicht auch haben die Leute Grund zu dem, was sie tun. Vielleicht werden sie unterdrückt und können sich nicht anders helfen."

"Oh, Jack, ich kann dir nicht zuhören, wenn du so redest. Es ist genau dasselbe, was er immer sagt, – er, der andere."

"Du meinst Baldwin? Er sagt dasselbe?"

"Jawohl, und deswegen hasse ich ihn aus ganzem Herzen. Aber ich fürchte ihn auch. Ich fürchte ihn wegen meiner selbst, aber noch mehr wegen Vater. Ich weiß ganz genau, was uns zustoßen würde, wenn ich verlauten ließ, wie es mir ums Herz ist. Darum habe ich ihn immer mit halben Versprechungen hinzuhalten gesucht. Darin liegt unsere einzige Rettung. Wenn du aber mit mir fliehen willst, Jack, könnten wir Vater mitnehmen und weit, weit fortgehen, wo uns die Leute nichts mehr anhaben können."

Wieder spiegelte sich in McMurdos Gesicht ein innerer Kampf, und wieder erschien nach kurzem die steinerne Maske.

"Es wird dir nichts geschehen, Ettie, – weder dir noch deinem Vater. Und was diese Bösewichte anbelangt, so fürchte ich, daß du in mir, bevor noch viele Wochen vergangen sind, einen ebenso schlimmen erkennen wirst."

"Nein, nein, Jack, das kann ich nicht glauben."

McMurdo lachte bei diesen Worten bitter auf.

"Du lieber Gott! Wie wenig du mich kennst, Liebling. Du könntest dir in deiner Unschuld nicht einmal vorstellen, was in mir vorgeht. Aber wen haben wir denn da?"

Die Tür wurde in diesem Moment aufgerissen, und herein schlenderte ein junger Mann, in der Haltung eines Menschen, der sich ganz zu Hause fühlt. Es war eis hübscher, verwegen aussehender Bursche, ungefähr im selben Alter und von demselben Wuchs wie McMurdo. Sein anziehendes Gesicht, mit geschwungener Nase, war halb von einem breiten Filzhut beschattet, den abzuziehen er sich nicht die Mühe nahm. Ein Paar wilder, herrschsüchtiger Augen stierten zornig auf das Paar am Ofen. Ettie war erschrocken und in voller Verwirrung aufgesprungen.

"Ach, Sie sind es, Mr. Baldwin," sagte sie. "Sie kommen früher, als ich dachte. Bitte nehmen Sie Platz."

Baldwin stand da, die Hände auf die Hüften gestützt und glotzte McMurdo an.

"Wer ist das?" fragte er brüsk.

"Ein Freund von uns, Mr. Baldwin, – ein neuer Pensionär. Mr. McMurdo, darf ich Sie mit Mr. Baldwin bekannt machen?"

Die jungen Leute nickten sich mit saurer Miene zu.

"Miß Ettie hat Ihnen wohl schon erzählt, wie es zwischen uns beiden steht?" sagte Baldwin.

"Wenn Sie bestimmte Beziehungen meinen, von denen ich gehört haben soll, befinden Sie sich im Irrtum."

"So, so, nun dann hören Sie eben jetzt davon. Diese junge Dame gehört mir, lassen Sie sich das gesagt sein. Und ein Spaziergang draußen wird Ihnen sehr gut tun."

"Danke verbindlichst, aber ich habe keine Lust dazu."

"Nein?" Grimmiger Zorn flammte dabei in den frechen Augen des Mannes auf. "Vielleicht haben Sie Lust, mit meinen Fäusten Bekanntschaft zu machen, Herr Pensionär."

"Das habe ich," rief McMurdo aufspringend. "Sie könnten mir nichts Angenehmeres vorschlagen."

"Um Gottes willen, Jack, um Gottes willen," rief Ettie entsetzt. "Er wird dich umbringen."

"Also so weit sind wir schon?" sagte Baldwin mit einem Fluch. "Bis zu ›lieber Jack‹ seid ihr schon gekommen?"

"Ted, seien Sie doch vernünftig, – seien Sie doch lieb, um meinetwillen, Ted; wenn Sie mich wirklich liebhaben, zeigen Sie sich großmütig und nachsichtig."

"Ich glaube, Ettie, wenn du uns allein lassen würdest, könnten wie unseren Streit besser und schneller schlichten," warf McMurdo schnell ein. "Oder vielleicht kommen Sie mit mir ein bißchen auf die Straße hinunter, Baldwin. Wir haben einen schönen Abend, und sicherlich gibt es irgendwo einen freien Platz in der Nähe."

"Mit Ihnen werde ich schon fertig werden, ohne mir die Hände beschmutzen zu müssen," sagte der andere. "Sie werden sehr bald wünschen, niemals einen Fuß in dieses Haus gesetzt zu haben."

"Warum nicht gleich jetzt?" rief McMurdo.

"Ich tue, was mir beliebt, Mister, und suche mir den Zeitpunkt, der mir paßt, selber aus. Sehen Sie her!" Er rollte seinen Ärmel auf, unter dem am Unterarm ein eigenartiges Mal, ein Dreieck innerhalb eines Kreises, anscheinend eingebrannt war. "Wissen Sie, was das bedeutet?"

"Ich weiß es nicht und habe nicht den Wunsch, es zu wissen."

"Nun, Sie werden es erfahren, – darauf können Sie Gift nehmen, – und zwar bevor Sie einige Tage älter geworden sind. Miß Ettie kann Ihnen etwas davon erzählen. Und du, Ettie, du wirst noch auf den Knien vor mir herumrutschen. Hörst du, Mädel? Auf den Knien! Und dann werde ich dir sagen, was deine Strafe sein wird. Du hast gesät, und, so wahr ich hier stehe, du wirst ernten." Mit einem wütenden Blick auf beide schwang er sich herum, und einen Augenblick später hörte man die Eingangstür mit Getöse zuschlagen.

McMurdo und das Mädchen verharrten eine Zeitlang in völligem Schweigen. Dann schlang sie ihre Arme um ihn.

"Oh, Jack, wie tapfer du bist! Aber es hat keinen Zweck. Du mußt fliehen noch heute nacht, Jack, heute nacht. Es ist deine einzige Hoffnung. Er wird dir ans Leben gehen. Ich las es in seinen entsetzlichen Augen. Was hast du für eine Aussicht gegen diese Bande mit Meister McGinty und der Macht der Loge hinter sich?"

McMurdo löste sich zärtlich aus der Umarmung, küßte sie und schob sie sanft auf ihren Stuhl zurück.

"Nein, nein, du kannst über mich ganz beruhigt sein. Ich bin selbst einer von den Freimännern, wie ich deinem Vater bereits gesagt habe, und bin wahrscheinlich nicht einmal besser als die anderen. Darum darfst du keinen Heiligen aus mir machen. Vielleicht wirst du auch mich hassen, nachdem ich dir das gesagt habe."

"Dich hassen. Jack? Das kann ich nicht und wenn ich hundert Jahre alt würde. Ich habe gehört, daß es anderswo nichts Schlimmes ist, ein Freimann zu sein, und warum sollte ich daher etwas Schlechtes von dir denken? Wenn du aber einer bist, Jack, weshalb gehst du dann nicht hinunter und machst dich mit McGinty bekannt? Geh doch, Jack, geh schnell! Sieh zu, daß du der Erste am Platz bist, bevor er die Hunde auf deine Fährte hetzen kann."

"Daran habe ich schon gedacht," sagte McMurdo. "Ich werde sofort gehen und die Geschichte ins reine bringen. Du kannst deinem Vater sagen, daß ich heute nacht noch hier schlafe, mir aber morgen ein anderes Quartier besorgen werde."

Die Bar von McGintys Gasthaus war wie gewöhnlich überfüllt, denn sie war das Rendezvous der ziemlich zahlreichen gewalttätigen Elemente der Stadt. McGinty war unter diesen Leuten ziemlich beliebt. Seine gerade, aber herzliche Manier, mit ihnen umzugehen, war indessen nur eine Maske, hinter der sich gar manches verbarg. Abgesehen von seiner Beliebtheit war schon die Furcht, die er der ganzen Stadt, vielleicht sogar der ganzen Gegend einflößte, Veranlassung genug, um seine Bar zu füllen, denn jedermann wollte sich mit ihm gut stellen.

Außer der geheimen Macht, über die er verfügte, und die er, wie man sagte, in einer rücksichtslosen Weise gebrauchte, besaß er noch eine öffentliche Machtstellung als Stadtrat und Referent des Verkehrswesens, die er sich mit den Stimmen seiner zahlreichen Anhänger aus den untersten Schichten der Bevölkerung ergattert hatte, denen er seinerseits mancherlei Dienste zu erweisen verstand.

Obgleich die Steuern drückend waren, wurden alle öffentlichen Einrichtungen völlig vernachlässigt. Die Prüfung der städtischen Ausgaben lag in den Händen bestochener Revisoren. Der anständige Bürger war derartig verschüchtert, daß er sich ohne Widerstreben und ohne mit der Wimper zu zucken, den Erpressungen der herrschenden Gilde unterwarf, aus Furcht, ihm könne sonst noch Schlimmeres widerfahren. So geschah es, daß von Jahr zu Jahr McGintys Brillantnadeln aufdringlicher und die goldenen Ketten, die sich über seine prächtigen Westen spannten, schwerer wurden; sein Gasthaus erweiterte sich ständig, so daß man den Eindruck gewann, es würde einmal eine ganze Seite des Marktplatzes verschlingen.

McMurdo stieß die Drehtür zu der Bar auf und bahnte sich einen Weg durch die Menge, die in dem von Tabakrauch und den Dünsten geistiger Getränke geschwängerten Raum lärmend herumsaß. Der Raum war prächtig erleuchtet. Das Licht der zahllosen Lampen wurde von den schwervergoldeten Spiegeln, mit denen die Wände bedeckt waren, allseitig zurückgeworfen. Einige Mixer hatten alle Hände voll zu tun, um den Wünschen der Männer, die den schwer mit Messing beschlagenen Bartisch umlagerten, gerecht zu werden. An einem Ende der Bar stand, an den Bartisch gelehnt, ein großer, stattlicher Mann mit einer Zigarre im Mundwinkel, der niemand anderen als der vielgenannte McGinty sein konnte. Er war ein Mensch von riesenhaften Ausmaßen mit einer schwarzen Mähne, die vorn bis tief in die Stirn und hinten bis auf den Kragen fiel. Seine Gesichtsfarbe war so dunkel wie die eines Italieners. Seine kohlschwarzen Augen, die im Zorn leicht schielten, verliehen ihm ein eigenartig drohendes Aussehen. Aber trotz allem paßte das rustikale Äußere dieses Mannes sehr gut zu dem offenen Wesen und zu der fast herzlichen Manier, die er seinen Mitmenschen gegenüber zur Schau zu tragen pflegte. Hier, würde man sich denken, haben wir einen offenen, ehrlichen Menschen vor uns, der das Herz auf dem rechten Fleck hat, wie brüsk und rauh auch seine Ausdrucksweise sein mag. Erst wenn man einen Blick in seine glanzlosen, schwarzen Augen getan hatte, die tief und drohend in ihren Höhlen lagen, fühlte man jenen geheimen Schauder, den wir empfinden, wenn wir einem Menschen gegenüberstehen, in dem wir ungeahnte Möglichkeiten zum Bösen, gepaart mit Kraft, Mut und List erkennen. Nachdem McMurdo seinen Mann einer eingehenden Musterung unterzogen hatte, schlenderte er mit der ihm eigenen sorglosen Keckheit auf ihn zu und schob sich durch die kleine Gruppe von Männern, die ihn umgab, Speichellecker, die sich in die Gunst des mächtigen Mannes einzuschmeicheln suchten, und über jedes geringste seiner Scherzworte in brüllendes Gelächter ausbrachen. Die grauen Augen des jungen Fremden blickten furchtlos durch die Gläser in die scharf auf ihn gerichteten schwarzen Augen vor ihm.

"Nun, junger Mann, Ihr Gesicht ist mir noch neu."

"Ich bin hier noch ein Fremder, Mr. McGinty."

"Aber nicht so fremd, daß Sie nicht einen Herrn mit seinem richtigen Titel ansprechen könnten."

"Es ist Rat McGinty, junger Mann," sagte eine Stimme aus der Gruppe.

"Tut mir leid, Herr Rat, ich bin noch gänzlich unvertraut mit den hiesigen Gebräuchen. Man hat mir empfohlen, Sie aufzusuchen."

"Nun gut, das haben Sie nun getan. Hier stehe ich in Lebensgröße. Und was halten Sie von mir, wenn ich fragen darf?"

"Ich weiß es noch nicht, aber ich möchte sagen, daß, wenn Ihr Herz so groß ist, wie Ihr Leib, und Ihre Seele so schön wie Ihr Gesicht, ich mir nichts Besseres wünschen könnte," sagte McMurdo.

"Bei Gott, der Mann hat eine glatte Zunge," rief der Gastwirt, der sich noch nicht darüber einig war, ob er auf die familiäre Eröffnung der Bekanntschaft eingehen oder seine Würde herauskehren sollte. "Sie sind also so freundlich, mit meiner Erscheinung zufrieden zu sein?"

"Jawohl," sagte McMurdo.

"Und man hat Ihnen empfohlen, mich aufzusuchen?"

"Sehr richtig."

"Und wer war dieser ›man‹?"

"Bruder Scalan von der Loge 341, Vermissa. Herr Rat, ich trinke auf Ihre Gesundheit und auf unsere bessere Bekanntschaft."

Er erhob hierbei das Glas, das man vor ihn hingestellt hatte, an seine Lippen, indem er den kleinen Finger in einer eigenartigen Weise emporstreckte.

McGinty, der ihn scharf im Auge behalten hatte, zog bei diesen Worten die Stirn kraus.

"Aha, das ist es also," sagte er. "Das muß ich mir etwas genauer besehen, Herr – –"

"McMurdo."

"Und lassen Sie sich gesagt sein, Herr McMurdo, daß wir die Leute nicht ohne weiteres als das nehmen, als was sie erscheinen wollen; wir glauben ihnen nicht alles, was sie sagen. Treten Sie näher; hier hinter die Bar."

Es war ein kleiner Raum, auf allen Seiten von Fässern eingerahmt. McGinty setzte sich, nachdem er die Tür vorsichtig geschlossen hatte, auf eines von ihnen, biß nachdenklich in seine Zigarre und überflog McMurdo mit seinen unbehaglichen Augen. Ein paar Minuten lang herrschte völlige Stille.

McMurdo hatte die Musterung, der er unterzogen worden war, mit unbefangen heiterer Miene ertragen. Die eine Hand hielt er in seiner Rocktasche, mit der anderen zwirbelte er seinen braunen Schnurrbart. Plötzlich bückte sich McGinty und zog einen gefährlich aussehenden Revolver hervor.

"Passen Sie auf, junger Mann. Wenn Sie glauben, mit uns Ihr Spiel treiben zu können, würde es Ihnen schlecht gehen."

"Das ist ein sonderbarer Empfang eines fremden Bruders seitens des Meisters einer verbündeten Loge," erwiderte McMurdo mit Würde.

"Daß Sie ein Bruder sind, müssen Sie uns erst beweisen," sagte McGinty, "und Gott sei Ihnen gnädig, wenn Sie es nicht können. Wo sind Sie eingetreten?"

"Loge 29, Chicago."

"Wann?"

"Am 24. Juni 18..."

"Wie hieß der Logenmeister?"

"James H. Scott."

"Und wie der Distriktsmeister?"

"Bartolomäus Wilson."

"Hm! Ihre Antworten klingen ja recht sicher. Was machen Sie hier?"

"Ich arbeite, genau so wie Sie; verdiene aber wahrscheinlich weniger."

"Sie sind wohl einer von denen, die stets das letzte Wort haben müssen?"

"Jawohl, das ist eine Eigenart von mir."

"Und Sie sind im Handeln ebenso flink wie mit der Zunge?"

"Das haben Leute von mir behauptet, die mich gut kennen."

"Das werden wir vielleicht schneller, als Sie glauben, auf die Probe stellen können. Haben Sie etwas über die hiesige Loge gehört?"

"Ich habe gehört, daß man ein Mann sein muß, um hier aufgenommen zu werden."

"Stimmt auffallend, Herr McMurdo. Und warum sind Sie aus Chicago fortgezogen?"

"Ich will eher verdammt sein, als daß ich Ihnen das erzähle."

McGinty riß die Augen auf. Er war nicht gewohnt, daß man in diesem Ton mit ihm sprach und war offenkundig darüber belustigt.

"Und warum nicht, wenn ich fragen darf?"

"Weil kein Bruder den anderen belügen darf."

"Ist denn die Wahrheit so schlimm?"

"Das können Sie halten, wie Sie wollen."

"Nun gut, Mister, Sie können doch nicht erwarten, daß ich als Logenmeister jemanden in die Loge aufnehme, für dessen Vergangenheit ich nicht einstehen kann."

McMurdo war etwas verblüfft. Dann zog er aus einer inneren Tasche einen Zeitungsausschnitt.

"Sie werden doch einen Kameraden nicht verraten?" sagte er.

"Ich werde Ihnen mit der Faust über das Gesicht wischen, wenn Sie so etwas noch einmal sagen," rief McGinty zornig.

"Sie haben recht, Herr Rat," warf McMurdo verschüchtert ein. "Ich muß um Entschuldigung bitten. Es war gedankenlos von mir. Ich weiß mich nun in sicheren Händen. Werfen Sie bitte einen Blick auf diesen Ausschnitt."

McGinty überflog ihn und entnahm daraus einen Bericht über die Ermordung eines gewissen Jonas Pinto in der Lake-Bar, Marktstraße, Chicago.

"Ihr Werk?" fragte er, indem er das Papier zurückreichte.

McMurdo nickte mit dem Kopf.

"Und warum haben Sie ihn niedergeschossen?"

"Ich half Onkel Sam Dollar erzeugen. Die meinen waren vielleicht nicht so gut wie die seinen, aber sie sahen ebensogut aus und waren billiger in der Herstellung. Pinto half mir, sie zu verschieben."

"Was zu tun?"

"Ich meine, er half mir, sie unter die Leute zu bringen. Dann drohte er mir, mich zu verraten, aber das hat er nicht getan. Ich habe nämlich nicht darauf gewartet, sondern habe ihn niedergeschossen und bin hierher gekommen, so schnell ich konnte."

"Warum gerade hierher?"

"Weil ich in den Zeitungen las, daß man hier bei Einstellungen nicht besonders eigen ist."

McGinty lachte.

"Also Sie waren zuerst ein Falschmünzer, sind dann ein Mörder geworden und darauf zu uns gekommen, weil Sie glaubten, hier mit offenen Armen aufgenommen zu werden."

"Stimmt ungefähr," rief McMurdo.

"Sie scheinen ein ganz geriebener Junge zu sein. Sagen Sie mal, können Sie diese Dollar noch immer machen?"

McMurdo zog etwa ein halbes Dutzend dieser Geldscheine aus der Tasche.

"Diese haben die Banknotendruckerei in Washington niemals gesehen," sagte er.

"Was Sie nicht sagen!" McGinty hielt sie in seiner riesigen Hand, die behaart war wie die eines Gorilla, gegen das Licht. "Ich kann keinen Unterschied entdecken. Bei Gott, Sie werden einen brauchbaren Bruder abgeben, wenn mich nicht alles täuscht. Wir können einen oder zwei der gefährlicheren Sorte unter uns noch recht gut gebrauchen, Freund McMurdo, denn wir leben in Zeiten, wo wir uns gehörig umzusehen haben. Wir würden sehr bald an die Wand gedrückt werden, wenn wir diejenigen, die uns drücken, nicht wieder zurückstoßen würden."

"Nun, ich bin gern bereit mein Teil an dieser Arbeit zu übernehmen."

"Sie sind ein kaltblütiger Bursche, das muß ich sagen. Haben nicht mit der Wimper gezuckt, als ich die Pistole auf Sie richtete."

"Nicht ich war dabei in Gefahr."

"Wer denn?"

"Sie selbst, mein lieber Herr Rat," sagte McMurdo, indem er einen gespannten Revolver aus der Seitentasche seiner Jacke zog. "Ich hatte Sie die ganze Zeit über auf dem Korn, und mein Revolver wäre wohl ebenso schnell losgegangen, wie der Ihrige, wenn nicht schneller."

Eine Zornesröte ergoß sich bei diesen Worten über McGintys Gesicht. Dann brach er in ein schallendes Gelächter aus.

"Bei Gott!" sagte er. "Es sieht so aus, als ob Sie der Stolz unserer Loge werden würden. Wir haben seit Jahren keinen so frechen Burschen mehr bei uns gehabt. – Was in des Teufels Namen wollen Sie hier? Kann man sich denn nicht fünf Minuten mit einem Herrn allein unterhalten, ohne gestört zu werden?"

Ein Mixer stand vor ihm, ganz betroffen.

"Ich bitte um Entschuldigung, Herr Rat, aber Mr. Baldwin ist da und sagt, er müsse Sie dringend sprechen."

Diese Anmeldung war überflüssig, denn das harte, grausame Gesicht des Angemeldeten blickte bereits über die Schulter des Barmannes. Baldwin schob den Eingeschüchterten hinaus und schloß die Tür hinter ihm.

"Aha!" sagte er mit einem wütenden Blick auf McMurdo. "Sie sind mir zuvorgekommen. Ich möchte mit Ihnen über diesen Mann reden, Herr Rat."

"Dann sagen Sie, was Sie zu sagen haben, sofort und mir ins Gesicht," rief McMurdo.

"Ich werde es sagen, wie und wann ich will."

"Zur Ruhe, meine Herren," sagte McGinty, indem er sich von dem Faß erhob. "Das kann ich nicht zulassen. Dies hier ist ein neuer Bruder, Baldwin, und es geht nicht an, ihn in dieser Weise zu begrüßen. Geben Sie ihm die Hand, Mann, und machen Sie Frieden."

"Niemals," rief Baldwin wütend.

"Ich habe ihm angetragen, mit ihm zu kämpfen, da er glaubt, mir grollen zu müssen," sagte McMurdo. "Ich bin bereit, mit ihm zu kämpfen, mit meinen

Fäusten, oder, wenn ihm das nicht paßt, auf jede andere Weise, die er vorschlägt. Das ist die ganze Sache, und ich bitte um Ihr Urteil, Herr Rat, als das eines Logenmeisters über zwei streitende Brüder."

"Um was handelt es sich denn?"

"Eine junge Dame. Ich meine, sie kann wählen, wen sie will."

"So, glauben Sie?" rief Baldwin.

"Jawohl, das ist auch meine Ansicht," sagte McGinty. "Als Brüder derselben Loge seid ihr gleich."

"Das ist also Ihre Entscheidung?"

"Sehr richtig, Ted Baldwin," sagte McGinty, ihn bösartig anstierend. "Wollen Sie vielleicht dagegen Widerspruch erheben?"

"Sie entscheiden also zugunsten eines Mannes, den Sie heute das erstemal sehen, gegen einen, der seit fünf Jahren mit Ihnen durch dick und dünn geht? Sie sind nicht auf Lebenszeit gewählt, Jack McGinty, und bei Gott, wenn es wieder zur Wahl kommt, –"

McGinty sprang wie ein Tiger auf ihn zu. Seine Faust schloß sich um des Anderen Gurgel. Mit der Riesenkraft, deren er fähig war, stieß er Baldwin zu Boden, so daß er über die Fässer fiel. Er hätte ihn zweifellos erwürgt, wenn nicht McMurdo dazwischen getreten wäre.

"Ruhe, Herr McGinty, um des Himmels Willen, bewahren Sie doch Ruhe," rief er, indem er den Logenmeister von seinem Opfer trennte.

Baldwin hatte sich auf eines der Fässer gesetzt, tödlich erschrocken und verschüchtert. Er rang nach Atem und zitterte an allen Gliedern, wie einer, der dem Tod ins Auge gesehen hat.

"Sie haben das schon lange haben wollen, Ted Baldwin, und jetzt haben Sie es," rief McGinty, dessen riesenhafte Brust heftig wogte. "Sie glauben wohl, wenn ich bei der nächsten Wahl zum Logenmeister durchfalle, daß Sie dann in meine Schuhe treten würden? Darüber hat die Loge zu entscheiden. Aber das sage ich Ihnen, solange ich der Loge vorstehe, wird kein Mann seine Stimme gegen mich oder meine Entscheidungen erheben."

"Ich habe nichts gegen Sie," murmelte Baldwin, seine Kehle betastend.

"Nun gut," rief der andere, indem er in seine gewohnte Manier brüsker Herzlichkeit zurückfiel, "dann sind wir also alle wieder gute Freunde und damit Schluß."

Er nahm von einem der Regale eine Flasche Sekt und entkorkte sie.

"Kommt her," fuhr er fort, indem er drei hohe Gläser füllte, "wir wollen den Versöhnungstoast der Loge trinken. Der löscht, wie ihr wißt, jede Feindschaft aus. Also, mit der linken Hand an der Kehle frage ich euch, Ted Baldwin, um was war der Streit?"

"Die Wolken sind schwer," antwortete Baldwin.

"Aber sie werden sich auf ewig aufhellen."

"Und das beschwöre ich."

Die beiden tranken ihren Sekt, worauf dieselbe Zeremonie zwischen Baldwin und McMurdo wiederholt wurde.

"Nun also," rief McGinty, sich befriedigt die Hände reibend, "jetzt kein böses Blut mehr, sonst kommt die Sache vor die Entscheidung der Loge, und solche Entscheidungen sind streng hier bei uns, wie Bruder Baldwin bereits weiß und auch Sie, Bruder McMurdo, würden es bald erfahren, wenn Sie Streit suchen."

"Fällt mir nicht ein," sagte McMurdo und streckte Baldwin die Hand entgegen. "Ich bin rasch dabei, einen Streit zu beginnen, aber ebenso rasch im Vergeben; wahrscheinlich eine Schuld meines irischen Blutes. Für mich ist die Sache erledigt, und ich hege keinen Groll mehr."

Es blieb Baldwin nichts anderes übrig, als die gereichte Hand zu ergreifen, denn die drohenden Augen des schrecklichen Meisters ruhten auf ihm. In seinem finsteren Gesicht deutete indessen nichts darauf hin, daß ihn die freundschaftlichen Worte des anderen berührt hatten.

McGinty klopfte beiden auf die Schulter.

"Diese Weibsbilder, diese Weibsbilder," rief er, "man sollte nicht glauben, was sie für Unfrieden unter meinen Jungen stiften können. Der Teufel soll sie holen. Die letzte Entscheidung in dieser Sache liegt aber bei der Frauensperson. Wir in der Loge befassen uns mit solchen Entscheidungen nicht, und der Herr sei bedankt dafür. Wir haben schon genug mit uns selbst zu tun. Sie müssen in unsere Loge 341 eingeweiht werden, Bruder McMurdo. Wir haben hier unsere eigenen Arten und Methoden, die von denen in Chicago verschieden sind. Sonnabend

abend ist unser Sitzungstag, und wenn Sie am nächsten Sonnabend zu uns kommen, werden wir Sie zu einem der Unsrigen machen."

3. Kapitel. Loge Nr. 341 Vermissa.

Am Morgen, der diesem ereignisreichen Tage folgte, verließ McMurdo seine Wohnung bei Jakob Shafter und bezog Quartier bei der Witwe McNamara am Rande der Stadt. Scanlan, seine erste Bekanntschaft, hatte Veranlassung, nach Vermissa zu übersiedeln und zog zu ihm. Die beiden waren die einzigen Mieter, und die Vermieterin, eine leichtherzige, alte Irin überließ sie ganz sich selbst, so daß sie jede Freiheit der Rede und des Handelns genossen, die Leute solcher Art, vereint durch ein gemeinsames Geheimnis, nur wünschen konnten. Shafter hatte so weit nachgegeben, daß er McMurdo gestattete, bei ihm die Mahlzeiten einzunehmen, wenn er wollte, so daß der Verkehr des jungen Mannes mit Ettie keine Unterbrechung erlitt. Im Gegenteil, er wurde im Verlaufe der folgenden Wochen immer enger und McMurdo fühlte sich in seinem neuen Heim so sicher, daß er in seinem Schlafzimmer die Banknotenpresse auspackte und einer Anzahl Logenbrüder unter dem Siegel strengster Verschwiegenheit gestattete sie zu besichtigen und einige Muster mitzunehmen, die so geschickt nachgeahmt waren, daß sie ohne Gefahr und Schwierigkeit ausgegeben werden konnten. Warum McMurdo, im Besitze einer derartigen Kunst, sich herabließ zu arbeiten, war seinen Gefährten rätselhaft. Er machte ihnen jedoch klar, daß mangels offenkundiger Erwerbsquellen die Polizei bald hinter ihm her sein würde.

Ein Polizeibeamter hatte ihm tatsächlich bereits nachgespürt, aber das Glück wollte es, daß ihm der Vorfall eher nützte als schadete. Nach seiner Einführung in McGintys Gasthaus vergingen wenige Abende, die er nicht dort verbrachte. Es war seine Absicht, sich mit den "Jungens", mit welchem freundschaftlichen Titel die gefährliche Bande, die diesen Ort bevölkerte, gewöhnlich belegt wurde, näher zu befreunden. Sein schneidiges Auftreten, die Kühnheit seiner Sprache machten ihn bald allseitig beliebt. Die Schnelligkeit und kunstvolle Geschicklichkeit, mit der er einmal einen Gegner in einem Raufhandel abfertigte, verschafften ihm die Achtung dieser gewalttätigen Gesellschaft. Der erwähnte Vorfall führte dazu, diese Achtung noch zu erhöhen. Eines Abends, zur Zeit des stärksten Besuches, öffnete sich die Tür und ein Mann trat ein, gekleidet in die blaue Uniform und Schirmmütze der Kohlen- und Eisenpolizei. Diese war eine von den Eisenbahnen und Bergwerksbesitzern organisierte Hilfstruppe, dazu bestimmt, die Arbeit der Zivilpolizei, die gegenüber dem organisierten Terror und Rowdywesen der Gegend vollkommen hilflos war, zu unterstützen. Schweigen senkte sich auf die versammelten Gäste, als der Mann eintrat, und gar mancher verstohlene Blick fiel auf ihn. Die Beziehungen zwischen Verbrechern und der Polizei sind indessen in den Vereinigten Staaten eigenartig. McGinty, der hinter dem Bartisch stand, zeigte keine Überraschung, als der Polizeiinspektor eintrat und sich unter seine Kunden mischte.

"Ein Glas puren Whisky, es ist bitter kalt draußen," sagte der Polizeioffizier. "Ich glaube, wir haben uns noch nicht gesehen, Rat McGinty."

"Sie sind wohl der neue Polizeikapitän?" fragte McGinty.

"Stimmt. Wir verlassen uns auf Sie und die anderen tonangebenden Bürger, uns zu helfen, Gesetz und Ordnung in dieser Stadt aufrechtzuerhalten. Kapitän Marvin ist mein Name – von der Kohlen- und Eisenpolizei."

"Wir würden besser ohne Sie auskommen, Kapitän Marvin," erwiderte McGinty kalt, "denn wir haben unsere eigene Polizei und haben keinen Bedarf für Importware. Was sind Sie anderes, als das bezahlte Werkzeug der Kapitalisten, von diesen gedungen, die ärmeren Mitbürger niederzuschlagen oder niederzuschießen."

"Na, na, wir wollen uns darüber nicht streiten", sagte der Polizeioffizier gutgelaunt. "Sie tun wahrscheinlich Ihre Pflicht oder was Sie dafür halten, worüber Sie und ich vielleicht verschiedener Meinung sind." Er hatte sein Glas geleert und war eben im Begriff zu gehen, als sein Blick auf Jack McMurdo fiel, der finsterblickend an seiner Seite gestanden hatte.

"Hallo, hallo!" rief er, indem er ihn von oben bis unten musterte, "ein alter Freund, wenn ich mich nicht irre."

McMurdo zog sich vor ihm zurück.

"Ich war niemals ein Freund von Ihnen oder der irgendeines anderen verdammten Polizisten," sagte er.

"Nun gut, dann also ein Bekannter," sagte der Polizeikapitän. "Sie sind Jack McMurdo aus Chicago, ich irre mich nicht. Es hat keinen Zweck, zu leugnen."

"Ich leugne es nicht," antwortete McMurdo achselzuckend, "glauben Sie, ich schäme mich meines eigenen Namens?"

"Sie hätten aber alle Ursache dazu."

"Was, in des Teufels Namen, wollen Sie damit sagen?" brüllte McMurdo mit geballten Fäusten.

"Ruhe, Ruhe, Jack. Dieses Poltern macht auf mich keinen Eindruck. Bevor ich in diesen gottverdammten Kohlenspeicher kam, war ich Polizeioffizier in Chicago und erkenne jeden unserer Galgenvögel, wenn ich ihn sehe."

"Sie wollen doch nicht sagen, daß Sie Marvin von der Zentrale in Chicago sind?" rief McMurdo bestürzt.

"Jawohl, noch immer derselbe alte Teddy Marvin, zu dienen. Wir haben dort die Erschießung von Jonas Pinto noch nicht vergessen."

"Ich war es nicht."

"So, Sie waren es nicht. Das ist eine beweiskräftige, unparteiische Zeugenschaft, nicht wahr? Immerhin ist Ihnen sein Tod sehr gelegen gekommen, sonst hätte man Sie gefaßt, wegen Ihrer schönen Banknoten. Wir wollen das jedoch dahingestellt sein lassen, denn, unter uns gesagt – vielleicht sage ich damit mehr, als meine Pflicht zuläßt – wir haben gegen Sie keinen einwandfreien Beweis gehabt, und Sie können jederzeit nach Chicago zurück, schon morgen, wenn Sie wollen."

"Ich bin hier ganz zufrieden."

"Mir recht. Ich habe Ihnen einen nützlichen Wink gegeben, und Sie sind ein eigensinniger Tropf, wenn Sie ihn zurückweisen."

"Nun gut, Sie haben es wahrscheinlich gut gemeint und ich muß Ihnen wohl danken," sagte McMurdo keineswegs freundlicher.

"Mir soll es recht sein, solange Sie sich auf der richtigen Seite des Gesetzes halten" sagte der Kapitän. "Aber so wahr ich hier stehe, wenn Sie mir in die Quere kommen, dann gibt es etwas. Also gute Nacht – und auch Ihnen eine gute Nacht, Rat McGinty."

Dieser Vorfall hatte McMurdo den Nimbus eines Helden eingetragen. Man hatte sich schon vorher über seine Taten in Chicago Verschiedenes zugeraunt. Er hatte aber alle Fragen nach dieser Richtung mit bescheidenem Lächeln abgewehrt, wie einer, der eine Huldigung für unverdiente Größe ablehnt. Jetzt aber war die Sache amtlich festgestellt. Die Besucher der Bar umringten ihn und schüttelten ihm erfreut die Hand. Er war einer der Ihren geworden. Obzwar er viel ertragen konnte, würde der gefeierte Held an jenem Abend die Nacht unter dem Bartisch beschlossen haben, wenn ihn nicht Scanlan beizeiten nach Hause geführt hätte.

Am Abend des folgenden Sonnabends wurde McMurdo in die Loge eingeführt. Da er bereits Mitglied einer Loge in Chicago war, glaubte er, daß dies ohne weitere Förmlichkeiten vor sich gehen würde. Die Loge in Vermissa hatte indessen ihren eigenen Ritus, auf den sie stolz war und dem jeder Bewerber sich unterwerfen mußte. Sie versammelte sich in dem großen Raum, der eigens für diesen Zweck im Unionhaus reserviert war. Etwa sechzig Mitglieder waren versammelt, die indessen nicht die ganze Macht der Loge darstellten, da es in den anderen Niederlassungen des Tales und jenseits der Berge auf beiden Seiten des Tales mehrere Schwesterlogen gab, die untereinander ihre Mitglieder austauschten, wenn es Ernstliches zu tun gab, so daß Verbrechen meistens von ortsfremden Mitgliedern ausgeführt wurden. Insgesamt zählte die Loge in dem gesamten Kohlenbecken nicht weniger als fünfhundert Mitglieder.

Die Versammlung saß in dem kahlen Raum an einem langen Tisch. Ein zweiter an der Seite war mit Gläsern und Flaschen beladen, auf die einige Mitglieder schon verlangend ihre Blicke richteten. McGinty saß am Kopfende des Tisches mit einer flachen, schwarzen Sammetmütze auf seinen strähnigen, dunklen Haaren und einer purpurfarbenen Stola um den Hals, die ihm das Aussehen eines Priesters in der Ausübung eines teuflischen Rituals verliehen. Zu seiner Rechten und Linken befanden sich die höheren Würdenträger der Loge, unter ihnen das grausame, interessante Gesicht Ted Baldwins. Jeder von ihnen trug eine Schärpe oder eine Medaille als Abzeichen seiner Würde. Der Großteil bestand aus Männern im reifen Alter. Die übrigen indessen waren junge Burschen zwischen achtzehn und fünfundzwanzig, die stets willfährigen und fähigen Werkzeuge zur Ausführung der Befehle der älteren. Unter den letzteren bemerkte man Gesichter, in denen sich eine raubtierartige, verbrecherische Veranlagung deutlich abspiegelte, aber der Durchschnitt war derartig, daß man in diesen Reihen aufgeweckter, offenblickender junger Leute schwerlich eine gefährliche Mörderbande vermutet hätte: Verbrecher, die schon längst bis zu einem Grade sittlicher Verderbtheit heruntergesunken waren, daß sie mit grauenerregendem Stolz über die Kunstfertigkeit der Ausführung ihrer schrecklichen Taten prahlen konnten, und den Mann, der sich durch besondere Rohheit hervortat, mit auszeichnender Verehrung behandelten. Es erschien ihrer verzerrten Lebensanschauung als eine mutige und ritterliche Tat, sich freiwillig zur Ermordung eines Mannes anzubieten, der ihnen niemals etwas zuleide getan hatte, und den sie in den meisten Fällen nicht einmal von Angesicht kannten. Es konnte geschehen, daß sie nach vollbrachter Tat um die Ehre stritten, wer den tödlichen Streich geführt habe, und daß sie sich und die anderen damit vergnügten, zu schildern, wie sich ihre Opfer im Todeskampf wanden und ihr Wehklagen nachzuahmen. Zuerst wurden diese Taten mit dem strengsten Geheimnis umgeben, aber zur Zeit dieser Erzählung sprach man darüber ganz freimütig, denn wiederholte Fehlschläge der Gerichte, die Verbrecher zur Rechenschaft zu ziehen, hatten sie in Sicherheit darüber gewiegt, daß kein Zeuge es wagen würde, gegen sie aufzutreten, zumal ihnen stets eine beliebige Anzahl von Entlastungszeugen zur Verfügung stand. Außerdem gestattete es ihr wohlgefüllter Bundesschatz, sich die besten Rechtsanwälte des Landes zu sichern. In den zehn langen Jahren dieses schandbaren Zustandes war es noch zu keiner einzigen Verurteilung gekommen, und die alleinige Gefahr, die den Rächern drohte, kam von den Opfern selbst, von denen gelegentlich eines, obwohl überraschend und von einer großen Überzahl angefallen, seinen Angreifern einen ernstlichen Denkzettel zu versetzen vermochte.

Man hatte McMurdo darauf vorbereitet, daß er eine Art Feuerprobe zu gewärtigen habe. Aber niemand wollte ihm sagen, worin sie bestehe. Er wurde von zwei feierlich aussehenden Brüdern in den Außenraum geführt. Durch die hölzerne Zwischenwand konnte er das Murmeln vieler Stimmen im Versammlungssaal hören. Ein- oder zweimal fing er seinen eigenen Namen auf und schloß daraus, daß seine Bewerbung zur Verhandlung stand. Danach trat ein Funktionär ein, der eine grün-goldene Schärpe über der Brust trug.

"Der Logenmeister befiehlt, ihn zu fesseln, ihm die Augen zu verbinden und ihn dann hereinzuführen."

Die drei entfernten seinen Rock, rollten ihm den rechten Hemdärmel auf und schlangen dann ein Seil um seinen Körper, mit dem sie seine Arme über den Ellbogen am Körper festbanden. Dann zogen sie ihm eine dicke schwarze Kappe über den Kopf und den oberen Teil des Gesichts. Derartig blind gemacht, wurde er in den Versammlungsraum geführt. Kein Lichtstrahl drang durch seine Vermummung, die Mütze verursachte ihm eine drückende Schwüle. Er hörte das Geräusch und Gemurmel der Leute um ihn. Dann drang die Stimme McGintys, dumpf und entfernt klingend, durch die Umhüllung an sein Ohr.

"John McMurdo, Ihr seid bereits ein Mitglied des ehrwürdigen Ordens der freien Männer."

McMurdo verbeugte sich zustimmend.

"Eure Loge ist Nr. 29, Chicago."

Er wiederholte seine Verbeugung.

"Dunkle Nächte sind bedrückend," sagte die Stimme.

"Jawohl für einsame Wanderer," antwortete er.

"Die Wolken hängen schwer."

"Jawohl, ein Sturm ist im Anzug."

"Sind die Brüder befriedigt?" fragte der Logenmeister.

Ein allseitiges, zustimmendes Murmeln folgte.

"Durch unsere Zeichen und Gegenzeichen wissen wir, Bruder, daß Ihr einer der Unseren seid," sagte McGinty.

"Ihr müßt jedoch auch wissen, daß in unserem und einigen benachbarten Sitzen unserer Loge bestimmte Gebräuche bestehen und auch bestimmte Pflichten auf unsere Mitglieder fallen, die eine besondere Eignung erfordern. Seid Ihr zur der Prüfung bereit?"

"Ich bin es."

"Habt Ihr starke Nerven?"

"Jawohl."

"Dann macht einen Schritt vorwärts, um es zu beweisen."

Bei diesen Worten fühlte er zwei scharfe Spitzen, die auf seine Augen drückten, so daß es ihm kaum möglich schien, vorwärts zu schreiten, ohne sie in seine Augen zu bohren. Er nahm jedoch seinen ganzen Mut zusammen und schritt entschlossen aus. Als er dies tat, wich der Druck von seinen Augen. Ein leises beifälliges Murmeln war seine Belohnung.

"Er hat gute Nerven," sagte die Stimme. "Könnt Ihr Schmerz ertragen?"

"So gut wie jeder andere," antwortete er.

"Prüft ihn."

Er hatte die größte Mühe, einen Aufschrei zu unterdrücken, als ein entsetzlicher Schmerz durch seinen Unterarm schoß. Fast wäre er durch den plötzlichen Schreck ohnmächtig niedergesunken, aber er biß die Zähne zusammen und krampfte die Hände ineinander, um seine Qual zu verbergen.

"Ich kann noch mehr vertragen als das," sagte er.

Diesmal grüßte ihn lauter, rückhaltsloser Beifall. Kaum jemals zuvor hatte ein Mitglied der Loge die Prüfung so gut bestanden. Er fühlte einige Hände, die ihm beifällig auf den Rücken klopften, die Mütze wurde ihm vom Kopf gezogen. Blinzelnd und lächelnd stand er da, am die Glückwünsche seiner Brüder entgegenzunehmen.

"Noch ein Wort, Bruder McMurdo," sagte McGinty. "Ihr habt bereits den Eid der Verschwiegenheit und Treue abgelegt, haltet euch gegenwärtig, daß die Strafe für einen Bruch dieses Eidschwures der sofortige und unabwendbare Tod ist."

"Ich bin mir dessen bewußt," sagte McMurdo.

"Und Ihr seid bereit, die Anordnungen des jeweiligen Logenmeisters unter allen Umständen zu befolgen?"

"Ich bin es."

"Dann begrüße ich euch als Mitglied der Loge 341, Vermissa. Ihr seid von nun an aller Rechte und Pflichten dieser Loge teilhaftig. Stellt die Getränke auf den Tisch, Bruder Scanlan, wir wollen auf unseren würdigen neuen Bruder trinken."

Man hatte McMurdo wieder seinen Rock gebracht. Bevor er ihn anzog, untersuchte er seinen rechten Unterarm, der ihn noch heftig schmerzte. Er fand in das Fleisch eingebrannt einen klar gezeichneten Kreis mit einem Dreieck im Innern, tief und rot, wie ihn das Brandeisen hervorgebracht hatte. Einige seiner Nachbarn zogen ihre Ärmel hoch und zeigten ihm dasselbe Mal.

"Wir haben es alle," sagte einer, "aber nicht alle haben es so tapfer empfangen."

"Schon gut," meinte McMurdo, "es will nicht viel besagen. Aber es schmerzt und brennt höllisch."

Nachdem die Trinksprüche, die der Einweihungsfeierlichkeit folgten, erledigt waren, wurde zur Tagesordnung der Loge geschritten. McMurdo, der nur an die harmlosen Veranstaltungen in Chicago gewöhnt war, horchte dem, was folgte, mit gespitzten Ohren und größerer Überraschung zu, als er sich zu zeigen gestattete.

"Der erste Punkt der Tagesordnung," sagte McGinty, "ist die Verlesung eines Briefes des Distriktmeisters der Grafschaft Merton, Loge 249. Der Brief lautet:

Geehrter Herr!

Wir haben eine Arbeit an Andrew Rae, Teilhaber der Firma Rae & Sturmash, Kohlenbergwerksbesitzer in unserer Nähe, auszuführen. Sie werden sich wohl erinnern, daß Ihre Loge uns einen Dienst zu erwidern hat, in Anbetracht der Arbeit, die zwei unserer Brüder im letzten Herbst an einem Polizeimann geleistet haben. Belieben Sie zwei gute Leute zu uns zu senden, die von unserem Schatzmeister Higgens, dessen Adresse Ihnen bekannt ist, in Empfang genommen werden. Er wird ihnen mitteilen, wo und wann sie zu handeln haben.

Im Namen der Freiheit!

J. W. Windle D. M. E. O. F.

Windle hat uns noch nie eine Absage erteilt, wenn wir Anlaß hatten, einen oder zwei Leute von ihm auszuborgen, und wir dürfen ihn daher nicht im Stich lassen."

Mr. Ginty hielt inne und ließ seine dunklen, bösartigen Augen über die Versammlung schweifen.

"Wer meldet sich freiwillig?"

Einige der jungen Leute hielten ihre Hände hoch. Der Logenmeister blickte sie beifällig lächelnd an.

"Gut, Tiger Cormac, Sie sind der Richtige. Wenn Sie die Sache ebenso gut machen wie das letztemal, kann es nicht fehlgehen. Sie auch, Wilson."

"Ich habe keine Pistole," antwortete der Freiwillige, ein junger Mensch, fast noch im Knabenalter.

"Es ist Ihr erster Fall, nicht wahr? Sie müssen auch einmal die Feuertaufe empfangen. Es ist eine große Sache für Sie. Und was die Pistole anbetrifft, darüber brauchen Sie sich kein Kopfzerbrechen zu machen, die wird man Ihnen geben. Wenn Sie sich am Montagmorgen melden, ist es früh genug. Wir werden euch bei eurer Rückkehr festlich empfangen."

"Gibt es eine Belohnung diesmal?" fragte Cormac, ein untersetzter, brünetter, brutal aussehender junger Mann, dessen Wildheit ihm den Beinamen Tiger eingetragen hatte.

"Ihr dürft nicht an Belohnung denken. Es ist eine Ehrensache der Loge. Möglicherweise werden sich am Boden unserer Schatztruhe einige Dollar finden, wenn ihr eure Sache gut macht."

"Was hat der Mann getan?" fragte der junge Wilson.

"Das geht einen so jungen Menschen wie Sie nicht das geringste an. Das Urteil haben unsere Brüder drüben gefällt. Wir haben nicht mitzureden. Alles, was wir zu tun haben, ist, es auszuführen, genau so wie es die anderen für uns tun würden. Da wir schon einmal dabei sind, möchte ich erwähnen, daß zwei Brüder von der Mertonloge nächste Woche zu uns herüberkommen, um bei uns ein Geschäft zu erledigen."

"Wer wird es sein?" fragte einer.

"Sie tun gut daran, nicht zu fragen. Wenn Sie nichts wissen, können Sie nichts aussagen und Sie laufen keine Gefahr. Es sind Leute, die ihre Sache richtig machen werden, darauf könnt ihr euch verlassen."

"Es ist die höchste Zeit," rief Ted Baldwin. "Die Leute werden hier schon wieder übermütig. Erst vorige Woche sind drei unserer Leute von Werkmeister Blaker entlassen worden. Der Mann hat schon längst einiges verdient, und wir müssen sehen, daß er es bekommt."

"Was bekommt?" flüsterte McMurdo seinem Nachbar zu.

"Die Ladung einer Rehpostenpatrone", rief der Mann, laut auflachend. "Was hatten Sie denn sonst erwartet, Bender?"

McMurdos verbrecherische Seele schien bereits den Geist seiner schändlichen Umgebung in sich aufgenommen zu haben.

"Es gefällt mir gut hier," sagte er. "Die richtige Gesellschaft für einen ganzen Mann."

Einige in seiner Umgebung hatten diese Bemerkung gehört und kargten nicht mit Beifall.

"Was ist los dort unten?" rief der schwarzhaarige Logenmeister vom Ende des Tisches herüber.

"Unser neuer Bruder hat eben gesagt, daß es ihm bei uns gefalle."

McMurdo erhob sich augenblicklich von seinem Stuhl.

"Und ich möchte noch hinzufügen, verehrungswürdiger Meister, daß ich es mir zur Ehre anrechnen würde, wenn ein Mann gebraucht wird, ausgewählt zu werden."

Diese Bemerkung wurde mit Applaus begrüßt. Einigen der älteren Mitglieder erschien sie jedoch etwas voreilig.

"Ich würde vorschlagen," sagte der Sekretär Harraway, ein geierartig aussehender alter Graubart, der neben dem Vorsitzenden saß, "daß Bruder McMurdo wartet, bis es der Loge beliebt, ihn zu bestimmen."

"Ich wollte nichts anderes. Es liegt ganz in Ihren Händen", sagte McMurdo.

"Auch Ihre Zeit wird kommen, Bruder," bemerkte der Vorsitzende. "Ich habe Sie bereits als geeignete Kraft vorgemerkt und bin der Ansicht, daß unsere Loge mit Ihnen Ehre einlegen wird. Wir haben heute eine kleine Sache zu erledigen, bei der Sie mitwirken können, wenn Sie wollen."

"Ich möchte lieber warten, bis etwas vorkommt, das sich der Mühe lohnt."

"Trotzdem können Sie heute mittun, damit Sie den Boden kennen lernen, auf dem wir hier stehen. Ich komme später noch darauf zurück. Inzwischen habe ich –" dies mit einem Blick auf seine Tagesordnung – "noch einige Punkte vorzubringen. Zunächst möchte ich unseren Schatzmeister fragen, wie wir in bezug auf unsere Geldmittel stehen. Wir haben Jim Carnaways Witwe eine Pension zu zahlen. Er wurde im Dienste der Loge getötet, und es ist unsere Pflicht, danach zu sehen, daß sie keine Not leidet."

"Jim wurde im vorigen Monat erschossen, als versucht wurde, Chester Wilcox in Marley Creek zu töten," wurde McMurdo von seinem Nachbar belehrt.

"Gegenwärtig stehen wir uns recht gut," sagte der Schatzmeister mit dem Kontobuch vor sich. "Die Firmen haben sich in der letzten Zeit freigebig gezeigt. Gebrüder Walker schickten uns hundert, die ich aber zurückgeschickt habe, wobei ich fünfhundert verlangte. Wenn der Betrag am nächsten Mittwoch nicht eingegangen ist, wird dem Aufzug in ihrem Werk etwas zustoßen. Im vorigen Jahr mußte erst die Erzbrecheranlage in Brand geraten, bevor die Leute vernünftig wurden. Dann hat uns die Westsektion Kohlengesellschaft ihren Jahresbeitrag gezahlt. Wir haben genug in der Hand, um unsere Verbindlichkeiten zu decken."

"Und wie ist es mit Archie Swindon?" fragte einer der Brüder.

"Er hat alles verkauft und ist fortgezogen. Der alte Halunke hat uns einen Brief hinterlassen, worin er sagt, daß er lieber ein freier Straßenkehrer in New York, als ein großer Bergwerksbesitzer in den Händen einer Erpresserbande sein wolle. Er kann froh sein, daß er weg war, bevor uns der Brief erreichte. Jedenfalls darf er sich hier nicht mehr blicken lassen."

Ein ältlicher, glattrasierter Mann mit gutmütigem Gesicht und klarer Stirn erhob sich von dem Ende des Tisches, das dem Vorsitzenden gegenüberlag.

"Herr Schatzmeister," sagte er, "darf ich fragen, wer den Besitz des Mannes gekauft hat, den wir aus unserer Gegend vertrieben haben?"

"Jawohl, Bruder Morris, es war die State & Merton County Eisenbahngesellschaft."

"Und wer kaufte das Bergwerk von Todman und das von Lee, die im vorigen Jahr aus ähnlichen Gründen auf den Markt kamen?"

"Dieselbe Gesellschaft, Bruder Morris."

"Und wer kaufte die Eisenwerke von Manson und von Shuman und die von van Dehor und von Atwood, die alle in der letzten Zeit veräußert wurden?"

"Der Käufer war die West Gilmerton Allgemeine Bergwerksgesellschaft."

"Nach meiner Ansicht kann es uns völlig gleichgültig sein, Bruder Morris, wer sie kauft, da der Betreffende sie doch nicht aufpacken und davontragen kann."

"In aller Ehrerbietung möchte ich dem erwidern, daß es für uns nicht gleichgültig sein kann. Dieser Eigentumswechsel dauert nun schon an die zehn Jahre. Wir haben allmählich fast alle kleinen Besitzer vertrieben mit dem Ergebnis, daß wir an ihrer Stelle heute die großen Gesellschaften, wie die Eisenbahngesellschaft, die Allgemeine Bergwerksgesellschaft usw., finden, die ihren Sitz in New York oder Philadelphia haben und sich aus unseren Drohungen nicht das geringste machen. Wir können uns zwar an die ortsansässigen Betriebsleiter halten, aber was dann geschieht, ist, daß man einfach andere senden wird. Wir beschwören dadurch für uns eine sehr gefährliche Lage herauf. Die kleinen Leute konnten uns nichts anhaben. Sie hatten weder das Geld noch die Macht dazu. Solange wir sie nicht bis auf den letzten Blutstropfen ausgepreßt hatten, blieben sie hier unter unserer Macht. Aber wenn diese großen Gesellschaften einmal entdecken, daß wir zwischen ihnen und ihren Dividenden stehen, werden sie keine Mühe und keine Ausgaben scheuen, uns nachzuspüren und vor die Gerichte zu bringen."

Ein vielsagendes Schweigen senkte sich bei diesen Worten auf die Versammlung, und die Gesichter verdüsterten sich im Austausch finsterer Blicke. So allmächtig und sicher hatten sie sich gefühlt, daß ihnen niemals auch nur der Gedanke einer möglichen Vergeltung zu Bewußtsein gekommen war. Selbst die Verwegensten unter ihnen durchfuhr bei den Worten ein eisiger Schreck.

"Ich möchte raten," fuhr der Sprecher fort, "daß wir die kleinen Leute nicht allzu derb anfassen. Wenn sie eines Tages samt und sonders vertrieben sind, wird die Macht unseres Bundes gebrochen sein."

Unangenehme Wahrheiten sind nicht beliebt. Ärgerliche Ausrufe wurden hörbar, als der Sprecher wieder seinen Sitz einnahm.

McGinty erhob sich mit finster gekräuselter Stirn.

"Bruder Morris," sagte er, "Sie waren immer ein Flaumacher. Solange die Mitglieder dieser Loge zusammenstehen, gibt es keine Macht in den Vereinigten Staaten, die uns etwas anhaben kann. Haben wir nicht schon oft genug vor Gericht gestanden? Nach meiner Ansicht werden es die großen Gesellschaften bequemer finden zu zahlen, als zu kämpfen, genau so wie es die Kleinen getan haben. Und nun" – McGinty nahm bei diesen Worten seine schwarze Sammetkappe und seine Stola ab – "komme ich zum Schluß der Tagesordnung, auf der nur noch eine kleine Sache steht, die ich vorhin schon erwähnt habe, und die wir, bevor wir auseinandergehen, erledigen können. Wir wollen jetzt zu brüderlichen Erfrischungen und geselliger Unterhaltung schreiten."

Wahrlich, sonderbar ist das Wesen des Menschen. Hier waren Männer, denen Mord wohl vertraut war, die oftmals den Vater einer Familie niederschlagen, einen Mann, gegen den sie persönlich nicht das geringste hatten, – ohne auch nur einen Funken Reue oder Mitleid, selbst angesichts seiner jammernden Frau und hilflosen Kinder, zu fühlen; und doch konnte sie das Zarte und Traurige in der Musik zu Tränen rühren. McMurdo hatte eine schöne Tenorstimme, und wenn er sich noch nicht die Gunst der Loge errungen hätte, so würde er dies jetzt durch den Vortrag einiger volkstümlicher, sentimentaler Gesänge getan haben. Schon am ersten Abend machte sich der junge Rekrut zu einem der beliebtesten Mitglieder, zu baldiger Beförderung und höheren Würden vorbestimmt. Es bedurfte indessen noch anderer Eigenschaften, als die des guten Gesellschafters, um einen würdigen Freimann abzugeben, und darüber wurde er belehrt, bevor die Nacht zu Ende war. Die Whisky-Flaschen hatten bereits die Runde gemacht. Das Blut war erhitzt und der Geist bereit zu Untaten, als sich der Logenmeister nochmals zu einer Ansprache erhob.

"Jungens," sagte er, "wir haben hier in der Stadt einen Mann, dem wir ein wenig die Flügel beschneiden müssen, und es liegt an euch, dies zu tun. Ich spreche von James Stanger, Redakteur des ›Herald‹. Ihr wißt doch alle, wie er über uns schon wieder das Maul aufgerissen hat?"

Ein zustimmendes Murmeln folgte, vermengt mit einigen kräftigen Flüchen. McGinty zog ein Zeitungsblatt aus der Tasche.

"Gesetz und Ordnung! Das ist die Überschrift. ›Der Terror regiert im Kohlen- und Eisengebiet. Zwölf Jahre sind nunmehr seit den ersten Verbrechen vergangen, die das Bestehen einer Mörderbande in unserer Mitte bekundeten. Seit dieser Zeit gab es keine Pause in der Kette der Freveltaten, und wir haben nun einen Zustand erreicht, der uns zum Schandfleck der ganzen zivilisierten Welt macht. Ist dies der Lohn dafür, daß unser großes Land alle, die dem Zwang Europas entrinnen wollen, an seinen Busen nimmt? Können wir es zulassen, daß diese Leute sich zu Herrschern über uns, die ihnen Schutz und Zuflucht gewährten, aufwerfen? Daß eine Schreckensherrschaft und Gesetzlosigkeit in dem Schatten der geheiligten Falten unseres sternengeschmückten Freiheitsbanners errichtet wird, die uns mit Entrüstung erfüllen würde, wenn wir zu lesen bekämen, daß dergleichen unter einer despotischen Monarchie der alten Welt vorgekommen sei. Wir alle kennen diese Leute. Die Organisation ist offenkundig und greifbar. Wie lange werden wir sie noch dulden?‹ –

"Genug von diesem schmierigen Geschreibsel," rief der Vorsitzende, indem er die Zeitung mit einer Hand vom Tisch fegte. "So drückt sich der Mann über uns aus. Ich frage euch, was sollen wir darauf antworten?"

"Umbringen!" riefen einige Dutzend erhitzter Stimmen.

"Ich protestiere dagegen," rief Bruder Morris, der Mann zaghaften Gemüts. "Ich sage euch, Brüder, unsere Hand ist in diesem Tal bereits zu schwer geworden, und der Zeitpunkt ist vielleicht nicht mehr fern, wo sich die Leute im Selbstschutz zusammenfinden werden, um uns zu zermalmen. James Stanger ist ein alter Mann. Er ist in der ganzen Stadt und in der Umgebung hoch geachtet. Seine Zeitung steht immer für das Volkswohl ein. Wenn ihr den Mann umbringt, wird eine Bewegung durch unseren Staat ziehen, die nur mit unserer Vernichtung enden kann."

"Und wie stellen Sie sich diese Vernichtung vor, Sie Hasenfuß?" rief McGinty. "Durch die Polizei? Die eine Hälfte steht in unserem Sold und die andere hat

Angst vor uns. Oder durch die Gerichte? Ist das nicht schon vorher versucht worden und mit welchem Ergebnis?"

"Es gibt aber einen gewissen Richter Lynch, der vielleicht angerufen werden wird," sagte Bruder Morris.

Ein allgemeiner Ausbruch des Zornes folgte dieser Bemerkung.

"Ich brauche nur meinen Finger zu heben," rief McGinty, "um zweihundert Leute auf die Beine zu bringen, die diese Stadt von einem bis zum anderen Ende ausräuchern."

Plötzlich erhob er seine Stimme, und sein dunkles Gesicht verzog sich zu einer schrecklichen Grimasse des Zornes:

"Bruder Morris, nehmen Sie sich in acht. Ich habe bereits seit längerem ein Auge auf Sie. Sie sind ein Feigling und wollen auch die anderen zu Feiglingen machen. Es wird für Sie ein böser Tag sein, Bruder Morris, wenn Ihr Name auf der Geschäftsordnung erscheint, und ich glaube, er gehört schon jetzt darauf."

Morris war bei diesen Worten totenbleich geworden, und seine Knie schienen zu schlottern, als er sich in seinen Stuhl zurückfallen ließ. Mit zitternder Hand erhob er sein Glas und trank, bevor er Worte der Antwort fand.

"Ich bitte um Vergebung, verehrungswürdiger Meister, – Vergebung von Ihnen und jedem Bruder der Loge, – wenn ich mehr gesagt habe, als ich durfte. Ich bin ein treues Mitglied – ihr alle wißt es – es ist nur die Furcht, daß unserer Loge etwas zustoßen könnte, die mir diese Besorgnisse eingegeben hat. Aber ich habe mehr Vertrauen zu Ihrer Urteilskraft, verehrungswürdiger Meister, als zu meiner eigenen, und ich verspreche, künftighin den Mund zu halten und Sie nicht mehr zu erzürnen."

Das düstere Gesicht des Logenmeisters erhellte sich etwas bei diesen unterwürfigen Worten.

"Nun gut, Bruder Morris, es würde mir sehr leid tun, wenn es sich als notwendig erweisen sollte, Ihnen eine Lehre zu erteilen. Solange ich in der Loge den Vorsitz führe, soll es eine einige Loge sein, einig in Wort und Tat. Und nun, Jungens," fuhr er fort, indem er seine Blicke über den Tisch schweifen ließ, "nun möchte ich das Folgende sagen. Wenn wir Stanger so behandeln würden, wie er es verdient, würden wir vielleicht mehr Unannehmlichkeiten haben, als sich lohnt. Diese Zeitungsschreiber halten alle zusammen, und jeder verdammte Wisch im ganzen Land würde nach Polizei und Truppen schreien; aber ihr könnt ihm eine eindringliche Warnung geben. Wollen Sie die Sache übernehmen, Bruder Baldwin?"

"Selbstverständlich," rief der junge Mann eifrig.

"Wieviel Leute wollen Sie haben?"

"Etwa ein halbes Dutzend und zwei Aufpasser. Sie kommen mit, Gower, und Sie, Mandsel, und Sie, Scanlan, und die zwei Willabys."

"Ich habe dem neuen Bruder versprochen, daß er mittun darf."

Ted Baldwin warf auf McMurdo einen Blick, der zeigte, daß er weder vergeben noch vergessen hatte.

"Er kann mitkommen, wenn er will," sagte er schroff. "Mehr brauchen wir nicht. Vorwärts, je eher wir an die Arbeit gehen, desto besser."

Die Gesellschaft zerstreute sich mit Schreien, Kreischen und Bruchstücken trunkenen Gesanges. Die Bar war noch immer von nächtlichen Zechern umlagert, und viele der Brüder schlossen sich ihnen an. Die kleine Bande, die für den Auftrag ausgewählt worden war, gelangte unbemerkt auf die Straße, wo sie sich in Gruppen zu zweien und dreien teilte, um kein Aufsehen zu erregen. Die Nacht war bitter kalt, der Halbmond warf sein helles Licht aus einem frostigen, sternbesäten Himmel. Sie versammelten sich wieder in einem Hof neben einem großen Gebäude. Zwischen den hellerleuchteten Fenstern prangte in großen Goldbuchstaben die Aufschrift "Vermissa-Herald". Von innen heraus drang das Getöse und Rollen der Druckpressen.

"Sie bleiben hier bei der Tür stehen und passen auf, daß die Straße für uns freibleibt," sagte Baldwin zu McMurdo. "Arthur Willaby bleibt bei Ihnen, die anderen kommen mit mir. Ihr braucht keine Angst zu haben, Jungens, denn wir haben ein Dutzend Zeugen, die, wenn nötig, beschwören werden, daß wir jetzt in der Union-Bar sind."

Es war fast Mitternacht geworden, und die Straßen lagen verlassen da. Bis auf einige Zecher auf dem Nachhauseweg war niemand zu sehen. Der kleine Trupp überschritt die Straße und stieß die Tür zu dem Zeitungsgebäude auf, worauf Baldwin und seine Leute die Treppen hinaufsprangen. McMurdo und sein Begleiter blieben unten. Von oben ertönte plötzlich ein gellendes Hilfegeschrei, gefolgt von dem Lärm stampfender Füße und fallender Stühle. Einen Augenblick später stürzte ein grauhaariger Mann auf den Treppenpodest, wo er indessen ergriffen wurde, bevor er weitergelangen konnte. Seine Augengläser fielen klirrend die Treppe hinunter, bis vor McMurdos Füße. Dann folgte ein dumpfer Fall und lautes Stöhnen. Der Alte lag mit dem Gesicht zur Erde, während ein halbes Dutzend Stöcke auf ihn niedersausten. Er wand und krümmte sich; seine langen, dünnen Glieder zuckten unter den Schlägen. Nach einer Weile hielten sie inne; nur Baldwin schlug mit einem teuflischen Lächeln in seinem grausamen Gesicht weiter, auf den Kopf des Mannes los, den dieser vergeblich mit seinen Armen zu schützen suchte. Sein weißes Haar war bereits von breiten Blutstreifen durchzogen. Baldwin war noch immer über sein Opfer gebeugt und ließ kurze, scharfe Schläge niedersausen, wenn ein Teil des Kopfes sichtbar wurde, als McMurdo die Treppe hinaufstürzte und ihn zurückstieß.

"Sie werden den Mann umbringen," sagte er, "hören Sie auf."

Baldwin sah ihn verblüfft an.

"Der Teufel soll Sie holen," rief er. "Was haben Sie sich einzumischen, das jüngste Mitglied unserer Loge? Zurück!" Er erhob seinen Stock, aber McMurdo zog mit Blitzesschnelle seine Pistole aus der Hüftentasche.

"Jawohl, zurück! Aber Sie! Ich schieße Ihnen Ihr Gesicht entzwei, wenn Sie Hand an mich legen. Und was die Loge betrifft, war es nicht der Befehl des Logenmeisters, daß der Mann nicht umgebracht werden soll? Und was wollten Sie eben anderes tun, als ihn töten?"

"Recht hat er," sagte einer der Leute.

"Schnell, schnell, macht daß ihr fortkommt," kam die Stimme des Mannes, der unten Wache hielt. "Alle Fenster sind schon erleuchtet, und wir werden in fünf Minuten die ganze Stadt auf unseren Fersen haben."

In der Straße hörte man bereits Rufe, während unten in der Halle sich eine kleine Gruppe von Setzern bildete, die allmählich eine drohende Haltung einnahm. Die Bande ließ den leblosen Körper des Redakteurs am Kopfe der Treppe liegen, stürmte hinunter und ins Freie, worauf sie sich zerteilte. Wieder beim Union-Haus angelangt, mischten sich einige davon unter die Menge in der Bar und gaben dem Meister flüsternd zu wissen, daß die Arbeit gründlich besorgt sei. Andere wieder nahmen ihren Weg durch Seitenstraßen und erreichten auf Umwegen ihr Heim.

4. Kapitel. Das Tal des Grauens.

Als McMurdo am nächsten Morgen erwachte, hatte er allen Grund, sich an seine Einführung in die Loge zu erinnern. Sein Kopf schmerzte in Nachwirkung der vielen Getränke, und der Arm, auf dem er das Brandmal empfangen hatte, war heiß und geschwollen. Da er seine eigene Einkommensquelle hatte, nahm er es nicht sehr genau mit seinen Pflichten. Er frühstückte spät und blieb des Morgens zu Hause mit Briefschreiben beschäftigt. Nachher las er den "Daily Herald". In einer Sonderspalte, die für die letzten Nachrichten bestimmt war, fand er einen Artikel mit der Überschrift:

"Schandtat im Herald-Gebäude! Der Redakteur schwer verwundet!"

Es war ein kurzer Bericht über den Vorfall, der ihm selbst besser bekannt war, als dem Schreiber. Der Bericht schloß mit folgenden Worten:

"... Die Sache liegt jetzt in den Händen der Polizei, aber es kann kaum erwartet werden, daß ihre Bemühungen erfolgreicher sein werden, als bei ähnlichen Anlässen der Vergangenheit. Einige der Männer wurden erkannt, und auf diese Weise wird es vielleicht möglich sein, sie des Verbrechens zu überführen. Es braucht wohl nicht erst betont zu werden, daß diese Schandtat auf das Schuldkonto jener schändlichen Verbrecherbande zu setzen ist, die schon allzu lange über unsere Gemeinde herrscht, gegen die der ›Herald‹ bisher unverdrossen gekämpft hat, und die er unbeirrt weiter bekämpfen wird. Die vielen Freunde Mr. Stangers werden sich freuen zu hören, daß er, obgleich er in der grausamsten und brutalsten Weise mißhandelt wurde und schwere Verwundungen am Kopf davontrug, in keiner unmittelbaren Lebensgefahr schwebt."

Danach war noch zu lesen, daß eine Abteilung der Kohlen- und Eisenpolizei, bewaffnet mit Winchestergewehren, zum Schutz des Herald-Gebäudes abgeordnet worden sei.

McMurdo hatte die Zeitung niedergelegt und war eben dabei, sich mit einer unter den Wirkungen des gestrigen Trinkgelages noch unsteten Hand die Pfeife anzuzünden, als es klopfte und ihm seine Wirtin einen Brief hereinbrachte, der von einem Jungen abgegeben worden war. Der Brief trug keine Unterschrift und lautete wie folgt:

"Ich möchte Sie gern sprechen, aber nicht in Ihrem Hause. Sie werden mich neben dem Fahnenmast auf Miller Hill finden. Wenn Sie meinem Wunsch folgen, werde ich Ihnen eine Mitteilung machen, die für Sie und für mich von Wichtigkeit ist."

McMurdo überlas den Brief zweimal in äußerster Überraschung, ohne Vorstellung, was er zu bedeuten habe und von wem er herrühren könne. Wäre er in einer weiblichen Handschrift geschrieben gewesen, so hätte er ihn für den Anfang eines jener Abenteuer gehalten, die ihm aus früheren Zeiten wohl vertraut waren. Aber er war von Manneshand und wies die Merkmale guter Bildung auf. Nach einigem Zögern entschloß er sich, der Sache auf den Grund zu gehen.

Miller Hill war ein ungepflegter öffentlicher Park, inmitten der Stadt gelegen. Im Sommer war es ein beliebter Aufenthaltsort des Volkes, aber im Winter war er trübselig genug. Von oben hatte man einen Fernblick über die ganze rußige, planlos angelegte Stadt und das lange gewundene Tal, mit seinen verstreuten Bergwerken und Fabriken, eingesäumt von schwärzlichem Schnee und den bewaldeten, weiß übergossenen Hängen darüber.

McMurdo schlenderte die Krümmungen des Pfades entlang, der von einer immergrünen Hecke eingefaßt war, bis er zu dem verödeten Restaurant gelangte, das im Sommer der Sammelpunkt der Vergnügungssüchtigen war. Daneben stand ein kahler Flaggenmast, an dessen Schaft er einen Mann gewahrte, mit tief heruntergezogenem Hut und aufgeklapptem Rockkragen. Als der Mann McMurdo sein Gesicht zuwandte, erkannte dieser in ihm Bruder Morris, der sich am Abend vorher dem Mißfallen des Logenmeisters ausgesetzt hatte. Nachdem der Logengruß ausgetauscht worden war, ging Morris ohne Zeitverlust auf den Gegenstand der von ihm herbeigeführten Unterredung über.

"Ich wollte mit Ihnen sprechen, Herr McMurdo," sagte er zögernd, wie jemand, der sich auf schwankem Boden weiß. "Es war sehr freundlich von Ihnen, zu kommen."

"Warum haben Sie Ihren Brief nicht unterzeichnet?"

"Man muß vorsichtig sein, Herr. Man kann nie wissen, wem solch ein Brief in die Hände fällt. Außerdem weiß man nicht, wem man in solchen Zeiten trauen kann und wem nicht."

"Logenbrüdern können Sie doch sicherlich trauen?"

"Nicht immer," rief Morris lebhaft. "Was einer von uns sagt, selbst was er denkt, scheint stets seinen Weg zu McGinty zu finden –"

"Herr Morris," warf McMurdo mit ernstem Tone ein, "erst gestern abend habe ich, wie Sie wissen, dem Logenmeister Treue geschworen. Sie wollen mich doch nicht verleiten, meinen Schwur zu brechen?"

"Wenn das Ihre Auffassung von der Sache ist," sagte Morris enttäuscht, "dann tut es mir leid, Sie bemüht zu haben. Es ist traurig, daß zwei Bürger eines freien Landes nicht offen ihre Meinungen austauschen können."

McMurdo, der seinen Gefährten sorgfältig im Auge behalten hatte, milderte seine abweisende Haltung.

"Ich habe auch an mich zu denken," sagte er, "ich bin hier ein Neuling, wie Sie wissen, und bewege mich auf fremdem Boden. Es ist nicht an mir, den ersten Schritt zu tun, Herr Morris. Wenn Sie mir etwas zu sagen haben, will ich es gern anhören, da ich schon einmal hier bin."

"Um es dann Meister McGinty zu hinterbringen," sagte Morris bitter.

"Darin tun Sie mir Unrecht," rief McMurdo. "Was mich persönlich betrifft, halte ich streng loyal zur Loge, wie ich Ihnen gerade heraus sagen muß, aber ich wäre ein erbärmlicher Wicht, wenn ich Ihr Vertrauen mißbrauchen würde. Was Sie mir sagen, bleibt unter uns, aber ich muß Sie darauf vorbereiten, daß Sie bei mir weder Hilfe noch Sympathie finden werden."

"Diese von Ihnen oder einem anderen zu erwarten, habe ich längst aufgegeben," sagte Morris bitter. "Vielleicht gebe ich mich mit dem, was ich sagen will, in Ihre Hände," fuhr er fort, "aber so schlecht Sie auch sein mögen, – und nach gestern abend zu schließen, scheinen Sie sich zu einem ebenso großen Bösewicht auswachsen zu wollen, wie die anderen, – Sie sind, wie Sie selbst sagen, noch ein Neuling, und Ihr Gewissen kann noch nicht abgestumpft sein. Darum möchte ich gern mit Ihnen sprechen."

"Nun, und was haben Sie zu sagen?"

"Wenn Sie mich verraten, möge mein Fluch Sie treffen."

"Sie können darüber unbesorgt sein."

"Also dann möchte ich Sie fragen, ob es Ihnen, als Sie in Chicago in den Bund der freien Männer eintraten und Ihr Gelübde ablegten, in den Sinn gekommen ist, daß es Sie auf die Verbrecherbahn führen könnte?"

"Wenn Sie es Verbrechen nennen wollen," antwortete McMurdo.

"Kann es darüber zweierlei Meinungen geben?" rief Morris mit vor Erregung zitternder Stimme. "Sie wissen offenbar noch nicht viel davon, wenn Sie es anders bezeichnen möchten. War es nicht ein Verbrechen, den alten Mann von gestern abend, alt genug, Ihr Vater zu sein, zu schlagen, bis ihm das Blut aus den weißen Haaren tropfte? War das ein Verbrechen, oder was war es sonst?"

"Es gibt Leute, die sagen würden, daß es ein Kampf ist," sagte McMurdo, "ein Klassenkampf bis aufs Messer, wobei jeder zuschlägt, wie er kann."

"Waren Sie darauf vorbereitet, als Sie in Chicago in den Freimänner-Orden eintraten?"

"Nein, das war ich nicht, das muß ich zugeben."

"Auch ich hatte keine Ahnung, als ich in Philadelphia eintrat. Der Orden war nur eine Wohltätigkeits-Vereinigung und der Treffpunkt meines Freundeskreises. Dann hörte ich von diesem Ort. Verflucht sei die Stunde, da der Name zum erstenmal an mein Ohr drang. Ich kam her, um mich zu verbessern. Mein Gott! Zu verbessern! Es klingt wie bitterer Hohn. Meine Frau und meine Kinder nahm ich mit. Am Marktplatz eröffnete ich einen Kurzwarenladen. Es ging mir gut. Man erzählte sich, daß ich ein Freimann sei, und zwang mich, der Loge beizutreten, so wie Sie es gestern abend taten. Am Arm trage ich das Brandmal der Schande, aber im Herzen ein noch viel schlimmeres. Ich entdeckte, daß ich den Befehlen eines ruchlosen Bösewichtes unterstand und in einem Netzwerk von Verbrechen gefangen war. Was konnte ich tun? Jedes Wort, das ich in bester Absicht aussprach, wurde als Verrat ausgelegt, wie gestern erst wieder. Ich kann nicht weg, denn alles, was ich habe, steckt in meinem Geschäft. Wenn ich aus der Loge austrete, wird man mich umbringen, und der Himmel weiß, was dann aus meiner Frau und meinen Kindern werden soll. Freund, ich sage Ihnen, es ist schrecklich – schrecklich!" Er verbarg sein Gesicht in den Händen, während sein ganzer Körper in heftigem Schluchzen erbebte.

"Sie sind zu weichherzig für die Sache," antwortete McMurdo achselzuckend. "Sie eignen sich nicht dazu."

"Ich hatte ein Gewissen und meinen Gottesglauben, aber sie haben mich zum Verbrecher gemacht. Ich wurde zu einer Aufgabe bestimmt. Wenn ich sie zurückgewiesen hätte, würde es mir an den Kragen gegangen sein, das wußte ich. Vielleicht bin ich ein Feigling von Haus aus. Vielleicht hat mich der Gedanke an meine arme, kleine Frau und meine Kinder dazu gemacht. Ich gehorchte also. Die Erinnerung an die Sache wird mich ewig verfolgen. Es war ein armseliges Haus, etwa zwanzig Meilen jenseits der Hügelkette gelegen. Ich hatte die Eingangstür zu bewachen, wie Sie gestern abend. Sie konnten mich zu der Arbeit im Innern nicht gebrauchen. Die anderen gingen hinein. Als sie herauskamen waren Ihre Hände bis zum Handgelenk wie in Blut getaucht. Als wir dem Haus den Rücken kehrten, schrie ein Kind gottsjämmerlich auf. Es war ein kleiner Junge von fünf Jahren, der zugesehen hatte, wie man seinen Vater ermordete. Fast wurde ich vor Entsetzen ohnmächtig, aber ich mußte den Anschein aufrechterhalten, als ob ich mit ganzem Herzen bei der Sache sei und eine lächelnde Miene zeigen. Ich wußte sehr wohl, wenn ich es nicht tat, würden sie demnächst mit blutigen Händen aus meinem Haus kommen, und mein keiner Fred würde nach seinem Vater schreien. Ich war ein Verbrecher geworden, hatte wenigstens an einem Verbrechen teilgehabt und bin dieser Welt und wahrscheinlich auch der nächsten verloren. Ich bin ein gläubiger Katholik, aber die Priester wollen mit mir nichts mehr zu tun haben, seit sie wissen, daß ich zu den Rächern gehöre. Ich bin aus meiner Kirche ausgestoßen worden. So steht die Sache mit mir. Ich sehe, daß Sie denselben Weg des Verderbens gehen, den ich schon gegangen bin, und wollte Ihnen zu bedenken geben, was aus mir geworden ist. Wollen auch Sie ein kaltherziger Mörder werden, oder gibt es etwas, das Sie davon noch zurückhalten kann?"

"Wie würden Sie dies anfangen?" fragte McMurdo brüsk. "Sie wollen doch nicht den Verräter spielen?"

"Der Himmel soll mich davor bewahren!" rief Morris. "Schon die Absicht würde mich das Leben kosten."

"Gut, daß Sie so denken," sagte McMurdo. "Ich halte Sie für einen schwachen Menschen, der sich die Sache zu sehr zu Herzen nimmt."

"Zu sehr! Warten Sie, bis Sie hier ein bißchen älter geworden sind. Blicken Sie hinunter ins Tal, und betrachten Sie die Hunderte von Schornsteinen, die es überragen. Ich sage Ihnen, daß die Wolken des Verderbens dichter und niedriger über dem Tal hängen als die des Rauches. Es ist das Tal des Grauens – das Tal des Todes. Im Herzen der Bevölkerung wohnt Schrecken, von der Abenddämmerung bis zum Morgengrauen. Nur Geduld, junger Mann, Sie werden es selbst erkennen."

"Nun denn, ich werde Ihnen sagen, was ich davon halte, nachdem ich mehr gesehen habe," sagte McMurdo leichthin. "Klar ist nur, daß Sie nicht hierher gehören, und je schneller Sie Ihr Geschäft verkaufen, – auch wenn Sie nur 10 v. H. des Wertes erlösen, – desto besser ist es für Sie. Was Sie mir sagten, ist bei mir sicher aufgehoben; aber der Himmel sei Ihnen gnädig, wenn Sie ein Angeber –"

"Nein, nein," rief Morris flehend.

"Nun gut, wir wollen es dabei bewenden lassen. Ich werde an das, was Sie mir gesagt haben, denken, und vielleicht komme ich noch einmal darauf zurück. Ich nehme an, daß Sie es gut mit mir meinen. Aber jetzt muß ich wieder nach Hause."

"Noch eins, bevor Sie gehen," sagte Morris. "Man hat uns vielleicht beobachtet und wird wissen wollen, was wir zu sprechen hatten."

"Gut, daß Sie daran denken."

"Ich habe Ihnen eine Anstellung in meinem Laden angeboten."

"Und ich habe sie ausgeschlagen. Das geht niemand etwas an. Auf Wiedersehen, Bruder Morris. Hoffen wir das Beste für die Zukunft."

Als McMurdo am Nachmittag desselben Tages in Gedanken verloren am Ofen seines Wohnzimmers saß, öffnete sich die Tür, und McGinty erschien, der mit seiner massiven, riesenhaften Figur den Türrahmen fast ausfüllte. Er grüßte nach Logenart und nahm ohne weiteres Platz, indem er McMurdo mit Blicken zu durchbohren schien, die von diesem furchtlos erwidert wurden.

"Ich bin ein schlechter Besuchmacher, Bruder McMurdo," sagte er, "wahrscheinlich, weil mir meine eigenen Gäste so viel zu schaffen machen. Höflichkeit erfordert es indessen, daß ich Ihren Besuch erwidere und Sie in Ihrem Heim aufsuche."

"Ich bin stolz darauf, Sie hier zu sehen, Rat McGinty," antwortete McMurdo herzlich und holte die Whisky-Flasche aus dem Schrank. "Es ist für mich eine unerwartete Ehre."

"Wie geht es dem Arm?" fragte der Meister.

McMurdos Gesicht verzog sich zu einer Grimasse.

"Ganz gut, aber er hält sich noch in Erinnerung," sagte er. "Immerhin, ich weiß, wofür ich leide."

"So ist es," antwortete der andere, "so muß jeder denken, der unserer Sache ergeben ist und der Loge nützlich sein will. Was haben Sie heute morgen mit Bruder Morris auf Miller Hill zu sprechen gehabt?"

Die Frage kam so plötzlich, daß McMurdo sich glücklich schätzte, eine Antwort in Bereitschaft zu haben.

"Morris weiß nichts davon, daß ich mir hier im Hause Geld verdienen kann," sagte er mit einem vielsagenden Lächeln. "Er soll auch nichts davon erfahren, denn er hat für meinen Geschmack ein zu enges Gewissen. Er ist ein gutherziger alter Mann und scheint zu glauben, daß es mir schlecht gehe. Er wollte mir auf die Beine helfen, indem er mir eine Anstellung in seinem Kramladen anbot."

"So, das war es!

Und Sie haben sie ausgeschlagen?"

"Selbstredend. In vier Stunden täglicher Arbeit kann ich mir hier in meinem Schlafzimmer ein vielfaches von dem verdienen, was er mir bieten könnte."

"So ist es. Ich würde Ihnen indessen raten, mit Morris nicht allzuviel zu verkehren."

"Warum nicht?"

"Es mag Ihnen genügen, daß ich es wünsche. Das genügt den meisten Leuten hier in der Gegend."

"Vielleicht den meisten Leuten, aber mir nicht," erwiderte McMurdo unerschrocken. "Wenn Sie ein Menschenkenner sind, muß Ihnen das klar sein."

Der dunkelhäutige Riese glotzte ihn an, und seine haarige Tatze schloß sich einen Augenblick lang fest um das Glas, als ob er es dem anderen an den Kopf werfen wollte. Dann brach er in Lachen aus, in ein lautes, schallendes, aber unecht klingendes Lachen.

"Sie sind ein sonderbarer Heiliger, das muß ich sagen," erwiderte er. "Nun, wenn Sie Gründe haben wollen, werde ich sie Ihnen sagen. Hat Morris irgend etwas gegen die Loge gesagt?"

"Nein."

"Oder gegen mich?"

"Nein."

"Nun gut, er hat Ihnen eben nicht getraut, aber in seinem Herzen ist er ein Abtrünniger. Wir wissen sehr genau, weshalb wir ihn auf das sorgfältigste überwachen. Wir warten nur auf die Zeit, ihn beiseite zu bringen. Ich glaube sogar, daß diese Zeit nicht mehr sehr fern ist. In unserem Stall ist kein Platz für räudige Schafe. Ich mache Sie darauf aufmerksam, daß man Sie selbst für verräterisch halten könnte, wenn Sie mit einem treulosen Menschen Umgang pflegen. Ist Ihnen das klar?"

"Es ist unwahrscheinlich, daß ich mit ihm umgehen werde, denn ich mag den Mann nicht leiden," antwortete McMurdo. "Und was das Verräterischsein anbelangt, so möchte ich Ihnen sagen, daß jeder andere außer Ihnen es bereuen würde, dieses Wort in meiner Gegenwart auszusprechen."

"Nun gut, damit ist die Sache für mich erledigt," sagte McGinty, indem er sein Glas leerte. "Ich wollte Ihnen nur einen gutgemeinten Wink geben."

"Es würde mich interessieren," sagte McMurdo, "woher Sie wissen, daß ich mit Morris gesprochen habe."

"Es ist eine meiner Aufgaben, alles zu wissen, was hier vorgeht," antwortete McGinty lachend. "Sie werden gut tun, sich dies gegenwärtig zu halten. Nun denn, meine Zeit ist abgelaufen und ich muß jetzt gehen."

Sein Abschiednehmen wurde jedoch in einer völlig unerwarteten Weise unterbrochen. Mit einem plötzlichen Schlag flog die Tür auf, und drei finstere, aufgeregte Gesichter, beschattet von der Schirmmütze der Polizei, starrten durch die Türöffnung. McMurdo sprang auf und hatte bereits den Revolver halb aus seiner Tasche gezogen, als er gewahr wurde, daß zwei Gewehre auf seinen Kopf gerichtet waren, worauf er den Arm wieder sinken ließ. Ein uniformierter Mann trat ins Zimmer mit einem Revolver in der Hand. Es war Kapitän Marvin, der vormalige Beamte der Chicagoer Polizei, zu jener Zeit aber Leiter der Kohlen- und Eisenpolizei. Mit einem Kopfschütteln und einem halben Lächeln blickte er auf McMurdo.

"Ich habe mir doch gedacht, daß er mir bald ins Gehege kommen würde, der windige Herr McMurdo aus Chicago," sagte er. "Er kann es eben nicht lassen. Nehmen Sie Ihren Hut und kommen Sie mit."

"Das wird Ihnen teuer zu stehen kommen, Kapitän Marvin," sagte McGinty. "Wer sind Sie denn eigentlich, möchte ich wissen, daß Sie sich herausnehmen, derart in ein Haus einzudringen und ehrliche, gesetzesfürchtige Leute zu belästigen?"

"Wir haben nichts gegen Sie, Rat McGinty," sagte der Polizeikapitän. "Wir sind nicht Ihretwegen gekommen, sondern wegen dieses McMurdo. Es ist Ihre Aufgabe, uns in der Ausübung unserer Pflicht zu unterstützen und nicht zu behindern."

"Er ist mein Freund, und ich stehe für ihn ein," sagte McGinty.

"Ich glaube, daß Sie eines schönen Tages für sich selbst einzustehen haben werden, Mr. McGinty," antwortete der Polizeikapitän. "McMurdo war schon ein verdächtiger Mensch, bevor er hierher kam, und ist es noch immer. Halten Sie ihn scharf auf dem Korn, Schutzmann, während ich ihn entwaffne."

"Hier ist meine Pistole," sagte McMurdo ruhig. "Wenn wir beide allein wären, Kapitän Marvin, so würden Sie mich nicht so leicht einfangen können."

"Haben Sie denn einen Haftbefehl?" fragte McGinty. "Zum Donnerwetter, man möchte glauben in Rußland und nicht in Vermissa zu sein, wenn man sieht, was sich die Polizei herausnimmt. Es ist eine kapitalistische Schandtat, und Sie werden dafür büßen, das kann ich Ihnen versichern."

"Tun Sie, was Sie nicht lassen können, Rat McGinty, wir kennen unsere Pflichten."

"Wessen bin ich beschuldigt?" fragte McMurdo.

"Der Teilnahme an dem Überfall auf den Redakteur Stanger vom Vermissa Herald. Es ist wohl nicht Ihre Schuld, daß es nicht eine Beschuldigung wegen Mordes ist."

"Nun, wenn das alles ist, was Sie gegen ihn haben," rief McGinty lachend, "so können Sie sich jede weitere Mühe ersparen. Dieser Mann war in meiner Bar bis Mitternacht beim Pokerspiel. Ich werde Ihnen ein Dutzend Zeugen bringen, die es beschwören."

"Es bleibt Ihnen freigestellt, dies morgen vor Gericht zu tun. Inzwischen wollen wir gehen. Kommen Sie, McMurdo, und verhalten Sie sich ruhig, wenn Sie nicht wollen, daß Ihr Kopf mit einem Gewehrkolben in Berührung kommt. Weg da mit Ihnen, McGinty! Ich dulde keinen Widerstand in der Ausübung meiner Pflicht. Lassen Sie sich das gesagt sein."

So entschlossen trat der Kapitän auf, daß sowohl McMurdo wie der Logenmeister sich in die Lage fügen mußten. Dem letzteren gelang es jedoch, dem Häftling vor dem Fortgehen einige Worte zuzuflüstern.

"Was soll damit?" bemerkte er mit einer vielsagenden Bewegung seines Daumens auf das Versteck der Falschmünzerwerkzeuge zu.

"Nichts zu befürchten," flüsterte McMurdo, der sie in einem Geheimfach unter dem Fußboden wohl verborgen wußte.

"Ich wünsche Ihnen alles Gute," sagte der Meister mit einem kräftigen Händedruck. "Ich werde sofort zu Reilly, dem Rechtsanwalt, gehen und sehen, daß er die Verteidigung übernimmt. Seien Sie ganz unbesorgt, man wird Ihnen nichts anhaben können."

"Das ist nicht so ganz sicher, mein Freund. Gebt acht, auf den Gefangenen, ihr beide. Sollte er die Flucht ergreifen, so schießt ihn einfach nieder. Ich werde noch eine Haussuchung vornehmen, bevor ich gehe."

Dies geschah, aber Marvin fand anscheinend keine Spur der versteckten Werkzeuge. Als er damit zu Ende gekommen war, brachte er mit seinen zwei Leuten McMurdo zum Polizeibüro. Es war inzwischen dunkel geworden, und ein Schneesturm fegte durch die fast menschenleeren Straßen. Die wenigen Leute, die unterwegs waren, liefen zusammen und bewarfen den Gefangenen, ermutigt durch die Dunkelheit, mit Schimpfworten und Flüchen.

"Hängt den verfluchten Rächer auf!" riefen sie. "An die Laterne mit ihm!" Sie lachten und verhöhnten ihn, als er in das Polizeigebäude gestoßen wurde.

Nach einem kurzen, rein formellen Verhör seitens des diensthabenden Beamten wurde er in eine Zelle geführt. In dieser fand er bereits Baldwin und drei andere seiner Genossen von gestern abend vor, die alle am Nachmittag in Haft genommen worden waren und nun der Verhandlung am nächsten Morgen entgegensahen.

Der lange und mächtige Arm der Freimänner reichte indessen sogar in diese inneren Ringmauern des Gesetzes hinein. Spät abends kam der Gefängniswärter und brachte für jeden ein Bündel Bettzeug, aus dem er einige Flaschen Whisky, Gläser und ein Spiel Karten entnahm. Zechend und ohne der am folgenden Tag bevorstehenden Verhandlung auch nur einen Gedanken zu widmen, verbrachten sie die Nacht.

Ihre Sorglosigkeit war, wie sich alsbald herausstellte, nur zu berechtigt. Der Untersuchungsrichter konnte auf Grund des Tatbestandes allein zu keinem Schuldspruch kommen. Es stellte sich heraus, daß die Setzer und Drucker infolge des trüben Lichtes und ihrer Bestürzung die Identität der Verbrecher nicht feststellen konnten. Sie erklärten sich außerstande zu beschwören, daß sich die Beschuldigten unter den Angreifern befunden hatten, obwohl sie dies glaubten. Als sie der gewandte Rechtsanwalt, den McGinty für die Verteidigung bestellt hatte, einem Kreuzverhör unterzog, wurden ihre Aussagen noch unbestimmter. Das Opfer der Tat hatte bei seiner kommissarischen Vernehmung bereits zu

Protokoll gegeben, daß er durch die Plötzlichkeit des Überfalles so überrascht worden war, daß er nichts anderes aussagen könne, als daß der erste Mann, der ihn schlug, einen Schnurrbart trug. Er fügte hinzu, daß die Angreifer unzweifelhaft zu der Gesellschaft der Rächer gehören müßten, da niemand anderer in der ganzen Stadt einen Groll gegen ihn haben könne, und weil er von deren Seite wegen seiner freimütigen Leitartikel schon verschiedene Drohbriefe empfangen habe. Außerdem ergab sich aus der übereinstimmenden und im bestimmtesten Ton vorgebrachten Aussage von sechs Bürgern, einschließlich jenes hohen städtischen Würdenträgers, des Rates McGinty, ganz einwandfrei, daß die Beschuldigten zur Zeit der Tat und weit darüber hinaus im Unionhaus Karten gespielt hatten. Es erübrigt sich, zu sagen, daß sie alle vom Gericht mit einer Begründung freigelassen wurden, die fast einer Entschuldigung für die ihnen auferlegten Unannehmlichkeiten gleichkam. Daran schloß sich eine ziemlich unverblümte Verwarnung Kapitän Marvins wegen Übereifer in der Ausübung seiner Pflicht.

Die Entscheidung des Gerichtes wurde von den Zuhörern der Verhandlung, unter denen McMurdo viele bekannte Gesichter wahrzunehmen glaubte, mit lautem Beifall aufgenommen. Die Logenbrüder lachten und schwenkten die Hüte, andere dagegen saßen mit zusammengekniffenen Lippen und düsterblickenden Augen da, als die Beschuldigten die Anklagebank verließen. Einer von den letzteren, ein kleiner, dunkelbärtiger, entschlossener Mensch, faßte seine Gedanken und die seiner gleichgesinnten Freunde in Worte, als die freigelassenen Häftlinge an ihnen vorüberzogen:

"Ihr verfluchten Mörder!" rief er. "Wir werden doch noch mit euch abrechnen!"

5. Kapitel. Die trübste Stunde.

Wenn es noch eines Geschehnisses bedurft hätte, um McMurdos Ruhm bei seinen Genossen zu vervollständigen, so hätte seine Verhaftung und Freisprechung dies bewirkt. Daß ein Mensch schon am Abend seiner Aufnahme in die Loge in Ausübung seiner Logenpflichten vor die Richter kam, stellte einen Rekord in der Geschichte des Bundes dar. Man kannte ihn bereits als guten Gesellschafter, als fröhlichen Zecher, aber auch als einen Mann von hitzigem Wesen, der sich nicht einmal etwas von dem allmächtigen Meister gefallen ließ. Er verstand es jedoch auch, bei seinen Kameraden den Eindruck zu erwecken, daß niemand fähiger war als er, blutdürstige Pläne zu schmieden und sie auch auszuführen.

"Wenn er drankommt, wird er seine Sache gut machen," sagten sich die älteren und sahen ungeduldig diesem Zeitpunkt entgegen. McGinty hatte zwar schon genug Werkzeuge seines Willens, aber in McMurdo glaubte er ein solches höherer Ordnung zu erkennen. Er kam ihm vor wie ein im Zaum gehaltener Wachhund. An Kreaturen für minder wichtige Arbeit war kein Mangel, aber eines Tages würde er diese Vollblutkreatur auf eine ihrer würdige Beute loslassen. Einige Mitglieder der Loge, Ted Baldwin unter ihnen, grollten zwar über den raschen Aufstieg des Fremden und bedachten diesen deswegen mit ihrem Haß, aber sie wichen ihm aus. Sie waren sich bewußt, daß er ebenso rasch bereit war zu kämpfen wie zu lachen.

Während er so in der Gunst seiner Genossen stieg, gab es andere Menschen, die ihm unendlich mehr galten, bei denen er sie verlor. Ettie Shafters Vater wollte nichts mehr mit ihm zu tun haben und verwehrte ihm, sein Haus zu betreten. Ettie selbst liebte ihn zu sehr, um ihn ganz aufzugeben, aber eine innere Stimme warnte sie vor dem, was kommen würde, wenn sie sich an einen erklärten Verbrecher ketten ließe. Nach einer schlaflosen Nacht entschloß sie sich eines Morgens, mit ihm zu sprechen – voraussichtlich zum letztenmal – und noch einen Versuch zu machen, ihn von dem schlechten Einfluß, unter dem er stand, zu befreien. Sie suchte ihn in seinem Heim auf, was er so oft erfleht hatte. Er saß am Tisch im Wohnzimmer mit dem Rücken gegen die Tür und hatte einen Brief vor sich. Die Schalkhaftigkeit ihrer jungen Jahre – sie war erst neunzehn – regte sich in ihr bei diesem Anblick. Er hatte ihr Eintreten nicht gehört. Auf den Zehenspitzen schlich sie näher und legte ihre Hand auf seine leichtgebeugte Schulter.

Wenn es ihre Absicht gewesen war, ihn zu überraschen, so gelang ihr dies in einem Grade, der sie selbst überraschte. Wie ein Tiger sprang er auf sie zu, indem er mit seiner rechten Hand ihre Gurgel erfaßte. Mit der anderen zerknüllte er im selben Augenblick das vor ihm liegende Papier. Eine volle Sekunde lang stierte er sie wie von Sinnen an, dann wich seine Überraschung, und die Wildheit, die sein Gesicht verzerrte, – ein Anblick, der sie entsetzt zusammenfahren ließ, wie vor etwas, das ihr friedliches Leben noch nicht kannte – machte stürmischer Freude Platz.

"Du bist's!" rief er, indem er sich den Schweiß von der Stirne wischte. "Du kommst zu mir, Liebste? Und ich empfange dich damit, daß ich dir an die Gurgel fahre!"

Er breitete die Arme aus.

"Komm in meine Arme, Liebling, und laß es mich wieder gutmachen."

Sie hatte sich indessen von dem Schreck, den ihr der Einblick in die schuldige Seele des Mannes eingeflößt hatte, und von dem Ausdruck des wilden Entsetzens in seinen Zügen noch nicht völlig erholt. Ihr weiblicher Instinkt sagte ihr, daß es nicht bloß Überraschung sein konnte, die solche Wirkungen hervorbrachte, es war das Bewußtsein der Schuld.

"Was ist denn los mit dir, Jack?" rief sie. "Warum warst du so erschrocken? O Jack, wenn du ein ruhiges Gewissen hättest, würdest du mich nicht so angesehen haben."

"Ach nein, ich dachte nur an andere Dinge, und wie da auf deinen Elfenfüßen so hereingeschwebt kamst, –"

"Nein, nein, Jack, es war mehr als das." Ein Verdacht erfaßte sie plötzlich. "Laß mich den Brief sehen, den du eben geschrieben hast."

"Ich kann nicht, Ettie."

Ihr Verdacht verdichtete sich zur Gewißheit.

"Es ist eine andere," rief sie. "Jetzt weiß ich es. Warum solltest du sonst den Brief vor mir verbergen wollen? Ist es deine Frau, an die du schriebst? Wie kann ich wissen, ob du nicht verheiratet bist? Du, ein Fremder, von dem niemand etwas weiß."

"Ich bin nicht verheiratet, Ettie, das kann ich beschwören. Du bist die einzige, die für mich existiert. Ich schwöre es auf das heilige Kreuz."

So deutlich war der tiefe Ernst auf dem von innerer Erregung zitternden Gesicht zu lesen, daß sie nicht anders konnte, als ihm zu glauben.

"Nun denn," sagte sie, "warum willst du mir dann den Brief nicht zeigen?"

"Ich werde es dir sagen, Geliebte," rief er. "Ich habe geschworen, ihn niemand zu zeigen, und so wie ich dir gegenüber stets mein Wort halten werde, muß ich es auch anderen gegenüber tun. Es ist eine Sache der Loge, die selbst dir ein Geheimnis bleiben muß. Da kannst dir wohl denken, als ich deine Hand auf meiner Schulter fühlte, konnte es ebensogut die eines Detektives sein."

Sie fühlte, daß er die Wahrheit sprach. Er schlang seinen Arm um sie und verscheuchte mit seinen Küssen ihre Furcht und Zweifel.

"Setz' dich zu mir her. Es ist ein sonderbarer Thron für meine Königin, aber es ist das Beste, was ein armer Liebhaber finden kann. Später werden wir vielleicht etwas Besseres finden. Bist du jetzt wieder beruhigt, Kind?"

"Ich kann niemals beruhigt sein, Jack, solange ich weiß, daß du ein Verbrecher unter Verbrechern bist; solange es möglich ist, daß du einmal auf die Anklagebank wegen Mordes kommen kannst. McMurdo, die neue Leuchte der Mörderbande, so hat dich einer unserer Pensionäre gestern genannt. Es schnitt mir in die Seele wie ein Messer."

"Das sind Worte, nichts als Worte."

"Aber sie sind wahr."

"Nun, Liebste, es ist nicht so schlimm, wie du denkst. Wir sind arme Leute, die sich auf ihre Weise ihr Recht zu verschaffen suchen."

Ettie schlang ihre Arme um den Hals des Geliebten.

"Laß es sein, Jack! Um meinetwillen, laß es sein! Ich bin hierher gekommen, nur um dich darum zu bitten. Sieh mich an, Jack, ich flehe dich an auf meinen Knien, kniefällig bitte ich dich, laß es sein!"

Er richtete sie wieder auf und legte beruhigend ihren Kopf an seine Brust. "Liebste, du weißt nicht, um was du mich bittest. Wie könnte ich unsere Sache aufgeben, meinen Schwur brechen und meine Kameraden verraten. Wenn du wüßtest, wie es um mich steht, würdest du mich nicht darum bitten. Und selbst wenn ich wollte, ich könnte nicht. Glaubst du vielleicht, daß mich die Loge ziehen lassen würde mit all den Geheimnissen, die man mir anvertraut hat?"

"Ich habe schon daran gedacht, Jack, und ich habe mir einen Plan zurechtgelegt. Vater hat sich einiges erspart. Er möchte ohnedies gerne weg von diesem Ort, wo die Furcht unser ganzes Leben vergiftet. Er ist jederzeit bereit, wegzuziehen. Wir könnten nach Philadelphia oder New York fliehen, wo wir vor den Leuten hier sicher wären."

McMurdo lachte.

"Die Macht der Loge reicht sehr weit. Bildest du dir etwa ein, daß sie schon in Philadelphia oder New York endet?"

"Nun, dann woandershin, nach dem Westen oder nach England oder nach Schweden, wo Vater herstammt. Irgendwohin, nur weg aus diesem Tal des Grauens."

McMurdo dachte an den alten Bruder Morris.

"Das ist schon das zweite Mal, daß ich das Tal so nennen höre," sagte er. "Die Schatten scheinen wirklich auf einigen von euch schwer zu lasten."

"Sie verdunkeln jede Stunde unseres Lebens. Glaubst du vielleicht, daß uns Ted Baldwin schon verziehen hat? Wenn er nicht Furcht hätte vor dir, was denkst du, würde aus uns werden? Du solltest nur einmal diese düsteren, hungrigen Blicke sehen, mit denen er mich verfolgt."

"Beim Himmel! Ich werde ihm bessere Manieren beibringen, wenn ich ihn dabei erwische. Nun also, Liebste, ich kann von hier nicht weg. Ich kann einfach nicht. Damit mußt du dich abfinden. Aber wenn du es mir überlassen willst, einen anderen Ausweg zu suchen, wodurch ich mich mit Anstand aus der Affäre ziehen kann, so verspreche ich dir, mein Bestes zu tun."

"Für Anstand ist in dieser Sache kein Platz."

"So denkst du. Ich habe andere Ansichten. Gib mir noch sechs Monate Zeit, und ich werde die Dinge so drehen, daß ich von hier fort kann, ohne mich schämen zu müssen, den Leuten ins Gesicht zu sehen."

Das Mädchen schrie vor Freude auf.

"Sechs Monate?" rief sie. "Ist das ein Versprechen?"

"Vielleicht werden es sieben oder acht werden, aber längstens innerhalb eines Jahres, das verspreche ich dir, werden wir von hier fort sein."

Dies war das äußerste Zugeständnis, das Ettie erlangen konnte. Es war enttäuschend, aber immerhin etwas Positives; ein Lichtpunkt in weiter Ferne, dem man zustreben konnte und der die Dunkelheit der unmittelbaren Zukunft erhellen würde. Als sie in das Haus ihres Vaters zurückkehrte, war ihr Herz leichter als zu irgendeiner Zeit, seit Jack McMurdo in ihr Leben trat.

McMurdo hatte angenommen, daß ihm als Mitglied von den Taten und inneren Verhältnissen der Loge nichts verborgen bleiben würde, aber er sollte bald entdecken, daß ihre Organisation umfangreicher und komplizierter war, als es den Anschein hatte. Selbst Meister McGinty blieben viele Dinge unbekannt, denn über ihm stand noch ein höherer Funktionär, der Grafschaftsdelegierte, der weiter unten in Hobsons Patch wohnte und seine Macht über eine Anzahl von Logen ausübte, und zwar in der willkürlichsten Weise von der Welt. Diesen sah McMurdo nur einmal. Es war ein schlaues, grauhaariges Männchen mit einem schlürfenden Gang und scheuen Blicken, aus denen Tücke und Bosheit sprach. Sein Name war Evan Scott. Selbst der große Meister von Vermissa fühlte anscheinend Widerwillen vor ihm und jene Furcht, die der riesenhafte Danton vor dem schwächlichen, aber gefährlichen Robespierre gefühlt haben mag. Eines Tages erhielt Scanlan, der mit McMurdo zusammen wohnte, von McGinty einen Brief, der eine Mitteilung von Evan Scott enthielt, gemäß der zwei zuverlässige Leute, Lawler und Andrews, abgesandt werden würden, um in der Gegend von Vermissa eine Arbeit zu verrichten. Die Mitteilung besagte weiter, daß es im Interesse der Sache besser sei, den Gegenstand dieser Arbeit geheimzuhalten. Würde der Logenmeister so freundlich sein, für das Unterkommen und die Bequemlichkeit der Leute Vorkehrungen zu treffen, bis die Zeit zum Handeln gekommen sei? McGinty fügte dem hinzu, daß es im Unionhaus unmöglich sei, die Anwesenheit von Fremden geheimzuhalten, und daß er sich deshalb McMurdo and Scanlan verpflichtet fühlen würde, wenn sie die beiden Abgesandten in ihr Haus aufnähmen.

Diese kamen noch am selben Abend an, jeder mit seiner Handtasche. Lawler war ein ältlicher Mann, schlau, schweigsam und selbstbewußt, gekleidet in einen alten schwarzen Gehrock, der ihm, in Verbindung mit einem weichen Filzhut und seinem schäbigen, graumelierten Bart, das Aussehen eines Wanderpredigers verlieh. Sein Gefährte, Andrews, dagegen war kaum mehr als ein Knabe, hatte ein offenes, fröhliches Gesicht und das Benehmen eines, der sich auf einer Ferienreise befindet, von der er jede Stunde auskosten will. Beide waren Vollabstinenzler und benahmen sich in jeder Hinsicht mustergültig. Nur einen dunklen Fleck gab es in ihrer Lebensführung, nämlich den, daß sie beide Mörder waren, die sich oftmals als fähige Werkzeuge ihrer verbrecherischen Genossenschaft erwiesen hatten. Lawler hatte bereits vierzehn derartige Aufträge ausgeführt und Andrews drei.

McMurdo fand sie jederzeit bereit, über ihre früheren Taten zu sprechen; sie taten es mit dem scheuen Stolz von Männern, die sich bewußt waren, einer großen Sache gute und selbstlose Dienste erwiesen zu haben. Über ihre bevorstehende Arbeit zeigten sie sich indessen völlig zugeknöpft.

"Man hat uns dazu bestimmt, weil weder ich noch der Junge hier trinken," erklärte Lawler. "Man kann sich bei uns verlassen, daß wir unsere Zungen im Zaum halten. Nehmen Sie es uns nicht übel, aber wir haben dem Befehl des Grafschaftsdelegierten zu gehorchen."

"Wir sind doch Brüder gleicher Kappen," sagte Scanlan, als die vier sich zum Abendessen vereinigten.

"Das ist richtig, und Sie können von uns stundenlang über die Ermordung von Charlie Williams oder Simon Bird oder irgendeine andere unserer früheren Arbeiten hören. Bis wir jedoch unsere nächste Arbeit verrichtet haben, können wir darüber nichts sagen."

"Es gibt hier ein halbes Dutzend, mit denen wir noch ein Wort zu reden haben werden," sagte McMurdo mit einem Fluch. "Ist's vielleicht Jack Knox von Iron Hill, hinter dem Sie her sind? Sollte er es sein, so würde ich stundenlang wandern, um dabei zu sein, wenn er seinen Lohn erhält."

"Nein, er ist es nicht."

"Oder Hermann Straus?"

"Auch dieser nicht."

"Nun gut, Sie wollen es uns nicht sagen, und wir können Sie nicht dazu zwingen, aber ich hätte es gern gewußt."

Lawler lächelte kopfschüttelnd. Aus ihm war nichts herauszubringen.

Trotz der Verschwiegenheit ihrer Gäste waren Scanlan und McMurdo entschlossen, bei dem, was die ersteren "Spaß" nannten, dabei zu sein. Als daher zu einer frühen Morgenstunde McMurdo die beiden Fremden die Treppen hinunterschleichen hörte, weckte er Scanlan, und sie schlüpften eiligst in ihre Kleider. Als sie angekleidet waren, fanden sie, daß ihre Gäste das Haus bereits verlassen hatten, ohne die Tür hinter sich zu schließen. Die Dämmerung war noch nicht angebrochen, aber im Lichte der Straßenlampen konnten sie in einiger Entfernung noch die beiden Männer sehen. Vorsichtig und behutsam folgten sie ihnen durch den tiefen Schnee.

Ihr Haus lag am Rande der Stadt, und bald war daher die Wegkreuzung jenseits der Stadtgrenze erreicht. Dort warteten drei Männer, mit denen Lawler und Andrews eine kurze und eifrige Unterredung hatten, bevor sie gemeinsam ihren Weg fortsetzten. Aus der Anzahl der Beteiligten schloß McMurdo, daß es sich um eine größere Arbeit handle. Von der Wegkreuzung zweigten verschiedene

Wege nach einer Anzahl von Bergwerken ab. Die Fremden schlugen den in der Richtung auf Crow Hill ein, einem großen Werk, in dem der tüchtige, energische und furchtlose Betriebsleiter Josia H. Dunn, der aus Neuengland gekommen war, während der ganzen, langen Jahre der Herrschaft des Schreckens Ordnung und Disziplin aufrechterhalten hatte. Die Nacht wich allmählich der Dämmerung, und man sah bereits eine Kette von Arbeitern, die einzeln oder in Gruppen, das rußgeschwärzte Tal entlang, langsam ihren Arbeitsstätten zustrebten. McMurdo und Scanlan schlenderten mit diesen dahin, indem sie die vor ihnen gehenden Fremden sorgsam im Auge behielten. Die Landschaft war in dichten Nebel gehüllt. Plötzlich ertönte das Gekreische einer Dampfpfeife. Es war das Zehnminutensignal vor dem Beginn der Einfahrt.

Als sie den offenen Raum um den Schacht erreichten, fanden sie dort etwa hundert Bergleute wartend, die sich durch Herumstapfen und das Anhauchen ihrer Hände vor der bitteren Kälte zu schützen suchten. Die Fremden standen, zu einer kleinen Gruppe vereint, unter dem Dach des Maschinenhauses. Scanlan und McMurdo erklommen einen Schlackenhaufen, von dem aus sie das ganze Bild vor sich überblicken konnten. Sie sahen den Bergingenieur, einen großen, bärtigen Schotten, namens Menzies, aus dem Maschinenhaus treten und das Zeichen zum Herablassen der Förderkörbe geben. In diesem Moment näherte sich ein hochgewachsener, gelenkiger junger Mann mit glattrasiertem, ernstem Gesicht dem Schachtturm. Die Fremden hatten ihre Hüte tief ins Gesicht gezogen und ihre Rockkragen aufgeklappt. Einen Augenblick lang schien das Vorgefühl des Todes das Herz des Betriebsleiters mit eisiger Hand zu berühren. Im nächsten Moment hatte er es abgeschüttelt und sah nur noch seine Pflicht gegenüber den unbefugten Fremden.

"Wer seid ihr?" rief er, als er auf sie zuging. "Was lungert ihr hier herum?"

Es erfolgte keine Antwort, aber der junge Andrews schritt auf ihn zu und schoß ihm in den Leib. Die hundert wartenden Berglaute verharrten regungslos und hilflos, wie vor Schreck gelähmt. Der Betriebsleiter bedeckte seine Wunde mit den Händen und knickte in sich zusammen. Als er davonwankte, ertönte ein zweiter Schuß, und er sank mit zuckenden Gliedern seitwärts in einen Haufen Schlacke. Der Schotte Menzies brüllte bei diesem Anblick vor Wut auf und stürmte mit einem schweren Schraubenschlüssel in der Hand auf die Mörder zu, bekam jedoch zwei Schüsse in den Kopf, die ihn zu Füßen der Angreifer tot niederstreckten. Die Menge der Bergleute drängte sich nach vorn, und man hörte laute Ausrufe des Zornes und Mitgefühls. Die Fremden schossen ihre Revolver über die Köpfe der Menge hinweg ab, so daß diese sich zerstreute und in wilder

Flucht den Weg nach Vermissa zurück suchte. Als einige der tapfersten sich nach einer Weile wieder sammelten und zum Bergwerk zurückkehrten, war die Mörderbande im Morgennebel verschwunden; und es gab auch nicht einen einzigen Zeugen, der sich mit Bestimmtheit über das Aussehen der Teilnehmer an dem vor hundert Zuschauern verübten Doppelmord hätte äußern können.

Scanlan und McMurdo gingen langsam nach Hause zurück, der erstere in stark gedrückter Stimmung. Es war die erste Mordtat, die er mit eigenen Augen gesehen hatte, und die Sache war ihm nicht so spaßig erschienen, wie er sie sich vorgestellt hatte. Das entsetzliche Jammergeschrei der Frau des toten Betriebsleiters verfolgte sie auf ihrem Weg zur Stadt. McMurdo war in sich gekehrt und schweigsam, zeigte aber kein Mitgefühl mit der Schwäche seines Gefährten.

"Es ist eben Krieg," sagte er, sich mehrmals wiederholend, "Krieg zwischen uns und den anderen. Wir müssen uns wehren, so gut wir können."

Am selben Abend gab es im Versammlungsraum der Loge im Unionhaus eine fröhliche Feier, nicht allein aus Anlaß der Tötung des Betriebsleiters und Ingenieurs der Crow-Hill-Zeche, wodurch diese in die gleiche Lage mit den anderen eingeschüchterten, der Erpressung zugänglichen Gesellschaften der Gegend gebracht worden war, sondern auch wegen eines weiteren Triumphes, der auf das Konto der Vermissaloge selbst kam. Es stellte sich heraus, daß derGrafschaftsdelegierte, als er fünf zuverlässige Leute nach Vermissa sandte, um dort einen Schlag auszuführen, verlangt hatte, daß in Erwiderung des Dienstes drei Leute aus Vermissa dazu bestimmt werden sollten, die Ermordung von William Hales vorzunehmen, eines der bestbekannten und beliebtesten Bergwerksbesitzer im Gilmertonbecken, eines Mannes, von dem man annahm, daß er in der ganzen Welt keinen Feind besaß, weil er in jeder Beziehung das Muster eines Arbeitgebers war. Er hatte indessen stets auf Leistung gesehen und darum einige trunkene und lässige Angestellte, Mitglieder der allmächtigen Loge, entlassen. Todesdrohungen, die man an seine Tür heftete, hatten diesen Entschluß nicht rückgängig machen können, und so fand er sich in einem freien, zivilisierten Land zum Tode verurteilt.

Das Todesurteil war den Anweisungen entsprechend vollstreckt worden. Ted Baldwin, der sich auf dem Ehrensitz neben dem Logenmeister breitmachte, war der Leiter der Expedition gewesen. Sein gerötetes Gesicht und seine glasigen, blutunterlaufenen Augen sprachen von schlaflosen Nächten und reichlichem Alkoholgenuß. Er und seine beiden Gefährten hatten die vorangegangene Nacht in den Bergen zugebracht. Sie waren ungewaschen und von dem langen Aufenthalt im Freien arg mitgenommen. Aber selbst wahren Helden, die von einer großen Tat zurückkehren, wäre kein wärmerer Willkomm geboten worden, als Ted Baldwin und seinen Helfershelfern von ihren Kameraden. Immer wieder mußten sie den Hergang der Tat erzählen, begleitet von vergnügten Zurufen und schallendem Gelächter. Sie hatten ihrem Mann, als er abends nach Hause fuhr, am Gipfel eines steilen Hügels, wo sein Pferd im Schritt gehen mußte, aufgelauert. Er war so in Pelze eingehüllt gewesen, daß er an seine Pistole nicht heran konnte. Sie hatten ihn aus dem Wagen gezogen und mit einem wahren Schnellfeuer ihrer Revolver niedergestreckt. Keiner von ihnen hatte den Mann gekannt, aber sie gehörten zu den Menschen, für die das Morden an sich Reiz hat. Man hatte den Rächern in Gilmerton gezeigt, daß man sich auf die Leute aus Vermissa verlassen könne. Nur einen dunklen Punkt gab es bei der Ausführung ihrer Tat. Während die Männer noch dabei waren, den regungslosen Körper mit ihren Kugeln zu durchsieben, hatte sich ein Wagen, besetzt mit einem Mann und einer Frau genähert. Einer oder der andere der Bande hatte vorgeschlagen, die beiden niederzuschießen, aber da sie harmlose Leute waren, die in keiner Verbindung mit den Bergwerken standen, hatte man sich damit begnügt, ihnen barsch zu befehlen, weiterzufahren und Schweigen zu bewahren, sofern sie nicht wünschten, in gleicher Weise behandelt zu werden. Die blutbefleckte Leiche ließ man als Warnung für alle anderen hartherzigen Arbeitgeber auf dem Wege liegen. Die drei edlen Rächer begaben sich eiligst in die Wälder, die fast bis an den Rand der Ofenanlagen und Schlackenhaufen heranreichten.

Es war ein großer Tag für die Rächer. Die Todesschatten hatten sich noch tiefer auf das Tal gesenkt, aber wie der kluge Heerführer im Augenblick des Sieges seinen Angriff verschärft, um den Feinden keine Zeit zum Sammeln zu geben, so hatte Meister McGinty, als er das Feld seiner Tätigkeit überblickte, einen neuen Angriff auf seinen Gegner geplant. Noch in derselben Nacht, während die halbtrunkene Gesellschaft aufbrach, berührte er McMurdos Arm und führte ihn in den Innenraum, wo sie ihre erste Unterredung gehabt hatten.

"Mein lieber Junge," sagte er, "endlich habe ich für Sie eine Aufgabe, die Ihrer würdig ist. Ich lege sie ganz in Ihre Hände."

"Sie machen mich stolz," antwortete McMurdo.

"Sie nehmen zwei Leute mit, Manders und Reilly; die beiden sind bereits für die nächste Aufgabe vorgemerkt. Sie wissen, daß Chester Wilcox bereits seit längerem auf unserer schwarzen Liste steht, und daß die erste Vollstreckung gegen ihn fehlschlug. Wir können es natürlich nicht dabei bewenden lassen, und Sie werden den Dank jeder Loge im Kohlengebiet ernten, wenn Sie ihn niedermachen."

"Ich will jedenfalls mein Bestes tun. Wo ist er, wo soll ich ihn aufsuchen?"

McGinty nahm seine ständige, halbgekaute und halbgerauchte Zigarre aus dem Mundwinkel und warf eine rohe Skizze auf ein Blatt Papier, das er aus seinem Notizbuch riß.

"Er ist der Obermeister der Iron-Dyke-Gesellschaft, ein schwieriger Kunde. Im Krieg ist er Feldwebel gewesen. Ein narbiger Brummbär. Wir haben es schon zweimal mit ihm versucht, hatten aber kein Glück, und Jimy Carnaway hat beim letztenmal sein Leben eingebüßt. Ich übergebe Ihnen nun die Sache. Das Haus steht ganz für sich an der Iron-Dyke-Wegkreuzung, wie diese Skizze zeigt. Es ist vollständig außer Hörweite der nächsten Ansiedlungen. Bei Tag ist die Sache nicht zu machen, denn er ist stets bewaffnet. Er ist ein guter Schütze und knallt los, ohne erst viel zu fragen. Aber des Nachts kann man ihm beikommen. Er wohnt mit seiner Frau, seinen drei Kindern und einer Dienstperson dort. Die Sache ist aber die, daß Sie ihn nicht allein kriegen können. In dem Fall heißt es alle oder keinen. Wenn es Ihnen gelingt, einen Sack Sprengpulver an die Tür zu legen, mit einer Sprengschnur daran –"

"Was hat der Mann getan?"

"Habe ich Ihnen nicht schon gesagt, daß er Jim Carnaway niedergeschossen hat?"

"Und warum hat er das getan?"

"Was zum Teufel, geht das Sie an? Carnaway kam eines Nachts an sein Haus heran, und er hat ihn niedergeschossen. Das genügt mir und muß auch Ihnen genügen. Sie müssen die Sache ins reine bringen."

"Aber diese zwei Frauen und die Kinder, müssen die auch in die Luft fliegen?"

"Es bleibt uns nichts anderes übrig, denn wir können ihm allein nicht beikommen."

"Ist das nicht etwas hart gegen die Weibsleute und die Kinder? Sie haben doch eigentlich nichts getan?"

"Was sind das für Redereien? Wollen Sie sich vielleicht von der Sache drücken?"

"Ruhig Blut, Meister," sagte er. "Was habe ich jemals gesagt oder getan, das Ihnen ein Recht gibt, zu glauben, daß ich mich den Befehlen des Logenmeisters und der Loge entziehen will? Ob es recht ist oder nicht, haben allein Sie zu beurteilen."

"Sie wollen es also tun?"

"Selbstverständlich."

"Und wann?"

"Nun, Sie müssen mir ein oder zwei Nächte Zeit lassen, um das Gelände auszukundschaften und meine Pläne zu schmieden, dann –"

"Schön," sagte McGinty, indem er ihm die Hand schüttelte. "Ich überlasse das Ihnen. Es wird ein großer Tag sein, wenn Sie uns Ihren Bericht erstatten. Eine Tat wie diese wird Ihre Kameraden vor Ihnen auf die Knie bringen."

McMurdo versank in ein langes und tiefes Nachdenken über den Auftrag, der so plötzlich in seine Hand gelegt worden war. Das einsame Haus, in dem Chester Wilcox wohnte, lag etwa fünf Meilen entfernt in einem angrenzenden Tal. Er machte sich noch in derselben Nacht auf, um den Anschlag vorzubereiten. Der Tag war schon angebrochen, als er von seiner Erkundungsreise zurückkehrte. Am folgenden Tag hatte er eine Besprechung mit seinen beiden Untergebenen, Manders und Reilly, zwei verwegenen jungen Leuten, die sich über die Sache freuten, als ob es sich um ein Jagdvergnügen handelte. In der zweitfolgenden Nacht trafen sich die drei außerhalb der Stadt. Alle waren bewaffnet, und einer von ihnen trug einen Sack mit Sprengpulver von der Art des in den Steinbrüchen verwendeten. Es war zwei Uhr morgens geworden, als sie bei dem einsamen Haus anlangten. Die Nacht war windig, und dünne Wolken stoben in schneller Fahrt über die Scheibe des Dreiviertelmondes. Man hatte sie ermahnt, vor Bluthunden auf der Hut zu sein, und sie bewegten sich daher vorsichtig vorwärts, die gespannten Revolver in den Händen. Aber kein Laut war hörbar, außer dem Heulen des Windes, und keine Bewegung zu sehen, außer dem Schwanken der Zweige über ihnen. McMurdo horchte an der Tür des einsamen Hauses, in dessen Innern tiefe Stille herrschte. Dann lehnte er den Pulversack an die Tür, und schnitt mit seinem Messer ein Loch hinein, in das er die Zündschnur einführte. Nachdem diese zum Glimmen gebracht war, machten sich alle drei eiligst davon und waren bereits eine geraume Strecke von dem Haus entfernt, sicher und bequem in einem schützenden Graben verborgen, als das donnernde Getöse der Explosion erfolgte. Das dumpfe Krachen des einstürzenden

Gebäudes sagte ihnen, daß ihr Werk vollbracht sei. Keine glattere Arbeit war jemals vorher in den blutgetränkten Annalen des Rächerbundes verzeichnet worden. Aber das so gut angelegte und kühn ausgeführte Werk sollte vergebens gewesen sein. Gewarnt durch das Schicksal der letzten Opfer und wohl wissend, daß sein Untergang beschlossene Sache war, hatte Chester Wilcox am Vortage seine Familie und seine Habseligkeiten an einen sicheren und weniger gut bekannten Ort gebracht, wo sie sich unter Polizeischutz stellten. Es war ein leeres Gebäude, das durch die Explosion niedergerissen wurde, und der grimmige alte Kriegsveteran konnte auch weiterhin den Bergleuten in Iron Dyke Disziplin beibringen.

"Überlaßt ihn mir," sagte McMurdo, "der Mann gehört mir, und ich werde ihn kriegen, und wenn ich ein ganzes Jahr darauf warten müßte."

Die Logenversammlung votierte ihm ihren Dank und den Ausdruck ihres Vertrauens, womit die Sache vorläufig erledigt war. Als man einige Wochen später in den Zeitungen las, daß man auf Wilcox aus einem Hinterhalt geschossen hatte, war es ein offenes Geheimnis, daß es McMurdo war, der sich bemühte, seine unfertige Aufgabe zum Abschluß zu bringen.

Derartig waren die Methoden der Gesellschaft der freien Männer und derartig die Taten der Rächer, mit denen sie ihre Herrschaft des Schreckens über einen großen und reichen Distrikt aufrechterhielten. Warum sollen diese Zeilen noch durch weitere Verbrechen befleckt werden? Habe ich nicht schon genug über diese Leute und ihr Vorgehen gesagt? Ihre Taten sind bereits Geschichte geworden, und es gibt Aufzeichnungen, die sie ausführlich wiedergeben. Aus diesen erfährt man von der Ermordung der beiden Polizeileute Hunt und Evans, die es gewagt hatten, zwei Mitglieder des Bundes zu verhaften; eine doppelte Schandtat, die von der Vermissaloge geplant und kaltblütig an zwei hilflosen und unbewaffneten Männern ausgeführt wurde. Darin kann man auch die Tötung der Frau Larby nachlesen, die niedergeschossen wurde, während sie ihren Mann pflegte, den man auf Befehl Meister McGintys fast zu Tode geprügelt hatte; ferner die Ermordung des älteren Jenkins, der bald darauf die seines Bruders folgte; die Verstümmelung von James Murdoch; die Vernichtung der Familie Staphouse durch Sprengmittel; die Ermordung der Familie Stendal und andere Untaten, die in jenem schrecklichen Winter in kurzer Folge verübt wurden. Der Frühling war wiedergekommen, die Bäche plätscherten, und die Bäume grünten. Die Natur, solange vom Winter in eisiger Umklammerung gehalten, war wieder erwacht. Aber in den Herzen der Männer und Frauen, die im Vermissatal unter dem Joch des Schreckens leben mußten, war keine Hoffnung eingezogen. Niemals zuvor hingen die Wolken über ihnen so düster, und noch niemals war ihre Lage so hoffnungslos wie im Frühsommer des Jahres 18...

6. Kapitel. Gefahr.

Die Herrschaft des Schreckens war auf ihrem Höhepunkt angelangt. McMurdo, der bereits zum Dekan der Loge ernannt worden war und alle Aussicht hatte, eines Tages McGinty als Logenmeister abzulösen, hatte sich im Rate seiner Kameraden so unentbehrlich gemacht, daß nichts mehr ohne seine Hilfe und seinen Rat geschah. Je beliebter er indessen bei den Freimännern wurde, desto finsterer wurden die Blicke, die ihn in den Straßen von Vermissa trafen. Im Angesicht der Schreckensherrschaft, die immer drückender geworden war, faßten sich die Bürger der Stadt ein Herz und schlossen sich gegen ihre Bedrücker eng zusammen. Berichte über geheime Versammlungen in den Geschäftsräumen des "Herald" und über die Verteilung von Feuerwaffen an die gesetzesfürchtigen Bürger waren in die Loge gedrungen. Aber McGinty und seine Leute ließen sich dadurch nicht beirren. Sie waren zahlreich, entschlossen und gut bewaffnet. Ihre Gegner waren unorganisiert und daher machtlos. Es würde alles in zwecklosen Redereien endigen, wie schon einige Male früher. Vielleicht auch würden einige wirkungslose Verhaftungen erfolgen. So sagten McGinty, McMurdo und all die anderen führenden Köpfe des Bundes.

Es war eines Sonnabendabends im Mai – an welchem Tage sich die Loge regelmäßig versammelte – McMurdo kam eben aus seinem Haus heraus, um sich zur Loge zu begeben, als Morris, der zaghafteste unter den Mitgliedern, auf ihn zutrat. Auf seiner Stirne lagen Sorgenfalten, und sein gutmütiges Gesicht war abgehärmt und verstört.

"Kann ich mit Ihnen offen sprechen, McMurdo?"

"Selbstverständlich."

"Ich kann es nicht vergessen, daß ich Ihnen schon einmal mein Herz ausschütten durfte und daß Sie, was ich Ihnen sagte, für sich behielten, obwohl der Meister selbst zu Ihnen gekommen ist, um Sie auszufragen."

"Was hätte ich sonst tun können? Was Sie mir sagten, geschah im strengsten Vertrauen; allerdings habe ich Ihre Meinung nicht geteilt."

"Das weiß ich sehr wohl, aber Sie sind der einzige, zu dem ich mit Sicherheit offen sprechen kann. Ich habe hier ein Geheimnis," – er legte die Hand auf seine Brust – "das mir auf der Seele brennt. Ich wünschte, es wäre irgend jemand anderem zugetragen worden. Wenn ich es preisgebe, so geschieht ein Mord, das ist mir klar. Wenn nicht, kann es unser aller Ende bedeuten; Gott sei mir gnädig, aber ich bin am Ende meiner Kräfte."

McMurdos scharfe Augen unterzogen den Mann einer eingehenden Musterung. Morris zitterte an allen Gliedern. Die Beiden traten in das Haus zurück, wo McMurdo seinem Gefährten ein Glas Whisky einschenkte.

"Das ist die richtige Medizin für Leute wie Sie," sagte er. "Nun, lassen Sie mich hören, was Sie auf dem Herzen haben."

Morris leerte das Glas, worauf etwas Farbe in seine Wangen zurückkehrte.

"Was ich zu sagen habe, kann ich in einen Satz fassen," sagte er. "Ein Detektiv ist auf unserer Fährte."

McMurdo starrte den Mann verblüfft an.

"Mensch," sagte er, "Sie sind verrückt. Ist nicht die Stadt hier voll von Polizeidetektiven, und ist uns jemals etwas geschehen?"

"Nein, nein, McMurdo, es ist kein hiesiger. Die kennen wir, und von denen haben wir nichts zu fürchten. Aber haben Sie jemals von den Pinkertons gehört?"

"Ich habe von Leuten dieses Namens gelesen."

"Nun, Sie können mir glauben, wenn die Pinkerton-Agentur auf unserer Spur ist, wird es uns schlecht ergehen. Das ist keine Regierungseinrichtung wie die Staatspolizei, der es gleichgültig ist, ob sie einen erwischt oder nicht. Es ist ein todernstes Geschäft, das nach Erfolgen bezahlt wird, und das sich in eine Sache verbeißt, bis die Erfolge da sind, koste es, was es wolle. Wenn ein Pinkertonmann hinter uns her ist, sind wir alle erledigt."

"Wir müssen ihn um die Ecke bringen."

"Das war auch mein erster Gedanke, und die Loge wird genau dasselbe denken. Habe ich Ihnen nicht schon gesagt, daß es auf einen Mord hinausläuft?"

"Und wenn schon! Ein Mord weniger oder mehr in dieser Gegend will nichts bedeuten."

"So ist es, nur ich kann es nicht über mich bringen, unsere Leute auf den Mann zu hetzen, der ermordet werden soll. Ich könnte niemals wieder ruhig schlafen. Wird uns jedoch allen an den Kragen gehen. Um Himmels willen, was soll ich tun?"

Er krümmte sich förmlich in der Qual seiner Unentschlossenheit.

Seine Worte hatten auf McMurdo einen tiefen Eindruck gemacht. Es war leicht zu erkennen, daß er die Meinung des anderen über das Bestehen einer ernsten Gefahr teilte und die Notwendigkeit einsah, ihr beizeiten entgegenzuwirken. Er ergriff Morris bei der Schulter und schüttelte ihn.

"Mann," rief er mit einer vor Aufregung fast kreischenden Stimme "damit ist uns nicht geholfen, daß Sie hier sitzen und jammern, wie ein altes Weib beim Leichenbegängnis. Heraus mit dem, was Sie wissen. Wer ist der Kerl und wo ist er? Wie haben Sie davon gehört, und warum kommen Sie gerade zu mir?"

"Ich kam zu Ihnen als dem einzigen Menschen, der mir einen Rat geben kann. Ich sagte Ihnen schon, daß ich in den Oststaaten einen Laden hatte, bevor ich hierherkam. Ich habe dort noch gute Freunde und einer davon ist im Telegraphendienst. Gestern erhielt ich von ihm einen Brief. Lesen Sie ihn selbst, hier dieser Teil ist es, auf der oberen Seitenhälfte."

McMurdo las das Folgende:

" ... Wie geht's den Rächern? Wir lesen viel darüber in den Zeitungen. Ich erwarte, von Ihnen baldigst darüber zu hören. Fünf große Bergwerksgesellschaften und zwei Eisenbahnen haben die Sache in allem Ernst in die Hand genommen. Sie sind entschlossen, den Rächern den Garaus zu machen, und Sie können sich darauf verlassen, daß es ihnen gelingen wird. Die Sache ist schon weit gediehen. Pinkertons sind mit den Nachforschungen betraut, und der Beste ihrer Leute, Birdy Edwards, arbeitet in der dortigen Gegend. Sie wollen ein für allemal Schluß machen mit der Mörderbande."

"Und jetzt lesen Sie die Nachschrift."

"... Was ich Ihnen mitgeteilt habe, ist Amtsgeheimnis und bleibt daher selbstverständlich unter uns. Tagtäglich gehen meterlange Streifen in Chiffreschrift aus Ihrer Gegend durch meine Hände, aber ich weiß nicht, was ich daraus machen soll."

McMurdo saß eine Zeitlang schweigend da, mit dem Brief in seinen ruhelosen Händen. Der Dunstkreis um ihn hatte sich verzogen, und der Abgrund lag klar erkennbar vor ihm.

"Weiß sonst noch jemand etwas davon?" fragte er.

"Ich habe noch kein Sterbenswörtchen verlauten lassen."

"Und hat dieser Mensch, Ihr Freund, hier noch andere Bekannte, denen er möglicherweise dasselbe schreiben würde?"

"Ich glaube noch ein paar."

"Auch solche aus der Loge?"

"Sehr leicht möglich."

"Ich frage Sie danach, weil er vielleicht irgend jemandem eine Beschreibung dieses Menschen Birdy Edwards gegeben haben könnte. Dann wären wir in der Lage, dem Mann auf die Spur zu kommen."

"Kann sein, aber wahrscheinlich kennt er ihn gar nicht. Er hat mir nur mitgeteilt, was ihm im Amt bekanntgeworden ist. Woher sollte er den Pinkertonmann kennen?"

McMurdo fuhr plötzlich auf.

"Bei Gott!" rief er. "Ich weiß, wer es ist. Wie töricht von mir, nicht sogleich daran zu denken. Gott sei's gedankt! Das ist unser Glück. Wir können ihn unter die Finger kriegen, bevor er Unheil stiften kann. Sagen Sie, Morris, wollen Sie mir die Sache überlassen?"

"Selbstverständlich. Ich bin nur zu froh, wenn ich damit nichts zu tun habe."

"Nun gut, Sie können zusehen, während ich handle. Nicht einmal Ihr Name braucht genannt zu werden. Ich werde so tun, als ob ich selbst den Brief bekommen hätte. Sind Sie damit einverstanden?"

"Ich könnte mir nichts Besseres wünschen."

"Gut, dann bleiben wir dabei, und Sie halten Ihren Mund fest verschlossen. Ich gehe jetzt zur Loge hinunter und wir werden bald den alten Pinkertonmann so weit haben, daß es ihm leid tun wird, hierhergekommen zu sein."

"Sie wollen ihn doch nicht umbringen?"

"Je weniger Sie wissen, Freund Morris, desto leichter wird Ihr Gewissen sein, und desto besser werden Sie schlafen. Fragen Sie nicht, und lassen Sie mich die Sache machen. Sie liegt jetzt in meinen Händen."

Morris schüttelte wehmütig des Kopf, als er sich empfahl.

"Ich werde mir immer einbilden, daß sein Blut an meinen Händen klebt," stöhnte er.

"Selbstschutz ist kein Mord," sagte McMurdo mit einem grimmigen Lächeln. "Hier heißt es: entweder er oder wir. Der Mann würde uns alle vernichten, wenn wir ihn noch länger hier dulden. Ich glaube, wir müssen Sie noch zum Logenmeister machen, Bruder Morris, denn Sie haben die Loge gerettet."

Aus dem, was er nun tat, ging klar hervor, daß er die Sache für ernster hielt, als seine Worte es wahrhaben wollten. Vielleicht war es sein schuldbeladenes Gewissen, vielleicht auch der Ruf des Pinkerton-Institutes oder das Bewußtsein, daß große, mächtige Gesellschaften sich die Aufgabe gestellt hatten, mit den Rächern aufzuräumen; wie dem auch war, seine Handlungen waren die eines Mannes, der sich auf das Schlimmste vorbereitet. Bevor er das Haus verließ, vernichtete er jeden Fetzen Papier, der ihm gefährlich werden konnte. Danach seufzte er erleichtert auf, denn er bildete sich ein, nunmehr sicher zu sein. Und doch mußte das Bewußtsein der Gefahr noch auf ihm lasten, denn auf dem Wege zur Loge blieb er bei dem Shafterschen Hause stehen. Der Eintritt war ihm zwar verwehrt, aber als er an das Fenster klopfte, kam Ettie heraus. Der Glanz verwegener Kühnheit war aus seinen Augen gewichen. Sie las die Zeichen drohender Gefahr in seinem ernsten Gesicht.

"Was ist geschehen?" rief sie. "Jack, es droht dir Gefahr?"

"So schlimm ist es nicht, Liebste, und doch ist es vielleicht klüger, wenn wir uns davonmachen, bevor es schlimmer wird."

"Uns davonmachen?"

"Ich versprach dir einst, daß dies eines Tages geschehen würde. Dieser Tag ist nahe. Ich erhielt heute Nachrichten, schlechte Nachrichten, und sehe Unheil herannahen."

"Die Polizei?"

"Nicht ganz. Ein Pinkerton-Detektiv. Aber du weißt selbstverständlich nicht, was das ist, noch was es für meinesgleichen bedeutet. Ich habe mich in diese

Geschichte zu tief eingelassen, und es mag sein, daß ich in höchster Eile das Weite suchen muß. Du versprichst mitzukommen, wenn ich gehe?"

"Gewiß, Jack, es wäre deine Rettung."

"In manchen Dingen bin ich ein ehrlicher Mensch, Ettie; ich könnte zum Beispiel nicht um die Welt ein Haar deines süßen Kopfes krümmen, oder dich auch nur um Zollbreite von dem goldenen Thron über den Wolken, auf dem ich dich immer sehe, herabziehen. Kannst du mir vertrauen?"

Sie legte, ohne ein Wort zu sprechen, ihre Hand in die seine.

"Nun gut, höre mir aufmerksam zu und tue genau das, was ich dir sage, denn es ist für uns die einzige Rettung. Es bereitet sich hier etwas vor, das fühle ich in allen Gliedern. Gar mancher von uns wird sehen müssen, wo er bleibt. Ich bin einer von ihnen. Wenn ich gehen muß, ob bei Tag oder bei Nacht, mußt du mitkommen."

"Ich kann dir nachkommen, Jack."

"Nein, nein, du mußt gleich mitkommen. Dieses Tal wird mir wahrscheinlich bald auf immer verschlossen sein; ich werde nicht mehr zurückkommen können. Wie könnte ich dich hierlassen, während ich mich vielleicht vor der Polizei verbergen muß und keine Möglichkeit habe, dir eine Nachricht zukommen zu lassen? Du mußt mitkommen. Dort wo ich zu Hause bin, ist eine gute Frau, bei der du bleiben kannst, bis wir heiraten können. Willst du?

"Ja, Jack, ich will."

"Gott segne dich dafür. Liebste. Ich müßte ein Teufel aus der schwärzesten Hölle sein, wenn ich dein Vertrauen je mißbrauchte. Nun paß auf, Ettie, ich kann dir vielleicht nur ein Wort zukommen lassen. Aber wenn es dich erreicht, mußt du alles stehen und liegen lassen, sofort in den Wartesaal des Bahnhofes gehen und dort bleiben, bis ich komme."

"Ich werde kommen, Jack, bei Tag oder Nacht."

Mit leichterem Herzen setzte McMurdo seinen Weg zur Loge fort. Die Vorbereitungen zu seiner Flucht waren nahezu getroffen. Nachdem er die verschiedenen Wachtposten durch Abgabe der vereinbarten Erkennungszeichen befriedigt hatte, trat er in den Versammlungsraum ein. Die Loge war bereits versammelt. Freundliche Willkommrufe begrüßten seinen Eintritt. Der lange Raum war überfüllt. Durch den blauen Tabakdunst gewahrte er die schwarze Mähne des Logenmeisters, das grausame, mißmutige Gesicht Baldwins, das Geiergesicht

Harraways, des Sekretärs, und ein Dutzend andere Führer der Loge. Es freute ihn, daß sie alle da waren, um seine Nachrichten zu hören.

"Es freut uns, Sie zu sehen, Bruder," rief der Vorsitzende. "Wir haben eine Sache hier, für die wir ein salomonisches Urteil brauchen."

"Es ist die Geschichte mit Lander und Egan," erklärte ihm sein Nachbar, als er Platz nahm. "Beide beanspruchen das Kopfgeld, das die Loge für das Erschießen des alten Crabbe drüben in Stylestown ausgesetzt hat, aber wer soll entscheiden, wessen Kugel traf?"

McMurdo stand auf und hob die Hand. Der Ausdruck seines Gesichtes zog die Aufmerksamkeit der ganzen Versammlung auf sich. Ein erwartungsvolles Schweigen folgte.

"Verehrungswürdiger Meister, Freunde und Brüder," sagte er. "Ich bin heute der Überbringer schlimmer Nachrichten, aber es ist besser, daß sie bekannt und besprochen werden, als daß ein Schlag, der uns alle vernichten kann, uns unvorbereitet trifft. Ich habe die böse Nachricht erhalten, daß sich die mächtigsten und reichsten Unternehmungen dieses Staates zu unserer Vernichtung vereinigt haben und daß in diesem Augenblick ein Pinkerton-Detektiv, und zwar ein gewisser Birdy Edwards, sich in unserer Gegend aufhält, damit beschäftigt, Beweismaterial zu sammeln, um vielen von uns eine Schlinge um den Hals zu legen und jeden Mann in diesem Raum in die Verbrecherzelle zu bringen. Das ist die Lage, die ich zur Besprechung bringen will und für die ich Dringlichkeit verlange."

Totenstille herrschte im ganzen Raum, bis sie von dem Vorsitzenden gebrochen wurde.

"Welche Beweise haben Sie dafür, Bruder McMurdo?" fragte er.

"Der Beweis ist in diesem Brief enthalten, der in meine Hände gelangte," sagte McMurdo. Er las die Stelle laut vor. "Es ist für mich eine Ehrensache, daß ich über den Brief nichts weiter sage und ihn euren Händen vorenthalte, aber ich versichere euch, daß sonst nichts darin steht, was die Interessen der Loge betrifft. Ich lege euch die Sache genau so vor, wie sie mir zugekommen ist."

"Ich möchte bemerken, Herr Vorsitzender," sagte einer der älteren Brüder, "daß ich von Birdy Edwards schon gehört habe, und daß er als der fähigste Mann im Dienste der Pinkertons gilt."

"Kennt ihn einer von euch vom Sehen?" fragte McGinty.

"Jawohl," sagte McMurdo, "ich kenne ihn."

Ein Murmeln der Verblüffung ging durch den Raum.

"Ich glaube, wir haben ihn in unserer Gewalt," fuhr er mit einem frohlockenden Lächeln in seinem Gesicht fort. "Sofern wir schnell und klug vorgehen, können wir die Gefahr beseitigen. Wenn Ihr mir Vertrauen schenken und volle Unterstützung zuteil werden laßt, haben wir kaum etwas zu fürchten."

"Haben wir denn überhaupt etwas zu fürchten? Was kann er denn von unseren Angelegenheiten wissen?"

"So könnten Sie vielleicht reden, Rat McGinty, wenn alle so verschwiegen und treu wären wie Sie. Aber dieser Mann hat Millionen von Kapitalistengeld hinter sich. Glauben Sie etwa, daß sich in allen Logen nicht ein Bruder finden wird, der für dieses Geld den Verräter spielt? Er kommt hinter unsere Geheimnisse – vielleicht hat er sie schon – und es gibt nur eine mögliche Lösung –"

"Er darf niemals unser Tal verlassen," sagte Baldwin.

"Ganz meine Meinung, Bruder Baldwin," sagte er. "Sie und ich waren manchmal uneinig, aber heute befinden wir uns in voller Übereinstimmung."

"Wo ist er, und wie sollen wir ihn erkennen?"

"Verehrungswürdiger Meister," sagte McMurdo in ernstem Ton. "Ich möchte Ihnen zu bedenken geben, daß die Sache für uns zu wichtig ist, um in offener Sitzung besprochen zu werden. Ich möchte um alles in der Welt auf niemanden hier nur den Schatten eines Zweifels werfen, aber wenn selbst nur ein Wort dem Mann zu Ohren kommt, wäre jede Aussicht, seiner habhaft zu werden, für uns verloren. Ich beantrage, daß die Loge einen vertrauenswürdigen Ausschuß wählt, den Vorsitzenden und, wenn ich mir einen Vorschlag gestatten darf, Bruder Baldwin und fünf andere. Dann kann ich frei und offen über das, was ich weiß, sprechen und vorbringen, was nach meiner Ansicht zu tun ist."

Der Antrag wurde angenommen und der Ausschuß gewählt. Außer dem Vorsitzenden und Baldwin gehörten ihm an: Harraway, der Sekretär mit dem Geiergesicht, der rohe junge Meuchelmörder Tiger Cormac, der Schatzmeister Carter und die beiden Brüder Willaby, zwei furcht- und rücksichtslose junge Leute, die keinerlei Bedenken kannten.

Die gewöhnliche Zecherei in der Loge war an jenem Abend kurz und gedämpft, denn eine Wolke hing über der Versammlung, und viele sahen zum erstenmal den Schatten des rächenden Gesetzes die Sorglosigkeit, in der sie solange gelebt hatten, verdunkeln. Die Schrecken, die sie selbst anderen bereitet hatten, waren so sehr eine Angelegenheit des Alltags geworden, daß der Gedanke einer Vergeltung in weite Ferne gerückt schien. Um so heftiger war die Reaktion, als sie die Gefahr so dicht vor sich sahen. Sie brachen frühzeitig auf und ließen ihre Führer in Beratung zurück.

"Und jetzt, McMurdo, haben Sie das Wort," sagte McGinty, als sie allein waren. Die sieben Leute saßen steif und regungslos auf ihren Plätzen.

"Ich habe bereits gesägt, daß ich Birdy Edwards kenne," erklärte McMurdo. "Ich brauche wohl nicht erst hinzuzufügen, daß er sich hier nicht unter diesem Namen aufhält. Er ist zwar ein tapferer Mann, dessen bin ich sicher, aber sicherlich nicht verrückt. Er wohnt unter dem Namen Steve Wilson in Hobsons Patch."

"Woher wissen Sie das?"

"Ich habe ihn zufällig getroffen und bin mit ihm in's Gespräch gekommen. Ich habe dem damals keine Bedeutung beigelegt und würde wahrscheinlich nicht mehr daran gedacht haben, wenn nicht dieser Brief gekommen wäre. Aber ich bin meiner Sache sicher. Ich traf ihn in der Bahn, als ich letzten Mittwoch hinunterfuhr. Er ist eine harte Nuß, das kann ich euch sagen. Er teilte mir mit, daß er ein Zeitungsmann sei, was ich damals auch glaubte. Er wollte alles über die Rächer und ihre Schandtaten, wie er sie nannte, für die New Yorker Presse erfahren. Er versuchte, mich nach jeder Richtung auszufragen, um Stoff für seine Zeitungen zu gewinnen. Aus mir hat er natürlich nichts herausbekommen. ›Ich bin bereit, dafür zu zahlen,‹ sagte er, ›und gut zu zahlen, wenn Sie mir das Material verschaffen, das mein Redakteur haben will.‹ Ich erzählte ihm einiges, von dem ich annahm, daß es ihn interessieren würde, und er gab mir dafür eine Zwanzig-Dollarnote. ›Sie können noch zehnmal mehr haben,‹ sagte er,›wenn Sie mir alles, was ich wissen will, besorgen.‹"

"Was haben Sie ihm denn erzählt?"

"Verschiedene Dinge, die ich mir in der Eile zusammengebraut habe."

"Woher wissen Sie, daß er kein Reporter ist?"

"Aus folgendem: Ich stieg, wie er, in Hobsons Patch aus. Zufällig ging ich in das Telegraphenamt, als er eben herauskam. ›Eigentlich,‹ sagte der Telegraphist zu mir, nachdem er gegangen war, ›sollten wir die doppelten Gebühren für so etwas verlangen.‹

Recht haben Sie, sagte ich. Er hatte ein Formular vor sich, das in einer Sprache geschrieben war, die ebensogut chinesisch hätte sein können. ›Er schickt jeden Tag so einen Bogen ab,‹ sagte der Telegraphist. ›Jawohl,‹ sagte ich, ›es sind Sondernachrichten für seine Zeitung, und er fürchtet sich, daß ihm die anderen etwas davon wegstehlen könnten.‹ Das dachte auch der Telegraphist, und ich war selbst damals ganz davon überzeugt. Aber jetzt denke ich anders darüber."

"Bei Gott! Ich glaube, Sie haben recht," sagte McGinty. "Aber was schlagen Sie vor, das wir mit ihm anfangen sollen?"

"Warum sollen wir nicht gleich jetzt hinuntergehen und ihn uns vornehmen?"

"Jawohl, je früher, desto besser."

"Auch ich würde dies vorschlagen, wenn ich wüßte, wo er zu finden ist," sagte McMurdo. "Ich weiß zwar, daß er in Hobsons Patch wohnt, aber nicht wo. Ich habe aber einen weit besseren Plan, den ich euch jetzt vorlegen will."

"Nun, und der ist?"

"Ich möchte morgen früh nach Hobsons Patch fahren. Durch den Telegraphenbeamten werde ich versuchen, herauszufinden, wo er sich aufhält. Ich werde ihm dann sagen, daß ich selbst ein Logenbruder sei und ihm alle Geheimnisse der Loge gegen eine bestimmte Summe anbieten. Er wird darauf hineinfallen, darauf könnt ihr euch verlassen. Ich werde ihm sagen, daß die Papiere in meinem Hause sind. Aber wenn ihm sein Leben lieb sei, dürfe er nicht dahin kommen, solange noch Leute auf den Straßen sind. Das wird ihm streng logisch erscheinen. Ich werde ihm vorschlagen, um zehn Uhr abends zu kommen, wo er dann alles, was er will, einsehen kann. Ich bin überzeugt, er wird kommen."

"Nun, und dann?"

"Den Rest könnt ihr euch selbst ausdenken. Das Haus, in dem ich wohne, steht ganz abgeschieden. Meine Wirtin ist eine treue Seele und stocktaub. Nur Scalan und ich wohnen im Haus. Wenn der Mann auf meinen Plan eingeht – und das werde ich euch alsbald wissen lassen – schlage ich vor, daß wir sieben uns morgen um neun Uhr abends bei mir treffen. Ich lasse ihn herein, und wenn er das Haus lebend wieder verläßt, muß Birdy Edwards ein außergewöhnlicher Glückspilz sein."

"Bei Pinkertons wird wohl eine Stelle frei werden, wenn ich mich nicht irre," sagte McGinty. "Gut, McMurdo, wir sind einverstanden. Also morgen um neun

Uhr abends bei Ihnen. Sie brauchen nur die Tür hinter ihm zu verschließen, das übrige können Sie uns überlassen."

7. Kapitel. Der Detektiv in der Falle.

Wie McMurdo gesagt hatte, war das Haus, in dem er wohnte, abgeschieden und für das geplante Verbrechen ganz besonders geeignet. Es lag am Rande der Stadt, ziemlich weit von der Straße ab. In jedem anderen Fall würden die Verschwörer, wie es sonst ihre Art war, einfach ihren Mann gestellt und niedergeschossen haben. Aber in diesem Fall war es äußerst wichtig zu erfahren, wieviel er bereits wußte, woher er es wußte, und welche seiner Erkundungen er an seine Auftraggeber weitergegeben hatte. Möglicherweise war es schon zu spät und seine Arbeit bereits getan. In diesem Fall konnten sie nur noch Rache an ihm nehmen. Sie hofften indessen, daß dem Detektiv noch nichts von größerer Wichtigkeit zur Kenntnis gelangt war, sonst würde er, wie sie annahmen, sich nicht die Mühe genommen haben, so belanglose Mitteilungen, wie McMurdo sie ihm gemacht hatte, niederzuschreiben und in Chiffre weiter zu telegraphieren. Alles dies würden sie von dem Manne selbst hören. Wenn er einmal in ihrer Gewalt war, würden sie Mittel und Wege finden, ihn zum Sprechen zu bringen. Es war nicht das erstemal, daß sie einen widerspenstigen Zeugen zum Reden brachten.

McMurdo fuhr, wie vereinbart, nach Hobsons Patch. Die Polizei schien an jenem Morgen ein ganz besonderes Interesse an ihm zu nehmen, denn Kapitän Marvin, der behauptet hatte, ein alter Bekannter von ihm aus Chicago zu sein, sprach ihn an, als er auf dem Bahnhof wartete. McMurdo drehte ihm den Rücken zu und verweigerte jede Antwort. Am Nachmittag, als er von seiner Expedition zurückgekehrt war, suchte er sofort McGinty im Unionhaus auf.

"Er kommt," sagte er.

"Gut," sagte McGinty. Der Riese stand in Hemdsärmeln da, mit baumelnden Ketten und Siegeln an seiner prächtigen Weste. Durch den Saum seines zottigen Bartes funkelte ein großer Brillant. Alkohol und Politik hatten den Meister zu einem sehr reichen und mächtigen Manne gemacht. Um so schrecklicher erschien ihm daher die Vision von Gefängnis und Galgen, die ihm am vorangegangenen Abend gekommen war.

"Glauben Sie, daß er viel weiß?" fragte er angstvoll.

McMurdo nickte trübselig mit dem Kopf.

"Er ist schon längere Zeit hier, mindestens sechs Wochen. Er hat sich wahrscheinlich nicht damit begnügt, die Landschaft zu bewundern. Wenn er die ganze Zeit über fleißig war, mit dem Geld der Gesellschaften hinter sich, möchte ich annehmen, daß er verschiedenes herausgefunden und weitergegeben hat."

"In unserer Loge ist keiner, dem ich Verrat zutraue," rief McGinty. "Jeder einzelne ist treu wie Gold. Halt! Zum Donnerwetter, dieser Halunke Morris! An den habe ich nicht gedacht. Warum nicht der Kerl? Wenn einer zum Verräter geworden ist, kann's nur der gewesen sein. Ich habe Lust, noch vor dem Abendessen ein paar von den Jungen zu ihm zu schicken um ihm eine solche Tracht Prügel verabreichen zu lassen, daß er alles herausplappert, was er gesagt hat."

"Das würde vielleicht ganz gut sein," antwortete McMurdo, "obwohl er mir, wie ich gestehen muß, leid täte. Er hat einige Male mit mir über Logenangelegenheiten gesprochen, und obzwar er anders darüber denkt, als Sie und ich, glaube ich nicht, daß er einer ist, der den Angeber spielen würde. Aber wie es auch sei, ich habe darüber nicht zu bestimmen."

"Ich werde es dem alten Halunken schon besorgen," rief McGinty mit einem Fluch. "Ich habe schon seit längerem ein Auge auf ihn."

"Nun, Sie werden wohl am besten wissen, was zu tun ist," antwortete McMurdo. "Aber was immer Sie beschließen, es muß bis morgen warten, denn wir dürfen uns nicht rühren, bis diese Pinkertonsache ins reine gebracht ist. Es wäre unsinnig, gerade heute die Polizei auf die Beine zu bringen."

"Das ist wahr," sagte McGinty, "im übrigen werden wir ja von Birdy Edwards selbst hören, woher er sein Material hat, und wenn wir ihm zu diesem Zweck das Herz aus dem Leibe reißen müßten. Er hat doch nicht Lunte gerochen?"

"Ich habe ihn bei seiner schwachen Seite gepackt," sagte McMurdo lachend. "Wenn man ihm etwas über die Rächer in Aussicht stellt, würde er bis an das Ende der Welt gehen. Er hat mir bereits Geld gegeben."

McMurdo zog grinsend ein Bündel Dollarnoten hervor. "Er hat mir versprochen, noch viel mehr herauszurücken, wenn er meine Papiere in der Hand hat."

"Welche Papiere?"

"Papiere, die nur in seiner Einbildung existieren. Ich habe ihm den Mund mit Satzungen, Geschäftsordnungen und Mitgliedsformularen wässerig gemacht. Er hofft, der Sache ganz auf den Grund zu kommen."

"Eher wird er in den Grund kommen, sollte ich meinen," sagte McGinty grimmig. "Hat er Sie nicht gefragt, warum Sie die Papiere nicht gleich mitgebracht haben?"

"Er konnte doch nicht erwarten, daß ich, ein von der Polizei beobachteter Mensch, solche Sachen mit mir herumtrage. Kapitän Marvin hat mich erst heute unten im Bahnhof angesprochen."

"Davon habe ich gehört," sagte McGinty. "Das dicke Ende der Sache wird wohl auf Ihr Teil kommen, glaube ich. Wir können ihn wohl in einen aufgelassenen Schacht werfen, wenn wir mit ihm fertig sind; aber wie immer wir es auch anstellen, wir kommen nicht über die Tatsache hinweg, daß Sie heute bei ihm in Hobsons Patch waren."

"Wenn wir richtig vorgehen, kann man uns niemals einen Mord nachweisen," sagte McMurdo achselzuckend. "Niemand wird ihn so spät abends das Haus betreten sehen, und ich möchte wetten, daß ihn niemand sehen wird, wenn er es verläßt. Ich will Sie jetzt mit meinem Plan bekannt machen und bitte Sie, die anderen einzuweihen. Ihr alle kommt pünktlich zur vereinbarten Zeit. Er kommt um zehn. Er wird dreimal klopfen, und ich werde ihm die Tür öffnen. Wenn er drinnen ist, schließe ich sie ab. Dann gehört er uns."

"Das ist klar und einfach."

"Sehr richtig, aber der nächste Schritt will wohlüberlegt sein. Er ist, wie ich schon sagte, eine harte Nuß. Zweifellos ist er schwer bewaffnet. Ich habe ihn zwar ordentlich genasführt, aber er wird sicher auf seiner Hut sein. Wenn ich ihn in ein Zimmer führe, mit sieben Männern darin, wo er nur einen erwartet, wird es unzweifelhaft zu einer Schießerei kommen, und einer oder der andere von uns würde daran glauben müssen."

"Sehr richtig."

"Und der Lärm würde uns jeden verdammten Polizisten auf den Hals locken."

"Stimmt."

"Ich möchte daher so vorgehen: Ihr alle seid in dem großen Zimmer, in demselben, wo wir letzthin unsere Unterredung hatten. Ich lasse ihn durch die Tür herein und führe ihn in das kleine Wohnzimmer nebenan, wo ich ihn allein lasse, um, wie ich ihm sagen werde, die Papiere zu holen. Das gibt mir die Möglichkeit, euch zu sagen, wie die Sache steht. Darauf gehe ich zu ihm zurück mit gefälschten Aufzeichnungen. Während er diese liest, springe ich von hinten auf ihn los und umklammere seinen rechten Arm. Dann werdet ihr meinen Ruf hören und stürzt herein. Je schneller das geschieht, desto besser, denn er ist so stark wie ich und wird mir vielleicht mehr zu tun geben, als ich schaffen kann. Aber bis ihr kommt, werde ich ihn wohl halten können."

"Der Plan ist gut," sagte McGinty. "Die Loge schuldet Ihnen Dank. Ich kann mir wohl denken, wer meinen Platz einmal einnehmen wird, wenn ich nicht mehr Logenmeister sein werde."

"Aber ich bin doch kaum mehr als ein Rekrut," sagte McMurdo. Sein Gesicht ließ deutlich erkennen, wie ihm dieses Kompliment des großen Mannes schmeichelte.

Wieder zu Hause angelangt, traf er seine Vorbereitungen für die grimmigen Ereignisse, die ihm bevorstanden. Zuerst reinigte, ölte und lud er seinen Revolver. Dann musterte er das Zimmer, wo der Detektiv in die Falle gelockt werden sollte. Es war ein großer Raum mit einem langen, rohen Tisch in der Mitte und einem mächtigen Ofen in einer Ecke. An jeder der beiden Längswände lagen Fenster. Diese konnten mit leichten Ziehgardinen verhängt werden. McMurdo betrachtete sie aufmerksam. Zweifellos kam ihm zu Bewußtsein, daß man in den Raum, der für eine streng geheim zu haltende Angelegenheit bestimmt war, ziemlich leicht hineinsehen konnte – ein Nachteil, der indessen durch seine abgeschiedene Lage wieder aufgewogen wurde. Sodann besprach er sich mit seinem Wohngenossen Scalan, der, obgleich Logenbruder, ein harmloses Männchen war, zu verschüchtert, um gegen seine stärkeren Kameraden offen aufzutreten, aber insgeheim entsetzt über die Bluttaten, bei denen er gelegentlich helfen mußte. McMurdo weihte ihn kurz in seine Pläne ein.

"Wenn ich an Ihrer Stelle wäre, Michel Scalan, so würde ich mich für den Abend freimachen und mich fernhalten. Es wird hier blutige Arbeit geben, bevor der Morgen graut."

"Paßt mir ausgezeichnet, Freund Mac," antwortete Scalan. "Mein Wille ist zwar stark, aber mein Fleisch ist schwach. Als ich den Betriebsführer Dunn dort unten im Kohlenbergwerk zusammenbrechen sah, war ich erledigt. Solche Sachen liegen mir nicht so, wie etwa Ihnen oder McGinty. Wenn es mir die Loge nicht übelnimmt, werde ich Ihrem Rat folgen und Sie allein lassen."

Die Männer kamen pünktlich zu der vereinbarten Zeit. Äußerlich waren sie ehrenwerte Bürger, reinlich und gut gekleidet, aber ein Physiognomiker hätte wenig Hoffnung für Birdy Edwards aus ihren grausamen Lippen und unbarmherzigen Augen herauslesen können. Nicht einen gab es unter ihnen, dessen Hände nicht schon ein dutzendmal mit Blut befleckt worden waren. Sie waren gegen Menschenmord so abgestumpft, wie der Schlächter den Tieren gegenüber. Die erste Stelle nahm der verehrungswürdige Meister ein, sowohl was Aussehen, als was Schuld anbelangte. Harraway, der Sekretär, war ein hagerer, verbitterter Mensch mit langem, dürren Hals und nervös zuckenden Gliedern – von unwandelbarer Ehrlichkeit, soweit die Finanzen des Bundes in Frage kamen, aber sonst ohne Sinn für Recht und Moral. Der Schatzmeister Carter, ein Mann mittleren Alters mit teilnahmslosem Gesicht und pergamentartiger, gelber Haut, war ein fähiger Organisator, und die Ausarbeitung fast jeder Schandtat im einzelnen entsprang seinem beweglichen Gehirn. Die zwei Willabys waren Männer der Tat, große sehnige junge Leute mit entschlossenen Gesichtern, und ihr Gefährte Tiger Comac, ein untersetzter, dunkelhäutiger junger Mensch, wurde selbst von seinen Kameraden wegen seiner unberechenbaren Wildheit gefürchtet. Das waren die Leute, die sich in jener Nacht unter dem DacheMcMurdos zur Ermordung des Pinkerton-Detektivs vereinten.

Der Gastgeber hatte Whisky auf den Tisch gestellt und sie zögerten nicht, sich durch ihn für die bevorstehende Arbeit in Stimmung zu versetzen. Baldwin und Cormac waren bereits halb betrunken, und der Alkohol steigerte ihr grausames Ungestüm bis zur Siedehitze. Cormac legte seine Hände einen Augenblick lang auf den Ofen. Er war stark eingeheizt, denn die Frühlingsnächte waren noch kalt.

"Er ist heiß genug," meinte er vielsagend.

"Ja, ja," rief Baldwin, der den Wink aufgefangen hatte. "Wenn wir ihn darauf festbinden, werden wir schon die Wahrheit aus ihm herauskriegen."

"Das werden wir auf jeden Fall, sagte McMurdo. Er hatte Nerven aus Stahl, dieser Mann, denn obwohl die ganze Verantwortung für die Sache auf ihm lastete, war sein Benehmen so kühl und sorglos wie immer. Die anderen bemerkten es beifällig.

"McMurdo ist derjenige, der ihn in Empfang nimmt," sagte der Meister zustimmend. "Ihm wird der Kerl nichts anmerken, bis er seine Hand an der Gurgel spürt – Es ist zu dumm, daß die Fenster keine Läden haben."

McMurdo ging von einem Fenster zum anderen und zog die Gardinen fester zu.

"Jetzt kann niemand mehr hereinsehen. Er muß gleich da sein."

"Vielleicht kommt er nicht. Er hat möglicherweise Lunte gerochen," sagte der Sekretär.

"Er wird kommen, Sie brauchen keine Angst zu haben," antwortete McMurdo. "Er ist so begierig zu kommen, wie Sie, ihn zu sehen. Horcht! Was ist das?"

Sie saßen alle wie Wachsfiguren da, mit halb erhobenen Gläsern. In die plötzliche Stille hinein dröhnte heftiges, dreimaliges Pochen an die Außentür.

"Still!"

McMurdo erhob Ruhe gebietend seine Hand. Frohlockende Blicke machten die Runde von einem zum anderen, und die Hände fuhren unwillkürlich nach versteckten Waffen.

"Nicht einen Laut, wenn euch euer Leben lieb ist," zischte ihnen McMurdo zu, als er das Zimmer verließ und die Türe sorgfältig hinter sich schloß.

Die Mordgesellen warteten mit gespitzten Ohren. Sie zählten die Schritte ihres Kameraden, als dieser den Korridor entlang ging. Dann hörten sie ihn die Außentür öffnen und darauf einige Worte der Begrüßung mit jemandem wechseln. Sie vernahmen einen fremden Tritt und eine unbekannte Stimme. Einen Augenblick später hörten sie die Außentür zuschlagen und einen Schlüssel sich im Schloß drehen. Ihr Opfer saß in der Falle. Tiger Cormac konnte ein höhnisches Lachen nicht unterdrücken, so daß ihm McGinty mit seiner großen Hand an den Mund fuhr.

"Ruhig, du Narr," flüsterte er. "Du wirst uns noch alle verderben."

Aus dem Nebenzimmer hörte man das Gemurmel eines Gesprächs, das ihnen endlos schien. Dann öffnete sich die Tür, und McMurdo trat ein, einen Finger an den Lippen.

Er kam bis ans Kopfende des Tisches und ließ seine Blicke über die Tafelrunde schweifen. Eine merkliche Veränderung war mit ihm vorgegangen. Seine Haltung war die eines Mannes, der einem Wendepunkt seines Lebens gegenübersteht. Sein Gesicht schien wie aus Stein gemeißelt zu sein, und seine Augen funkelten hinter den Brillen in leidenschaftlicher Erregung. Der geborene Führer von Menschen war in ihm in Erscheinung getreten. Die anderen betrachteten ihn in atemloser Spannung, sagten aber nichts. Mit einem sonderbaren Ausdruck in den Augen wanderten seine Blicke von Mann zu Mann.

"Nun?" rief Meister McGinty endlich. "Ist Birdy Edwards da?"

"Jawohl," antwortete McMurdo langsam, jedes Wort abwägend, "Birdy Edwards ist da. Er steht vor euch. Ich selbst bin Birdy Edwards."

Etwa zehn Sekunden folgten diesen wenigen Worten, während deren man im Zimmer eine Stecknadel hätte fallen hören können. Das Zischen eines Kessels auf dem Ofen drang scharf und schneidend in die Ohren, sieben leichenblasse Gesichter waren mit dem Ausdruck eines lähmenden Schreckens zu dem Mann erhoben, der mit Herrschermiene vor ihnen stand. Dann erfolgte plötzlich das Klirren von Glas, und eine Anzahl Gewehrläufe erschienen in jedem Fenster, wobei die Vorhänge aus ihren Haken gerissen wurden. Bei diesem Anblick erhob McGinty ein Brüllen wie ein verwundeter Löwe und stürzte auf die halbgeöffnete Tür zu. Dort wurde er von einem auf ihn gerichteten Revolver begrüßt, hinter dessen Korn die kalten, blauen Augen Kapitän Marvins von der Kohlen- und Eisenpolizei zu sehen waren. McGinty warf sich zurück und fiel in seinen Stuhl.

"Sie haben recht, Rat McGinty," sagte der Mann, den sie bisher als McMurdo gekannt hatten. "Sie sein sicherer dort, wo Sie sitzen. – Baldwin, wenn Sie nicht sofort Ihre Hand von Ihrer Waffe wegnehmen, werden Sie noch den Henker um sein Werk betrügen. Heraus damit und weggelegt, oder bei meinem Erzeuger – so ist es recht. Das Haus ist von vierzig bewaffneten Männern umstellt, und ihr könnt euch ausmalen, was für Aussichten zur Flucht ihr habt. Nehmen Sie ihnen die Waffen ab, Marwin." –

Unter der Drohung der auf sie gerichteten Gewehre erschien jeder Widerstand vergeblich. Die Leute wurden sämtlich entwaffnet. Trotzig, niedergedrückt und noch immer verblüfft, saßen sie schweigend um den Tisch herum.

"Ich möchte noch einige Worte an euch richten, bevor wir uns trennen," sagte der Mann, in dessen Falle sie gegangen waren. "Wir werden uns wahrscheinlich erst vor Gericht wiedersehen. Ich gebe euch für die Zwischenzeit einiges zum Nachdenken auf. Ihr wißt jetzt, wer ich bin. Endlich ist die Zeit gekommen, wo ich meine Karten offen auf den Tisch legen kann. Ich bin Birdy Edwards von den Pinkertons. Man hat mich dazu auserwählt, eure Bande zu vernichten. Es war eine schwere und gefährliche Aufgabe. Keine Menschenseele, nicht einmal jene, die mir am nächsten steht und mir die teuerste ist, wußte davon, außer Kapitän Marvin und meinen Auftraggebern. Aber ich habe getan, was ich konnte, und Gott sei gedankt, ich bin Sieger geblieben."

Die sieben blassen, regungslosen Gesichter stierten ihn mit Blicken tödlichen Hasses an. Er las die aus ihren Augen sprühenden Drohungen.

"Ihr glaubt vielleicht, daß die Sache für mich nicht erledigt ist. Nun, wir werden ja sehen. Wenigstens einige von euch werden keine Hand mehr gegen mich erheben können, und außer euch werden heute nacht noch sechzig andere das Innere eines Gefängnisses zieren. Ich will euch gestehen, als man mir den Auftrag gab, glaubte ich nicht an die Existenz eines Bundes wie des euren. Ich habe alles für Zeitungstratsch gehalten, und wollte dafür den Nachweis erbringen. Man sagte mir, daß euer Bund etwas mit den Freimännern zu tun habe; ich ging daher nach Chicago und ließ mich dort aufnehmen. Danach war ich überzeugter als je, daß eure Bande nur in der Einbildung der Zeitungen existiere, denn ich fand die Gesellschaft der Freimänner durchaus harmlos und sogar Gutes tuend. Immerhin hatte ich meinen Auftrag auszuführen und kam daher in eure Stadt. Als ich hier anlangte, mußte ich nur zu bald erfahren, daß ich mich im Irrtum befunden hatte, daß also die Sache keineswegs ein Hintertreppenroman war. Daher blieb ich hier, um vollen Einblick zu gewinnen. Ich habe niemals einen Mann in Chicago getötet und niemals einen Dollar gefälscht. Die Banknoten, die ich euch gab, waren so echt wie irgendwelche anderen, und sie waren wohl verwendet. Ich wußte, wie ich mich bei euch in Gunst setzen konnte, und darum täuschte ich euch vor, daß die Polizei hinter mir her sei. Es kam alles so, wie ich es mir ausgedacht hatte.

Darauf trat ich in eure verdammte Loge ein und nahm an euren Beratungen teil. Vielleicht werdet ihr von mir sagen, daß ich so schlecht sei, wie ihr selbst. Aber das ist mir gleichgültig, da ich meinen Zweck erreicht habe. Überdies, was ist denn Wahres daran? In der Nacht meines Eintritts habt ihr den alten Stanger halbtot geschlagen. Ich konnte ihn nicht warnen – dazu war keine Zeit –, aber ich bin dazwischen getreten, als Baldwin ihn umbringen wollte. Wenn ich euch Vorschläge machte, geschah es, um den Anschein zu wahren, und nur in Dingen, von denen ich wußte, daß ich sie verhindern konnte. Ich habe Dunn und Menzies nicht retten können, denn ich wußte von der Sache nicht genug; aber ich werde alles daransetzen, daß ihre Mörder an den Galgen kommen. Ich habe Chestor Wilcox gewarnt, und als ich sein Haus in die Luft sprengte, waren er und seine Leute bereits in Sicherheit. Viele Verbrechen sind begangen worden, die ich nicht verhüten konnte, aber wenn ihr nachdenkt und euch überlegt, wie oft, wenn eure Anschläge erfolgen sollten, eure Opfer auf einem anderen Weg als dem gewöhnlichen zurückkehrten, abwesend waren oder im Hause blieben, wenn ihr dachtet, daß sie ausgehen würden, so werdet ihr mein Werk erkennen."

"Sie Teufel von einem Verräter," zischte McGinty durch seine fest zusammengepreßten Zähne.

"Sie mögen mich wohl so nennen, John McGinty, wenn Sie damit Ihren Schmerz lindern können. Sie und Ihresgleichen waren das Werkzeug des Teufels in dieser Gegend. Es bedurfte eines ganzen Mannes, um sich zwischen Sie und die armen Leute, die Sie in Ihrer Gewalt hielten, zu stellen. Es konnte nur auf eine einzige Weise bewerkstelligt werden, und nach der habe ich gehandelt. Sie nennen mich einen Verräter, aber ich bin überzeugt, daß mich viele Tausende eher einen Erlöser nennen werden, der in die Hölle hinuntergestiegen ist, um sie zu retten. Drei Monate habe ich dazu gebraucht, und ich sage euch, daß ich für alle Schätze der Welt nicht noch einmal drei solche Monate durchmachen möchte. Ich mußte bleiben, bis ich alle und alles in der Hand hatte, jedes eurer Geheimnisse und jeden von euch. Ich hätte vielleicht noch länger gezögert, aber ich mußte befürchten, daß mein Geheimnis herauskommen würde. Ein Brief ist nach der Stadt gelangt, der euch auf meine Spur gebracht hätte. Darum mußte ich handeln, und zwar sofort. Das ist alles, was ich euch zu sagen habe. Nur noch das eine: wenn einmal meine Zeit abgelaufen ist, werde ich leichter sterben, wenn ich an das Werk denke, das ich hier in diesem Tal vollbracht habe. Nun, Marvin, will ich Sie nicht länger aufhalten. Nehmt sie in Empfang und laßt uns die Szene beschließen."

Es bleibt nur noch wenig zu erzählen. Scanlan hatte einen versiegelten Brief empfangen, mit dem Auftrag, ihn Miß Ettie Shafter zu überbringen, was er mit einem vielsagenden Lächeln zu tun versprach. In den ersten Morgenstunden des folgenden Tages bestiegen ein schönes Mädchen und ein schwervermummter Mann einen Sonderzug, der von der Eisenbahngesellschaft nach Vermissa geschickt worden war, und traten eine rasche, aufenthaltslose Fahrt aus dem Lande der Gefahr an. Es war das letztemal, daß Ettie und ihr Liebster den Fuß in das Tal des Grauens setzten. Zehn Tage später fand in Chicago ihre Hochzeit statt, mit dem alten Jakob Shafter als Trauzeugen.

Die Gerichtsverhandlung über die Rächer wurde in einem weit von der Stätte der Verbrechen gelegenen Ort abgehalten, wo keine Gefahr der Einschüchterung der Hüter des Gesetzes bestand. Sie kämpften bis zum letzten Moment, aber vergebens. Das Geld der Loge – Erpressergeld im wahrsten Sinne des Worts –

floß wie Wasser in dem vergeblichen Versuch, sie zu retten. Die klare, leidenschaftslose Zeugenaussage eines, der jede Einzelheit ihrer Lebensführung, ihrer ganzen Organisation und alle ihre Verbrechen kannte, war auch durch die geschickteste Verteidigung nicht zu erschüttern. Endlich, nach so vielen Jahren, ereilte die Rächer ihr Schicksal. Die Wolke, die so lange das Tal verdunkelt hatte, zerteilte sich. McGinty fand sein Ende auf dem Schaffott, winselnd und jammernd, als seine letzte Stunde herannahte. Acht seiner Spießgesellen teilten dieses Schicksal. Über fünfzig erhielten mehr oder minder schwere Gefängnisstrafen. Das Werk Birdy Edwards war vollbracht.

Es sollte aber, wie er immer befürchtet hatte, ein Nachspiel haben. Ted Baldwin war seinem Henker entgangen, ebenso die Willabys und einige andere der verwegensten Geister der Bande. Zehn Jahre blieben sie unschädlich, und dann kam der Tag, da man sie wieder freiließ – ein Tag, von dem Edwards wußte, daß er das Ende seiner Ruhe sein werde. Sie hatten bei allem, das sie für heilig hielten, einen Eid geschworen, an ihm für ihre Kameraden blutige Rache zu nehmen. Diese Rache war ihre Lebensaufgabe geworden. Edwards wurde aus Chicago vertrieben, nach zwei Anschlägen, die dem Erfolg so nahe kamen, daß es als sicher gelten konnte, der nächste werde Erfolg haben. Von da ging er unter angenommenem Namen nach Kalifornien, wo ihm die Freude am Leben eine Zeitlang erlosch, als Ettie Edwards starb. Noch einmal später wurde er fast getötet, als er unter dem Namen Douglas in einer einsamen Schlucht mit einem englischen Partner, namens Barker, arbeitete und ein Vermögen zusammenraffte. Er wurde gewarnt, daß die Bluthunde wieder auf seiner Fährte seien. Es gelang ihm gerade noch im letzten Augenblick, nach England zu fliehen. Und so kam es, daß John Douglas, der in England das zweitemal eine würdige Lebensgefährtin fand, sich dort als Gutsbesitzer niederließ und fünf Jahre in Sussex in Frieden leben konnte – ein Leben, das in die ungewöhnlichen Geschehnisse auslief, von denen wir gehört haben.

8. Kapitel. Das Ende.

Der Polizeigerichtshof hatte den Fall John Douglas einem höheren Gericht überwiesen. Von diesem wurde Douglas mit der Begründung, daß seine Tat in Selbstverteidigung erfolgt sei, freigesprochen.

"Sehen Sie, daß er sofort aus England fortkommt," schrieb Holmes seiner Frau. "Es sind hier Kräfte am Werk, die vielleicht noch gefährlicher sind, als jene, denen er entronnen ist. Es gibt für Ihren Mann in England keine Sicherheit."

Zwei Monate waren vergangen, und die Sache war bereits etwas in unserer Erinnerung verblaßt. Da geschah es, daß eines Tages eine rätselhafte Epistel in unseren Briefkasten eingeschmuggelt wurde.

"Du liebe Zeit, Mr. Holmes! Du liebe Zeit!" lautete die sonderbare Mitteilung. Sie trug weder Überschrift noch Unterschrift. Ich lachte über ihren wunderlichen Inhalt, aber Holmes zeigte einen ungewöhnlichen Ernst.

"Das ist wieder eine Teufelei, Watson," bemerkte er und versank mit umwölkter Stirn in tiefes Nachdenken.

Am späten Abend desselben Tages brachte uns Frau Hudson, unsere Wirtin, die Botschaft, daß ein Herr Mr. Holmes sofort in einer höchst dringenden Sache zu sprechen wünsche. Dicht auf den Fersen folgte ihr Mr. Cecil Barker, unser Freund aus dem Herrenhause in Birlstone. Sein Gesicht trug den Stempel tiefster Trauer.

"Ich habe schlechte Nachrichten, entsetzliche Nachrichten, Mr. Holmes," sagte er.

"Ich dachte es mir," antwortete Holmes.

"Haben Sie etwa ein Kabel erhalten?"

"Nein, aber eine kurze Mitteilung von jemandem, der eins erhalten hat."

"Der arme Douglas! Man sagt, daß er eigentlich Edwards hieß, aber für mich wird er immer Jack Douglas bleiben. Ich habe Ihnen mitgeteilt, daß er vor etwa drei Wochen mit seiner Frau auf der ›Palmyra‹ nach Südafrika abgedampft ist."

"Sehr richtig."

"Der Dampfer ist gestern abend in Kapstadt angekommen. Heute morgen erhielt ich von seiner Frau das folgende Kabel: ›Jack im Sturm bei St. Helena anscheinend über Bord gespült, niemand weiß Näheres über Unfall. Ivy Douglas‹"

"Also das! So wurde es bewerkstelligt!" sagte Holmes nachdenklich. "Ich zweifle nicht, daß die Sache gut inszeniert war."

"Sie glauben also nicht an einen Unfall?"

"Ganz unbedingt nicht."

"Er wurde ermordet?"

"Zweifellos."

"Auch ich glaube es. Diese teuflischen Rächer, diese verdammte, rachsüchtige Verbrecherbande."

"Nein, nein, mein lieber Herr," sagte Holmes, "in der Sache erkenne ich eine Meisterhand. Es ist kein Fall mit abgesägten Schrotflinten und plumpen Revolvern. Man erkennt einen alten Meister an seinen Pinselstrichen. Ich kenne einen Moriarty, wenn ich ihn sehe. Das Verbrechen rührt von London her und nicht von Amerika."

"Aber was wäre der Beweggrund?"

"Der Beweggrund ist, daß es von einem Mann geplant wurde, der keinen Fehlschlag dulden kann; einem Menschen, dessen ganze und einzigartige Stellung davon abhängt, daß alles, was er tut, erfolgreich ist. Ein großer Geist und eine Riesenorganisation haben sich zur Vernichtung eines einzigen Mannes vereinigt. Es ist, als ob man eine Nuß mit einem Hammer aufknacken würde: eine lächerliche Vergeudung von Energie, aber die Nuß ist zerschmettert."

"Und wie ist denn der Mann in die Sache hineingezogen worden?"

"Ich kann Ihnen nur sagen, daß das erste, was wir darüber hörten, von einem seiner Untergebenen kam. Diese Amerikaner waren gut beraten. Da sie sich auf fremdem Boden befanden, hatten sie sich, wie jeder ausländische Verbrecher es tun würde, mit diesem gefährlichen Ratgeber der Verbrecherwelt in Verbindung gesetzt. Von jenem Moment an war das Schicksal unseres Mannes besiegelt. Zuerst wird ›Er‹ sich vielleicht damit begnügt haben, seinen Apparat in Bewegung zu setzen, um das Opfer aufzuspüren. Dann dürfte er seinen Rat gegeben haben, wie die Sache anzulegen sei. Als er schließlich in den Zeitungen von dem erfolglosen Versuch seines Klienten las, beschloß er offenbar, selbst in dessen Fußstapfen zu treten und die Sache mit seiner Meisterhand zu Ende zu führen. Sie haben gehört, wie ich Douglas in Birlstone darauf vorbereitet habe, daß die kommende Gefahr größer sein werde als die vergangene. Ich habe recht behalten."

Barker schlug sich mit geballten Fäusten in ohnmächtiger Wut an die Stirn.

"Und wollen Sie damit sagen, daß wir dies ruhig hinnehmen sollen? Daß man mit diesem Teufel nicht Abrechnung halten kann?"

"Das möchte ich nicht behaupten," sagte Holmes mit einem abwesenden Blick. "Ich möchte nicht behaupten, daß man mit ihm nicht abrechnen kann. Aber ich brauche Zeit dazu, noch viel Zeit."

Wir saßen einige Minuten in tiefem Schweigen, während seine schicksalsschweren Augen den Schleier der Zukunft zu durchdringen suchten.

Ende.